ALPHAPOLIS
WEB CITY SINCE 2000

元構造解析研究者の異世界冒険譚 9

ALPHA LIGHT

犬社護
Inuya Mamoru

JN095667

アルファライト文庫

カムイ
シャーロットが見つけた卵から生まれたドラゴン。
アッシュ
シャーロットの旅に同行する冒険者の少年。突《つ》っ込《こ》み属性の持ち主。
リリヤ
アッシュの奴隷《どれい》となった少女。『鬼神変化』によって、白狐童子に変わる。
シャーロット
本編の主人公。家族だけでなく、精霊からも愛されている少女。前世では構造解析研究者「持水薫《もちみずかおる》」だった。転移魔法を探して旅をしている。
CHARACTER

ドール
マクスウェル
シャーロットの従魔《じゅうま》。
ドール族を率《ひき》いている。
デッド
スクリーム
シャーロットの従魔。
ゾンビ族の最上位種。
厄《やく》浄《じょう》禍《まが》津《つ》
金《こん》剛《ごう》
ユアラのバックにいる
謎《なぞ》の黒幕。
ユアラ
スキル販売者。
実は日本人。
ドレイク
ユアラの仲間。
実はフロストドラゴン。

プロローグ　死を覚悟した出発

聖峰《せいほう》アクアトリウムからの清浄《せいじょう》な風が舞い込むダークエルフの国――サーベント王国王都フィレントは、いつも以上の活気に満ち溢《あふ》れており、王都にいる全国民がその理由を理解している。

『ベアトリス・ミリンシュ』――六年前に王太子の婚約者《こんやくしゃ》シンシアを殺害しようとした罪で収監《しゅうかん》され、後に牢屋《ろうや》から脱獄《だつごく》したことで指名手配された女性。

今から約三週間前、積層《せきそう》雷光砲による途方もない魔力で作られた彼女の顔が、王城上空に出現した。王族、貴族たちは大混乱に陥《おちい》ったのだが、聖女一行の介入《かいにゅう》により、ベアトリスと和解する。

しかも、和解後に開かれた会見にて、ベアトリスはシンシア・サーベントを自分以上に王太子妃として相応《ふさわ》しい存在であると認め、今後は護衛《ごえい》騎士として王族を護《まも》ることを宣言した。この情報は緊急《きんきゅう》速報として、王都だけでなく各領地にも伝えられた。

そして、これまで最底辺だった彼女の好感度にも変化が表れる。

王族主催《しゅさい》のイベント『ミニクックイスクイズ』において、ベアトリスは敗者たちに、予選では冷淡《れいたん》に、決勝では叱咤激励《しったげきれい》をした。すると、この両極端《りょうきょくたん》な対応がクセになったのか、彼女のファンが急増し、好感度が飛躍《ひやく》的に上昇した。

その一方で、ルベリアに姿を変えて正体《しょうたい》を隠《かく》しつつルベリアとして司会をしていたシンシアは、挑戦者たちを小馬鹿にする発言が目立ったため、評価がどんどん下降していった。シンシアはその不満を周囲に訴《うった》えるのだが、シャーロットたちからは自業自得《じごうじとく》だと責《せ》められ、挙《あ》げ句《く》の果てには神ガーランドや雷精霊からも注意されてしまう。そこでようやく、彼女はルベリア変異《へんい》時の口調《くちょう》には気をつけようと心に決めた。

こうして王都フィレントに平和が訪れたものの、シャーロット一行の心は晴れていない。それは、諸悪《しょあく》の根源《こんげん》とも言えるスキル販売者ユアラ・ツムギに勝負を挑《いど》まれたからだ。彼女は、黒幕である神の力を借りて、ベアトリスの『嫉妬《しっと》心』を弄《いじ》り、シンシアには『好感度パラメーター』と『好感度操作《そうさ》』というユニークスキルを与え、二人の人生を激変《げきへん》させた張本人でもある。

ただし、挑まれた勝負の内容は一切不明。指定した日にフランジュ帝国の帝都に来るよう命じられたのみ。勝負に勝てばユアラから、負けても神ガーランドから、シャーロットは長距離《ちょうきょり》転移魔法と全都市の座標《ざひょう》を入手できる見込みである。

しかし、ユアラの裏にいる黒幕との戦いは避《さ》けられそうにない。それを懸念《けねん》した神ガーランドは、新《あら》たなユニークスキルをシャーロットに授《さず》ける。シャーロットは、それを使いこなせるよう、勝負の日まで心身を鍛《きた》え、仲間たちも彼女を援護《えんご》できるよう各自で修練《しゅうれん》に励《はげ》んだ。

そして勝負が明日に迫《せま》ろうとする中、シャーロット一行にサーベント王国の国王アーク・サーベントから王城へ来るよう緊急の要請《ようせい》があった。この件を伝えにきたのは、あの邪悪《じゃあく》な呪いから解放されたベアトリスだった。その緊急度は極《きわ》めて高いものらしく、シャーロットたちは急ぎ準備を整《ととの》え、これまでお世話になった高級宿屋を後にし、一路王城へ歩を進めることとなった。

◯◯◯

私――シャーロットたちは、以前会談の場所となった会議室入口にいる。謁見《えっけん》の間《ま》でなく、ここで話し合うということは、用件は間違いなくユアラ関係だ。

アッシュさん、リリヤさん、トキワさんも、難《むずか》しい顔をしている。とにかく、国王陛下から用件を聞こう。

私たちがベアトリスさんとともに部屋へ入ると、そこにはアーク国王陛下、アレフィリア王妃、クレイグ王太子、シンシア王太子妃がいた。さらに、見知らぬ一人の女性が国王陛下の隣《となり》に佇《たたず》んでいた。

でも、一目見ただけで彼女の正体がわかった。紺色《こんいろ》の長髪で、化粧《けしょう》自体は薄《うっす》らとしかしておらず、大和撫子《やまとなでしこ》とも言える美しい顔立ちと肌。なんと言っても目立つのは着用している服だ。艶《つや》やかで涼《すず》しげなデザインの、日本の海を彷彿《ほうふつ》させる着物を着ている。この人は、間違いなくラプラスドラゴンのプリシエルさんだ。人の形態に変化できると言っていたけど、実際に見るのは初めてだね。

「緊急に呼び出してすまない。みんな、とりあえずそちらにかけてくれ」

私たちはアーク国王陛下に言われ、王族の方々の向かいにある席へ座り、護衛騎士のベアトリスさんは、シンシアさんの横へ座る。

「ここでの長話は無駄だろう。用件を簡潔《かんけつ》に伝える」

アーク様の声からは、余裕を感じ取れない。切羽詰《せっぱつ》まったような緊張感《きんちょうかん》がある。陛下だけじゃなく、アレフィリア王妃、シンシアさんも緊張しているように思える。一体、何が起きたのだろう？

「ユアラとの勝負を明日に控《ひか》えているからこそ、聖峰アクアトリウムに住んでおられるアクアドラゴン・シヴァ様が、君たちとの会談を求めてきた。時間もないから、今すぐにプリシエルとともにシヴァ様のところへ行ってくれないだろうか？」

驚《おどろ》きの発言だ。ここに滞在《たいざい》している間、私もサーベント王国の国土や風習について勉強して知ったけど、『アクアドラゴン・シヴァ』はサーベント王国の守護竜と言われており、全国民から崇拝《すうはい》されている。

ただ、聖峰アクアトリウムの中でも、シヴァさんの住むエリア一帯は結界が展開されているらしく、認められた者しか入れない。それゆえ、このダークエルフの国でも進入可能な者は限られており、現時点ではイオルさん、アーク様、アレフィリア様の三名のみ……私たち人間や魔鬼族が入っていいの？

「シャーロット、ユアラの件については、ガーランドはんからも詳《くわ》しく聞いているわ」

優雅《ゆうが》に着物を着こなすプリシエルさんは、実は江戸時代の日本からの転生者だけど、ガーランド様と連絡を取り合えるほどの間柄《あいだがら》なんだ。

「あの子はあかんな。人だけでなく、神すらもおちょくってるわ。背後に正体不明の神がおるせいで、うちやシヴァ様でも太刀《たち》打ちでけへん」

いくら最強種のドラゴンとはいえ、二匹が協力してくれたとしても、ユアラの背後にいる神だけは倒せないのは当然と言えば当然だろう。プリシエルさんは、何を言いたいのかな？

「シャーロットだけが頼《たよ》りなんやけど、転生者といっても八歳の子供や。うちやシヴァ様だけでなく、ガーランドはんも心配しているんよ。せやから、念には念をということで、シヴァ様になんやけったいなもんを作らせてはったわ」

けったいなもの？　それを私にくれるってこと？

「ものの名称や効果に関しては、直接シヴァ様に聞いたらええわ。今回は特別で、シャーロットだけでなく、トキワ、アッシュ、リリヤ、カムイを連《つ》れてきてもええって言ってはるで」

どんなアイテムをくれるのかはわからないけど、みんなが私を心配してくれているんだね。仲間全員を連れてきていいのは、私としても嬉《うれ》しいよ。ただ、アッシュさんとリリヤさんの二人は、それを聞いて凄《すご》く緊張しているけどね。

「わかりました。国王陛下、私たちも今日出発しようと思っていたので、シヴァさんのところに寄った後、直接フランジュ帝国の方へ出向きます」

待ち合わせの場所は、フランジュ帝国の帝都。帝都近くの街で宿を取ろうと思っていたから、これくらいの寄り道なら全然問題ないよ。それにしても、ガーランド様はどうして直接私に渡さないのだろう？　あのユニークスキルを使いこなせるよう、毎日夢の中で会っているのだから、そこで渡せばいいのに。

もしかして、師匠《ししょう》の天尊輝星《てんそんかがぼし》様によるお仕置きを怖《おそ》れているのかな？　一人の人間と過《か》剰《じょう》に接している時点で、この世界の成《な》り行きに介入しない件についてはもうアウトだと思うのだけど？　シヴァさんを経由することで、きつ～いお仕置きから少しでも免《まぬが》れようとしているのかもしれない。

「すまん。我々もユアラに大きく関わっているというのに、役に立てそうもない」

その国王陛下の言葉に続いて、アレフィリア王妃やシンシアさん、ベアトリスさんも謝《しゃ》罪《ざい》の言葉を重《かさ》ねてきたので、私まで申し訳ない気持ちになってくる。ここは、少しでもみんなの心を軽くさせる言葉を言わないといけない。

「そんなことありません。ここに滞在している間、有意義な時間を過ごせましたし、なによりも『ゆとり』を取り戻すことに成功しています。これなら、ユアラとの勝負で全力を出し切ることができます」

そういえば、ユアラや神との戦いに勝利できたとしても、ユアラ自身をサーベント王国や、彼女が大災厄《だいさいやく》をもたらしたジストニス王国へ連行することができるだろうか？

そもそも、黒幕の神は日本出身らしいけど、ユアラとの接点はどこにあるの？

まさか……彼女は日本人？

でも私の仮説が当たっていたら、ここへ連れてくることはできないかもしれない。

「みなさん、ユアラと黒幕の神に関しては、私に任《まか》せてください。私もガーランド様とタッグを組んでいますし、仲間たちのフォローもあります。必ず勝って、報告に来ますね。ただ、やつらの処遇《しょぐう》に関してはガーランド様に任せているので、ここへは連れてこられないかもしれません」

私の言葉に真っ先に反応したのは、ユアラに心を弄《いじ》られたベアトリスさんだった。

「やつの心をへし折ってくれるのなら構わないわ。あいつだけは、絶対に許せないもの。

ただ、代わりにこの魔導具でユアラと黒幕の屈辱《くつじょく》に満ちた顔を撮《と》ってほしいの。これは、王都の最先端《さいせんたん》とも言える魔導具技術を駆使《くし》して開発された、超高性能カメラよ。新聞記者の持つコンパクトカメラよりも五倍以上の性能があるわ」

本来、護衛騎士が国王陛下の前で口を出すのは不敬《ふけい》に値《あたい》するのだけど、ユアラの話題に限って言えば許されると思う。その証拠《しょうこ》に、誰も彼女を非難《ひなん》しないもの。一番の被害者であるベアトリスさんが代表して、私に言っているんだね。

彼女から渡された魔導具は、地球で見た『一眼レフデジタルカメラ』に酷似《こくじ》している。『飛翔《ひしょう》型高感度カメラ』は、ドローンと大型カメラが合体したかのような機体だったけど、これは完全にデジカメだよ。

「ふふふ。この日のために、魔具師の人たちが私とシンシア様の要望を取り入れて開発した、世界で一台の超高級カメラよ。静止画五百枚、動画百二十分を記録できるし、スキル『視力拡大』と『聴力《ちょうりょく》拡大』を、カメラに内蔵されている空間属性の魔石に使えば、視野を拡大し音声も拾える優《すぐ》れものよ。ちなみに、地球の日本ではこれと似た魔導具を何と呼んでいるの？」

地球のデジカメだと、遠距離の音声までは拾えないよ!?

えげつない魔導具を開発したよね!!

「空間属性の魔石を平《たい》らに加工して、そこに画面が表示されることを考慮《こうりょ》すると、『一眼レフデジタルカメラ』ですね」

こちらの新聞記者が使うコンパクトカメラをきちんと見たことはないものの、この様子からして家庭用のデジカメなんだろうな。渡されたカメラは、どう見ても高級品だ。しかも、世界に一台しかないのだから、扱《あつか》いには要注意だね。

「いいわね、その名称‼」

ベアトリスさんだけじゃなく、国王陛下たちもこの名称を気に入ってくれたようだ。全員から、ユアラのお仕置きショットを希望されたよ。でも、こういった魔導具があるのなら、撮ったものを複製《ふくせい》・保存できる魔導具も存在しているはず。たとえユアラを連れていけなかったとしても、それをジストニス王国へ持っていけば、クロイス女王《じょおう》たちの恨《うら》みも少しは晴れるんじゃないかと思う。

「必ずや勝ち、みんなの求める静止画と動画を撮ってきますね‼」

私たちはユアラとの勝負に挑むため、ベアトリスさんたちに別れを告《つ》げ、ドラゴンの姿となったプリシエルさんの背に乗り、みんなで聖峰アクアトリウムへ向かった。

会談時、みんなを悲しませないよう、ああ豪語《ごうご》したけど、正直《しょうじき》私が殺される可能性も十分にありうる。そうなったら、仲間も全員死んでしまうだろう。今回ばかりは、『自分の死』を覚悟して勝負に挑まないといけない。

でも、負けるつもりはさらさらない‼

必ず勝って、長距離転移魔法と各都市の全座標を入手し、故郷へ帰ってみせる‼

1話　アクアドラゴン『シヴァ』との謁見《えっけん》

私たちはプリシエルさんの背中に乗り、風の抵抗を受けないためにシールドを展開しながら、聖峰アクアトリウムの山頂へ向かっている。全員がここから見える地上の風光明媚《ふうこうめいび》な風景に見惚《みと》れており、かくいう私自身も、忘れることのないようこの絶景《ぜっけい》を魔導具『一眼レフデジタルカメラ』におさめている。せっかくなので、カムイに頼《たの》んで、みんなと写真を撮っておいた。

標高《ひょうこう》が高くなるほど、樹々が減《へ》り、岩石が目立ってくる。聖峰アクアトリウムは今でこそ死火山となっているけど、遥《はる》か昔は火山活動が活発だったらしい。その名残《なご》りなのか、頂上付近は岩石地帯になっていると、プリシエルさんが言っていた。

アクアドラゴンのシヴァさんは、この岩石地帯の地盤《じばん》ごと開拓し、頂上にドラゴンの楽園を作ったという。今の時点で頂上付近を見ても、ただの岩石地帯にしか見えない。

頂上周辺に展開されている結界を通り抜けると、何が待ち受けるのだろう？　結界まではもう少しかかるようだし、プリシエルさんとは念話で話せるから、今のうちに気になることを聞いておこう。

「一つ気になるんですけど、ドラゴンの人型形態って完全に見た目は人間でしたよね？」

「そうや、人間やで？　それがどないしたん？」

「ランダルキア大陸にいる竜人族との違いがよくわからなくて」

　この世界には、人間、ドワーフ、獣人、エルフ、ダークエルフ、魔鬼族、獣猿族、ザウルス族、鳥人族、竜人族の十種族がいる。竜人族の大半がランダルキア大陸に住んでいるため、私もまだ見たことがない。

「ああ、それは簡単やで。竜人族は、ドラゴンと人間の混血やねん。ドラゴンの中には人間形態の方を好む者もおってな。彼らが人間と結婚して生まれてきたのが竜人族の先祖というわけ。混血のせいもあって、ドラゴンの角《つの》が額《ひたい》付近から生《は》えてるわ。角の形が魔鬼族とちゃうから、すぐ区別できるわ」

　なるほど、竜人族は人間とドラゴンのハーフなのね。

「竜人族は、ドラゴンに変身できるのですか？」

「ドラゴンの血が濃《こ》い者に限り変身できるで。変身したら身体能力も飛躍的に上がるけど、時間が限られてるわ」

　制限時間付きの変身、『鬼神変化』のようなものかな？

「人間や獣人と違って、そこまで強い欲望を持ってないものの、たまに戦争を起こしてるな」

人間や獣人は三大陸の支配を狙《ねら》ってハーモニック大陸に攻《せ》めてきたのに、変身能力を持つ竜人族は、世界征服《せいふく》までは企《たくら》まないんだ。それだけ人間や獣人の支配欲が強いということか。

「今から結界を通過するで。通過したら、みんな驚くわ。山頂付近をよう見ときや」

おお、いよいよシヴァさんのいる住まいが見えるんだね。

私たちが頂上付近をじっと見つめていると、ある地点から急に景色が切り替わった。そして私は、あまりの光景に言葉が出なかった。結界を通り抜けた瞬間、数十頭のドラゴンが大空を駆《か》け、頂上部分には一つの街が形成されており、中心には神殿が鎮座《ちんざ》していたのだ。シヴァさんの住まいだから、王宮と言えばいいのだろうか？

「うわあ～凄《すご》い、凄《すご》い‼　僕と同じドラゴンがいっぱいいる‼　これだけいれば、僕の両親の居場所もわかるよね‼」

カムイは、これまでに『フロストドラゴンのドレイク』と『ラプラスドラゴンのプリシエルさん』としか遭遇《そうぐう》していないから、これだけのドラゴンを見たらはしゃいで当然だよね。私だけでなく、アッシュさんやリリヤさん、トキワさんもこの威風堂々《いふうどうどう》たるドラゴンの勇姿《ゆうし》を見て、言葉を出せないでいるよ。ただ、ドラゴン全員がこっちを見ているよね？

「あら～。みんな、シヴァ様に認められたシャーロットの姿を見たいんやな～。ごっつう人間と魔鬼族の子供らがこのエリアに侵入《しんにゅう》してくるんは、史上初やからな～」

「まあ、無理ないな～。やっぱり私に向けられているんだ。

この視線、やっぱり私に向けられているんだ。

視線を感じるわ～」

このプリシエルさんの言葉に一番驚いたのは、アッシュさんとリリヤさんだ。

「ええ、史上初!? アッシュ、どうしよう!! シャーロットとトキワさんは認められて当然だけど、私たち二人は何の実績《じっせき》もない普通の魔鬼族だよ!!」

リリヤさんよりも、アッシュさんの方が顔色が悪い。

「いや……リリヤには、トキワさんと同じユニークスキル『鬼神変化』があるから、みんなも納得してくれると思う。でも、僕には強力なスキルや魔法なんて一つもない。僕が……一番いてはいけない魔鬼族な気がする」

う～ん、ユアラの件が全てのドラゴンに伝わっているのかわからないけど、どのドラゴンからも敵意を感じないから、ビクビクする必要もないはずだよね。

「何言ってるの!! アッシュには、魔法『スパイシースティンク』があるじゃない!!」

リリヤさん、説得力ないよ。確かに強力な魔法ではあるけど、ユニークスキル『鬼神変化』と比較すると、インパクトが圧倒的に足《た》りない。

「二人とも、周りをよく見ろ。シヴァさんが他のドラゴンにも事の重大さをきちんと伝えているようだ。敵意もないし、むしろ歓迎されているだろ。というか、そんなにいちゃつくな」

「「え？・」」

トキワさんの言葉で、二人は改めて周囲の様子を確認し、ドラゴンたちが楽しそうに自分たちを見ていることに気づいて、顔を真《ま》っ赤《か》にしてしまった。

ミニクックイスクイズを乗り越《こ》えたことで、二人は互いに好意を告白し、ようやく恋人関係となった。ただ、告白の翌日は互いの動きがぎこちなかったから、ベアトリスさんとシンシアさんがアドバイスしてくれたんだよね。そのおかげもあって、二人とも自然な恋人関係を保てるようになったんだよ。

「アッシュもリリヤも、アツアツやな～。あんたらやったら、結婚していい家庭を築《きず》けそうやわ～。さあ、シヴァ様のおられる王宮へ着陸するから、しっかり踏《ふ》ん張りや～～」

二日前、アッシュさんが十三歳になり、リリヤさんもあと一月もすれば十三歳になる。

結婚は、最低でもあと五年くらい先だよね。

いよいよ、シヴァさんとの謁見《えっけん》だけど、よく考えたら性別すら知らない。こんな場所で聞くのも失礼だし、実際に見ればいいかな。

○○○

うーん、こうやって地面に降り立ち、シヴァさんの住む王宮を眺《なが》めると、これまで見てきた王城とは少し違う建築様式なのがわかる。何となく、地球のオーストリアの首都ウィーンにあるシェーンブルン宮殿に似ている。さすがに、あそこまで大きくないけど、デザインが似ている。

「さあ、シヴァ様のおる謁見《えっけん》の間《ま》へ行こうか」

「謁見《えっけん》の間《ま》があるんですか？」

私は、プリシエルさんの言葉に驚いた。ドラゴンがわざわざ人間のようにそんな部屋を作るなんて不思議に思えた。

「シヴァ様は、そんな硬《かた》っ苦《くる》しい『間《ま》』なんかいらんと言ったんやけど、大勢のドラゴンたちがな、『あなた様はハーモニック大陸の国々を裏で牛耳《ぎゅうじ》る世界最強種の竜王。威厳《いげん》を見せるためにも必要です!!』と言うこともあって、みんなで作ったんよ」

『竜王』……エンシェントドラゴンと同格だから、そう言われても問題ないよね。でも、シヴァさんっていつ頃からこの大陸にいるのだろう？

私たちが王宮へ入り、床や壁《かべ》、調度品類などを見ると、ドラゴンの趣味嗜好《しゅみしこう》も、私たち人間や魔鬼族と大差ないことがわかった。しかも、どれもこれもがジストニス王国やサーベント王国の城で見たものと同じで、ハイレベルだ。時折すれ違う人型形態の使用人や臣下の方々の礼儀《れいぎ》も完璧《かんぺき》で、誰もがここで働けることを誇《ほこ》りに思っているのか、自信に満ち溢《あふ》れている。

「ここが『謁見《えっけん》の間《ま》』入口やで。ほな、行こか～～～」

「「「「え⁉」」」」

私たちの声を無視して、プリシエルさんはいきなりドアを開けたよ‼

心の準備が全くできていないんですけど‼

「シヴァ様～～連れてきましたよ～～～～」

ええ、そんな気さくな話し方でいいの⁉

何のために、謁見《えっけん》の間《ま》を作ったの⁉

「きゃあ～やっと来たわね～シャーロットちゃ～～～～ん」

「ぐほ～～～～」

シヴァさんを見ようとした瞬間、いきなり誰かに抱《だ》きつかれた～～～。この柔《やわ》らかな感《かん》触《しょく》って、胸だよね？　胸に埋《う》もれて窒息《ちっそく》死《し》しそう……

「こらシヴァ様、何やってんねん‼　シャーロットが窒息《ちっそく》死《し》するやろ？」

どこからか、何かを叩《たた》くかのようなスパーーーンという音が聞こえた。それと、いつまで続くのこの状態？　どんどん苦しくなっていくんですけど？

「あら、ごめんなさい。この子たちがサーベント王国に入って以降、ず～っとここから見ていたし、シャーロットちゃんが私の子供のような容姿《ようし》をしているから、つい抱きしめてしまったのよ」

やっと解放されたものの、私とシヴァさんって似ているの？

目の前にいる人物を見上げると、それはそれは美しい女性がそこにいた。長く美しいきらきらと光る流麗《りゅうれい》な銀髪、まるで雪女とも言える冷たく眩《まぶ》しいお顔。水色のドレスを着ていることもあって、容姿と服装の全てがマッチしているよ。というか、私と美しさのレベルが全然違う。私が成長しても、シヴァさんのようにはなれないよ⁉

「シャーロットちゃん、私の子供にならない？」

あ、プリシエルさんがハリセンでシヴァ様の頭を叩《たた》いた。これって、ツッコミだよね？

「何を言ってはるの⁉　シヴァ様には旦那《だんな》様もおるし、子供かて三人もおるやろ。みんな用事があって今はおらんけど、怒られるで‼」

ユアラとの戦いに備《そな》えてここへ来たことを、シヴァさんは理解しているよね？

「ごめんなさいね〜。子供成分が不足していたところに、シャーロットちゃんが訪れたからついね。みなさん、初めまして。私がアクアドラゴンのシヴァよ。千年前の戦争以降、ガーランド様からハーモニック大陸の国々があのときの馬鹿げた戦争を二度と起こさないよう、見張りを言いつかっているのよ」

千年前の戦争？　そういえば、二百年前と三千年前の戦争に関しては私も調査して内容も理解しているのに、千年前の戦争に関しては何も知らない。アイテムをもらった後、聞いてみようかな。

「シャーロット・エルバランです。対ユアラ戦用のアイテムを私に与えてくれると聞いたのですが？」

「そうね。今回は戦争どころではないわね」

シヴァさんも、ユアラと黒幕の神についてガーランド様から聞いているからか、先程までのゆる〜い表情から真剣なものへと変化した。一体、どんなアイテムを製作したのだろう？

2話　過保護《かほご》の神ガーランド

出会い頭《がしら》の抱きしめもあって、『緊張感』が私たちの中から吹っ飛んでしまった。アッシュさんやリリヤさんも、シヴァさんが想像していた人物とかけ離《はな》れていたので、私と同じ気分を味わっていると思う。ただ、これから真剣な話をするからか、シヴァさんは玉座《ぎょくざ》に座り、プリシエルさんは側近《そっきん》として、その横に立った。

「この上から人々を見下《みお》ろすという行為は、いつまで経《た》っても慣れないわね。私的には対等に話したいのだけど、ドラゴンの頂点にいる以上、威厳を保たないといけないから許してね。それじゃあ、ユアラに関する話をしましょう。シャーロットたちが王都フィレントに入って以降、私はあなたたちをずっと見ていたわ」

玉座にいるシヴァさんからは、威厳と風格《ふうかく》が伝わってくる。

その容姿も相《あい》まって、この方がドラゴンの女王なのだと、再認識する。

「ユアラがどこで仕掛けてくるのかわからないから、ずっと警戒《けいかい》していたのよ。突然王城の空中に現れたときは私も驚いたわ。ただユアラ一人だけなら、今のあなたたちでも十分捕縛《ほばく》することは可能だと思うわよ」

フロストドラゴンのドレイクもいるのに、そちらは眼中にないようだ。まあ、彼は普通のドラゴンでいつでも討伐《とうばつ》可能だし、シヴァさんにとっては警戒する必要もないか。

「でも、その後に出現した黒幕の男、やつだけは得体が知れないわね。ここにいる全員が束《たば》で向かっても、おそらく瞬殺《しゅんさつ》されるでしょうね」

シヴァさんも、やつの危険性を理解してくれている。神に直接ぶつかれば、こちらが全《ぜん》滅《めつ》するのは必至《ひっし》だ。それを回避《かいひ》するために、ガーランド様からあのユニークスキルをいただいたのだけど、それだけじゃあ不安なのかな？

「シャーロットちゃん、ガーランド様からあなたの境遇《きょうぐう》についても聞いているわ。ここまで神に愛されている人は珍《めずら》しいわよ。あの方はあなたを生かすため、あらゆることを想定し、あらゆる災難《さいなん》に対処できるよう、私に一つのアイテムを作ってほしいと頼んでこられたのよ」

『あらゆる災難』？　相手が神である以上、何をしてくるのかわからない。でも、たった一つのアイテムだけで対処できるのだろうか？

「そういった大事なものは神自《みずか》ら作ればいいのではと質問はしたのよ。けど、三千年ほど前に一度下界に降りて暴《あば》れたせいで、上位の神々に睨《にら》まれているらしいのよ～」

やっぱり、天尊輝星様のお仕置きを怖れているから、シヴァさんに頼んだのか。

「その事情は私も聞きましたが、別の神にイタズラされている時点で、お仕置きされることは確定ですよね？」

「そう、それよ‼　そのお仕置きのレベルを極力《きょくりょく》下げたいらしいのよ。そういう自分勝手な魂胆《こんたん》もあるから、あなたを巻き込んだことに関しては本当に悔《く》いていたわね。そこで、このアイテムを作ったの。地球では、これを『ミサンガ』と言うのでしょう？」

シヴァさんが立ち上がり、懐《ふところ》から二個の輪《わ》っかのようなものを取り出し、私に渡してくれた。赤・橙《だいだい》・黄・緑・青・藍《あい》・紫の七色の紐《ひも》が一つに束ねられており、形もミサンガで間違いない。

各々の紐からは、清浄な神気を感じる。あのユニークスキルを譲渡《じょうと》されてから、ずっと訓練を重ねてきたおかげで、神の力をようやく感じ取れるようになった。そんな今だから

こそ、これがただのミサンガでないことがわかる。

「これは確かにミサンガですが、地球のものと明らかに『質』が違いますね。ガーランド様の力を強く感じます」

このミサンガには、どんな効果があるのかな？　構造解析してみよう。

アイテム名『神浄のミサンガ』　製作者：神ガーランド、シヴァ　装備箇所《そうびかしょ》：魂《たましい》
装備者をあらゆる厄災《やくさい》から守護するために製作された究極《きゅうきょく》の逸品《いっぴん》。各色の紐はそれぞれ一つずつ役目を担《にな》っている。『赤』が勇気、『橙《だいだい》』が希望、『黄』が交通安全、『緑』が健康、『青』が心願成就《じょうじゅ》、『藍《あい》』が厄除《やくよ》け、『紫』が忍耐となっている。装備者がどこにいようとも、内面を守護する効果を持つ。二個で一組となっており、魂に装備されるため、身につけた者同士の繋《つな》がりが強化される。シャーロットがこれを装備した場合は、残り一個は必ずその場にいる仲間の誰かに装備させること。

「これって、ミサンガ本来の効果だけでなく、日本の御守りの効果も取り入れてませんか？」

交通安全、心願成就《じょうじゅ》、厄除けって、日本の神社に置かれている御守りみたい。ただ、このアイテムの制作者はガーランド様とシヴァさんだ。単なる御守りであるはずがない。

「さすがね、それが『構造解析』スキルの力なのね。このアイテムには強力な加護《かご》が込められているわ。本当は仲間全員分を作りたかったのだけど、紐の一本一本にガーランド様の神力が込められているから、これを一つに束ねるだけで私の魔力の全てを持っていかれるの。結局、二個しか作れなかったわ」

七本の紐を一つに束ねるだけで、シヴァさんの魔力を全部消費するの⁉

そんな凄《すご》いものを私に与えてくれるなんて、いくら神様対決でもいささか過保護のような気もする。まあ、それだけの相手と思えばいいのかな。

「シヴァさん、ありがとうございます。私にとっては、この二個だけでも掛け替えのないプレゼントです。大事に使わせてもらいますね。ところで、装備箇所が装備者の魂になっているのですが？」

そう、ここが問題なのよ。

「それは簡単よ。相手も神である以上、腕に装備すれば、そのミサンガの効果に必ず気づくわ。そこで、魂そのものにつけるのよ。あなたがパートナーとする仲間を選択すると、二つのミサンガは効果を発動させて、魂に溶《と》け込むわ」

魂に……溶け込む……それなら、あの神にも気づかれないかもしれない。そうなると、誰をパートナーとして選ぼう？

トキワさん、アッシュさん、リリヤさん、カムイ。ここにいる四名のいずれかから選ばないといけない。

例えば、黒幕の神は誰でも捕《つか》まえて人質《ひとじち》にできる。そのときに神の逆鱗《げきりん》に触《ふ》れるキーワードを言いそうなのは、カムイだ。でも……悩《なや》むな。

一人で決めるものじゃないし、仲間に相談してみよう。私がミサンガの効果をみんなに説明すると、驚きがいつもよりも少なめだった。トキワさんだけは、真に理解したのか言葉を失っているものの、アッシュさんとリリヤさん、カムイの三人は『本当に凄《すご》いものなの？』という疑心《ぎしん》がもろに顔に出ている。

「ねえ、シャーロット。その効果って、なんの意味があるの？　交通安全と心願成就《じょうじゅ》はなんとなくわかるけど、勇気、希望、健康、厄除け、忍耐って、スキルでカバーできるよね？」

カムイ、シヴァさんがいるのに、ストレートに質問してきたね。

「そうだね。私もこの効果はわかっても、ガーランド様の危惧《きぐ》することまでわからないの。トキワさんは効果を聞いた上で、誰がいいと思いますか？」

ここは、経験豊富なトキワさんに聞いて、少しでもヒントを貰《もら》おう。

「そうだな……神を相手とする以上、ここで選択ミスをするだけで全滅必至になる。ミサンガの持つ個々の効果を踏まえた上で、シャーロットとの絆《きずな》が深い者を選ぶべきだろう」

ミサンガの効果と絆《きずな》の深い者……か。勝負の最中、私たち全員が単独行動となった場合、一番危険なのは赤ちゃん魔物のカムイだ。紫の『忍耐』の効果が発揮《はっき》されれば、先ほどのような心配はしないで済む。

あと、『繋がりの強化』という効果によって、もしかしたら従魔契約《じゅうまけいやく》以上の強い繋がりが生じて、それがどこかの局面で役立つ場合だってあるかもしれない。ただ、『心願成就《じょうじゅ》』がどんな影響を及《およ》ぼすのかが怖い。とはいえ、私のために製作されたものだから、簡単には機能しないはずだ。

ここは、一か八《ばち》かカムイに賭《か》けてみよう‼

「決めました‼　私のパートナーは……カムイにします‼」

私がそう告げた瞬間、二本のミサンガが金色に光り輝き、私とカムイの胸元へゆっくりと移動し、身体《からだ》の中へなんの抵抗もなく入っていった。これで装備されたはず。でも、全くその感覚がない。

「カムイ、身体に何か変化が起きていない？」

空中にぷかぷか浮いているカムイも首を傾《かし》げる。

「よくわからないな。これがなんの役に立つの？」

カムイが改めて言う。私も同意見だよ。心願成就《じょうじゅ》といっても、『黒幕の神をこの世から抹消《まっしょう》してください』と強く願ったところで、それが叶《かな》うわけもない。だとしたら、とっくに事態は解決している。

「シャーロット、カムイ、私が聞いても、教えてくれなかったわ。黒幕と遭遇《そうぐう》したとき、心を読まれる危険性もあるでしょう？　必要以上に知ってしまったら、切り札《ふだ》の意味がなくなるわ。ここは、彼を信じましょう」

シヴァ様の言う通りだね。相手が神である以上、切り札は隠さないといけない。あのガーランド様から貰《もら》ったユニークスキルの名称にしても、今の時点ではステータスに表記されていないし、悟《さと》られないよう私の心自体にも、守護がかけられている。ガーランド様のことだから、何か意味があるんだ。今は、あの方を信じるしかない。

「シャーロットの用事は、これで終わりだよね？　次は、僕の番だ‼　シヴァ様、僕はカムイ‼　エンシェントドラゴンとして生まれて、今は進化してインビジブルドラゴンの幼生体なんだ。僕は、フランジュ帝国のどこかにいるお父さんとお母さんを捜《さが》しているんだ。シヴァ様は居場所を知らないかな？」

カムイのテンションがいつもよりも高い。

「あなたが、カムイちゃんね。事情は、プリシエルから聞いているわ。あの二人は私の親友でもあるから、すぐにでも会わせてあげたいところだけど、私も正確な居場所まではわからないのよ。ただ、ユアラと黒幕の神が帝都のどこかに滞在し、シャーロットたちと戦う以上、帝都……いえ帝国に潜《ひそ》む異質な存在を必ず察知するはずよ。つまり……」

シヴァ様の意図に気づいたのか、カムイの表情は明るいものへと変化していく。

「そっか‼　僕たちがユアラや黒幕と戦えば、お父さんもお母さんも異変を察知して、帝都に駆けつけてくれるんだね‼」

「ふふ、そういうことよ。だから、必ず勝ちなさい。『僕はこいつらに勝てるほど強くなったんだ』と言って、二人を驚かせてあげなさい」

「うん‼　絶対勝つ‼」

シヴァ様は三児の母親だけあって、子供のやる気の出し方が上手《うま》いよ。帝都に到着したら、カムイが勝負そっちのけで、両親の捜索《そうさく》に入る可能性があることに気づいたんだ。あの言い方なら、カムイのやる気の全てをユアラとの勝負に持っていける。

「私とガーランド様ができるフォローは、ここまでよ。後はあなたたち次第、ユアラとの勝負頑張《がんば》ってね」

「「「「はい‼」」」」

ガーランド様は私に対して、過保護とも言えるくらいの助力をしてくれた。シヴァ様から貰《もら》った『ミサンガ』の意図だけはわからないものの、これで全ての準備が整った。

3話　勝負開始

現在のハーモニック大陸には、ジストニス王国、サーベント王国、バードピア王国、フランジュ帝国の四カ国が存在する。一つだけ帝国となっている理由、それは国のトップが『王』ではなく、『皇帝』と名乗っているからだ。

フランジュ帝国の帝都リッテンベルグでは十年に一度、『皇帝天武祭』という盛大《せいだい》な祭りが催《もよお》される。祭りの趣旨《しゅし》は至《いた》ってシンプルで、大陸中から強者を呼び寄せ、その中から次期皇帝を選出するというものだ。

『カリスマ性』『武力』『知力』『品格』の四部門に分かれており、参加者全員が挑戦し、総合得点の最も高い者が次期皇帝となる。

当然、現皇帝も皇帝でい続けたければ参加しなければならない。そのまま皇帝を継続《けいぞく》する場合もあるが、それはレアケースと言っていいだろう。

ゆえに、この国に限り皇帝の代替わりは非常に激《はげ》しい。だが、毎回品位ある者が選出されるため、各国からの評価も高い。

選出された者は国のトップとして十年間君臨《くんりん》できるが、皇帝はあくまで内紛が起きないよう抑止力《よくしりょく》として存在しているだけで、政治に関しては他国と同様、貴族が統括《とうかつ》している。

ただし、この国では、全てにおいて実力主義で、貴族であっても才能と実績がなければ、容赦《ようしゃ》なく閑職《かんしょく》へと追いやられる。逆に、平民でも優秀《ゆうしゅう》な人材であれば、一代貴族といった形で政治の世界へ入ることも可能となっている。

現在、皇帝の住む帝城の議会では、とある議題についての最終討論が行われている。内容は『ユアラ・ツムギへの対処について』。

今から二週間前、サーベント王国のアーク国王から大型通信機を経由して、一つの情報が伝えられた。

彼から語られた内容は、ユアラ・ツムギについての危険性である。彼女が間接的に介入したことで、ジストニス王国は崩壊《ほうかい》の危機に陥《おちい》り、サーベント王国ではベアトリスとシンシアとの間で大きな確執《かくしつ》が生じ、大事件へと発展した。

後に、聖女シャーロット・エルバランによって、二国は平和を取り戻したものの、彼女がユアラの次の標的《ひょうてき》となってしまう。そして、今から二週間後、勝負が執《と》り行われる。その場所がここ帝都だった。

それを聞いた議会は、大騒《おおさわ》ぎとなった。

勝負の内容が一切不明のため、帝国側も動きようがない。また、下手《へた》に捜索しようものなら、ユアラの怒りを買い、ジストニス王国の二の舞となってしまうかもしれない。

この二週間散々《さんざん》議論し合った結果、議会の結論は『勝負を見守る』の一択となった。また、聖女シャーロットが帝都を訪れた際は最大限に出迎《でむか》えるよう各所に通達する。何も知らない警備《けいび》の者が聖女を追い払ってしまったら、勝負どころではないからだ。同時に、聖女側も勝負の内容が決まったら、帝都側の警備に何か伝えてくるはずなので、聖女一行の応対には細心の注意を払うようにも伝えている。

勝負当日の早朝、議会メンバーたちは最終討論を終わらせると、聖女一行が今日帝都へ到着するため、失礼なく出迎えるよう各所へ再度通達する。そして全員が、聖女シャーロットが勝利することを神に祈った。

○○○

本来、サーベント王国の王都からフランジュ帝国の帝都に来るためには、いくつもの馬車を乗り継《つ》いでも、一ヶ月以上かかる。今回は、プリシエルさんが全力で飛んでくれたこともあって、シヴァ様に会う時間を含めても約七時間で帝都にほど近い草原へ到着した。

ここまでのお礼を言うと、『ええよ、ええよ。ユアラとの勝負に勝って、やつらを捕縛《ほばく》してな』と私たちに励ましの言葉を贈《おく》ってくれた。

彼女は自分も勝負に参加したかったのか、帝都の方をじっと名残惜《なごりお》しそうに見つめたまま、悠然《ゆうぜん》と聖峰アクアトリウムへ飛び去っていった。そんな彼女を見て、私――シャーロットは『絶対に勝利してみせます‼』と心に誓《ちか》う。

その後、私たちは草原で野宿をし、翌朝八時に起床した。朝食を摂《と》ってから万全の状態で歩き出し、昼前には決戦の舞台となる帝都リッテンベルグへ到着した。

フランジュ帝国はハーモニック大陸の北東部にあり、その国土はかなり広い。そのため地方によっては気候も大きく異なるのだが、帝都は比較的雨の少ない地域だという。確かに、乾燥《かんそう》しているる。しかも、気温が三十度と高く、出歩く際には飲み物が必須《ひっす》のようだ。

この国は、全ての階級において実力主義となっているせいか、あらゆる分野で発展の速度が著《いちじる》しい。魔導具技術に関しては、サーベント王国に負けるらしいけど、この国の科学レベルは間違いなく大陸一だろう。

だって、空から見える帝都の光景だけで、明らかにジストニス王国やサーベント王国の王都よりも発展しているのがわかるのだから。

この国の文明は二国よりも百年ほど発展しており、おそらく十九世紀後半のヨーロッパ並だと思う。その証拠に、猛《もう》スピードで駆け抜けていく蒸気《じょうき》機関車を見た。

ただ、帝都は他の国の首都と同様、高さのある分厚《ぶあつ》い外壁《がいへき》で囲まれているのだが、外壁の技術だけで言えば、どの国も同じくらい立派だった。

こうやって三カ国を比較すると、やはりジストニス王国が一番遅《おく》れている。

ネーベリック事件が、かなり尾を引いているね。

「ここが帝都リッテンベルグの入口ですか。かなり混雑《こんざつ》していますね」

出入口は三箇所あるようで、それぞれの上には、デカデカと『平民用』『貴族用』『聖女用』と看板が掲《かか》げられていた。

「え……聖女用!?」

どうして、聖女用の入口があるの？

「おいおい、聖女用って……もしかして、アーク国王陛下の計《はか》らいかもしれないな」

そう言えば、帝国のお偉《えら》いさん方にユアラの情報を伝えておくと言っていたけど、それがこんな形で現れるとはね。

「トキワさん、これって目立ちますよね？」

「これだけ並んでいる中、俺たちだけ待ち時間なしで行けるのだから、目立つのは間違いないな。だが、ユアラのことを考慮すれば、仕方ない処置だ。サーベント王国での一件は、一般国民に伝わっているだろうから、どうせすぐに目立つ」

活躍すればするほど、周囲からの視線が強くなるね。今に始まったことでもないし、気にせずあの入口を使わせてもらおうかな。私たちが『聖女専用』の方へ行くと、すぐに警備の犬型タイプの獣人のおじさんが駆けつけてくれた。

「聖女様、お待ちしておりました。今日訪問することは皇帝陛下から伺《うかが》っておりましたので、こちらの入口をお通りください」

私たちは警備の獣人さんにお礼を言うと、待ち時間ゼロで帝都の中へ入った。

『ピコン』

これは、ガーランド様や精霊様からメッセージが入ったときの音だ。でも、このタイミングで鳴るということは、絶対にユアラからだ。ステータスを確認すると、やはり彼女からのメッセージだった。
「みなさん、早速ユアラからメッセージが届きました」
前へ進もうとするトキワさんたちが、一斉に私を見る。『いよいよ、勝負が始まる‼』というピリピリした緊張感が、私たちを支配していく。メッセージの内容を見てみよう！

『シャーロットへ
ヤッホ～～ユアラだよ‼　この日をどれだけ待ち望んでいたことか。私の都合もバッチリだし、これであなたと思う存分遊べるわ。勝負の内容は超簡単‼　帝都のどこかにいる『私』か『あの方』のどちらかを捕まえることができれば、あなたの勝ち‼　私たちが逃げ切れれば、私の勝ち‼　ちなみに、ドレイクもいるから見つけてごらん』

わざわざ、サーベント王国の王都から遠路《えんろ》はるばるここまで来たのに、勝負の内容が鬼ごっこなの⁉　それなら、サーベント王国でもできるじゃん‼　いや、あのユアラがただの鬼ごっこを強要するわけがない。続きを読んでみよう。

『まあ、これだけ広い帝都だから、そもそも私たちを見つけることも相当困難だよね。そこで、ヒントとなる「ユアラメダル」をあちこちにばら撒《ま》いておいたから、それを見つけるといいわ。プププ、これってクックイスクイズの「ヘキサゴンメダルを探《さが》せ」を真似《まね》てるから面白《おもしろ》いわよ』

ヘキサゴンメダル？　そういえば、サーベント王国王都の図書館でクックイスクイズについて勉強していたとき、本選のチェックポイントで利用されるクイズゲームの一つに、そんなものがあった気がする。

『勝負の期間は二日後の日の入りまで。私に勝てばあなたに長距離転移魔法と座標を進呈《しんてい》するわ。ちなみに、負けた場合は、地道にランダルキア大陸を経由して、故郷へ帰るといいわ。お得意のユニークスキルを使ってもいいわよ〜。このゲームが終わったら、私の知的好奇心も収まっているだろうから、もしかしたらもう二度とあなたの前に姿を見せないかもね。それじゃあ、ゲーム開始よ!!』

これはまずい。もしユアラとその黒幕が私に対しての興味を失ったら、惑星ガーランドから逃亡するかもしれない。それだけは、絶対に阻止《そし》したい。でも、鬼ごっこをするだけで、どうやって私に対する知的好奇心を満足させるのだろう？　そもそも、ユアラが私の何に興味を持っているのか、それがわからないんだよね。他の人たちと違うのは、『強さ』と『転生者であること』。これが知られたら、ユアラは私への興味を失うのだろうか？

とにかく、勝負の内容がわかった以上、みんなに話そう。


「……というわけで、勝負内容は『鬼ごっこ』です」

うん、わかっていたけど、全員が微妙《びみょう》な顔をしている。ここまで呼んでおいて、何でそんな子供の遊びに付き合わないといけないんだという思いが、ありありと顔に出ているよ。

「本当に、孤児院《こじいん》の子供たちがよく遊んでいる、あの鬼ごっこを指しているのかな？」

「アッシュさん、その鬼ごっこです。ここでやる意味がわかりませんが、ユアラか黒幕の男を二日後の日の入りまでに捕縛《ほばく》できたら、私たちの勝利ですね」

ユアラが何をしたいのかは、二人を捕縛《ほばく》できればわかるはずだ。

「ちょっといいか？　俺は図書館に行っていないからわからないんだが、ユアラの言った『ヘキサゴンメダルを探せ』というのは何のことだ？」

そうか、あのときトキワさんはイオルさんと一緒に王城へ行っていたから、『ヘキサゴンメダル』を知らないんだ。


クックイスクイズ恒例《こうれい》イベント『ヘキサゴンメダルを探せ!!』

毎回どこかのチェックポイントで実施《じっし》される恒例イベント。クイズ参加者たちは、街の

どこかにあるヘキサゴンメダルを探し出さないといけない。各メダルにはそれぞれ異なる人物の顔が刻《きざ》まれている。これを入手すると、その人物が喋《しゃべ》り出し、指令を伝えてくる。それを三回連続で達成すると、そのチェックポイントの通過が決定する。指令の内容は多《た》種《しゅ》多様《たよう》で、簡単なものもあれば、無理難題《むりなんだい》な要求もある。

　このイベントのエリアは一つの街全体と非常に広い。しかも、メダルの配置箇所が『樽《たる》の中』『箪笥《たんす》の中』『財布の中』『カツラや服に縫《ぬ》いつけられている』『皇帝の眠《ねむ》る寝室のベッドの上』といった具合に、非常識な場所となっている。おまけに、他人のプライバシーにズカズカ入ったメダルほど、指令の難易度《なんいど》が低くなっていく。雷精霊様も、これを無断《むだん》で実施するのはまずいと思い、事前に街のトップと話し合い、配置箇所に関しては許可をもらっているという。

　私が詳しく説明すると――

「おい、ちょっと待て‼　まさかユアラのやつ、それを無許可であちこちにばら撒いているということか？」

　トキワさん、ユアラなら周りの迷惑《めいわく》なんて考えませんよ。

「え～～本当にやるの？　他人の家にある箪笥《たんす》の中を漁《あさ》ったら泥棒《どろぼう》だよ？　ましてや、メダルが服の中にあるんだとしたら、その人の衣服を剥《は》がさないといけないんだよ？　そんなことしたら、私たちが警備の人に捕縛《ほばく》されて、牢屋行きになるよ？」

リリヤさん、その通りなんですけど、それをやらないとやつらに勝てません。

「そういった危険な場所にあるメダルの中に、ユアラたちの居場所が隠されているんだと思います」

ユアラに勝つためには、こちらも手段を選んでいられない。そっちがその気なら、徹底《てってい》的《てき》にやってやろうじゃない!!

4話　ユアラメダルを探せ

私のユニークスキル『構造解析』を使用すれば、二人の居場所もすぐわかると思う。でも、ユアラのことだから、必ずそれに対する策《さく》を仕掛けているに違いない。

だから、彼女の術中に嵌《はま》るのは癪《しゃく》だけど、制限時間が四十八時間ほどしかないなら、『ユアラメダル』を探すしかない。ただ、アッシュさんもリリヤさんも、他人の家に無断で侵入することは避けたいようだし、トキワさんは英雄なので目立ってしまう。ここは、私とカムイで探そう。

「住居にあるユアラメダルに関しては、私とカムイで探し出します。私にはスキル『光学迷彩《めいさい》』、カムイにはユニークスキル『インビジブル』がありますから、他者に気づかれることはありません」

不法侵入まがいなことをするために、このスキルを開発したわけじゃないけど、背に腹は変えられない。

「そうか‼　二人なら気づかれることなく、屋内《おくない》を探せるんだ‼　でも……リリヤはどう思う？」

法律に触れる行為をするのは仕方ないにしても、いい顔はしたくないのだろう。

「仕方……ないよね。ユアラがそんな攻め方でくる以上、私たちも踏み込まないといけないもの」

リリヤさんはOKだった。でも、トキワさんが何やら考え込んでいる。

「シャーロット、カムイ、屋内に関しては二人に任せるしかない。だが、絶対に無断侵入以外で法に触れるようなことはするな。俺が冒険者ギルドに行って、ギルドマスターに今回の事情を説明してくる。おそらく、各ギルドのマスターたちならば、ユアラの件も上層部から伝わっているはずだ」

さっきの警備の人は、詳しい事情は知らない印象を受けた。上層部の人たちだって、勝負の内容までは知らないはず。こちらから話しておいた方が賢明《けんめい》か。

「わかりました。トキワさん、お願いしますね。先に寝泊まりする宿屋を決めてから、行動に移りましょうか？」

みんなが私の意見に賛成し、早速行動に移ることになった。今頃、ユアラもあの男も、私たちを監視《かんし》しているに違いない。私たちがどうやって何の手掛かりもないユアラメダルを見つけるのか、メダルからの指令に対し、どうやって対処していくのか、絶対にほくそ笑《え》みながら見ているはずだ。冷静に落ち着いて行動していこう。

◯◯◯

私たちは宿屋を決めた後、別行動を取った。

私とカムイが屋内、アッシュさんとリリヤさんが屋外《おくがい》。トキワさんは冒険者ギルドのギルドマスターに事情を説明した後、帝城にいる皇帝や上層部と謁見《えっけん》する。それから、帝城を徹底的に捜索する。

ちなみに、宿屋でヘキサゴンメダルについて一つだけ重要なことを思い出した。ヘキサゴンメダルは特殊《とくしゅ》な魔力波を発しているらしく、クイズ参加者たちはそれをスキル『魔力感知』や『気配察知』を用《もち》いて捜索していくという。魔力波は、スキル『マップマッピング』を習得してもらう際にみんなに教えているから、これを利用することにした。

「シャーロット、この家から変な魔力波を感じる。手始めに、ここから探していく？」

カムイが指差す場所には、『モフット』という小規模の飲食店があり、確かに人から発せられる魔力とは異なる波長《はちょう》のものを微《かす》かに感じ取れる。きっとメダルのものだ。

「何かありそうだね。ここから捜索を開始しよう。カムイの『インビジブル』は透明《とうめい》になるだけでなく、存在感を希薄《きはく》にさせるから、私でも居場所がわからなくなる。もし、メダルを見つけたら、『テレパス』か『従魔通信』で教えてね」

どちらも声を出すことなく、脳内で話し合えるから楽だ。

「は〜〜〜い」

私たちは人のいない場所へ移動し、スキル『光学迷彩』と『インビジブル』を発動させ、人とぶつからないよう進んだ。そして、お客が入店すると同時に、すかさず私たちも店内へ侵入する。

まさか、こんな形でスキルを悪用することになるなんてね。

メダルの気配はお客用の席ではなく、厨房《ちゅうぼう》から感じ取れる。そこへ行くと、一人の猫型タイプの獣人男性料理人が、無心で料理をしており、ちょくちょく従業員の猫型獣人の女性が来て、お客からの注文が書かれた伝票を壁に貼《は》りつけていく。この忙《せわ》しないところから、メダルを探さないといけないの？

「店長〜〜、唐揚《からあ》げ定食大盛《も》り二つ、お願いしま〜〜す」

「おう、わかった〜〜。聖女シャーロット様考案の唐揚げ、みんなハマってんな〜」

嘘《うそ》、こんな遠い地域にも、もう唐揚げやコロッケが根づいているの!!

ジストニス王国との国交が回復してから、剛屑丼《ごうせつどん》、コロッケ、唐揚げなど、私がギルドに登録したレシピが、商人ギルドを通して急速に広まっている――シンシアさんからそう聞いてはいたけど、広がる速度が尋常《じんじょう》じゃない。

まさかもうこんなところにまで広がっていたとは驚きだよ。店内のお客さんのほとんどが、コロッケ定食や唐揚げ定食、剛屑丼《ごうせつどん》を注文している。

『シャーロット～あったよ～ユアラメダル～～』

あ、いけない、いけない。ここに来た目的は、ユアラメダルだ!!

カイムからのテレパス……どこにいるのかな?

げ、小さなメダルがふわふわと宙に浮いている!!

場所的に料理人の死角だからいいけど、このままここにいたらまずい!!

『カムイ、メダルだけがぷかぷか浮いていて怪《あや》しいから、急いでここを出よう』

『え……あ、そっか!!　メダルは透明にならないんだね』

私とカムイは急いで店を出て、人の少ない場所へと移動し、スキルを解除《かいじょ》する。

「これがユアラメダル?」

「うん、ユアラの顔が彫《ほ》られていて気持ち悪いよ。これが本当に喋《しゃべ》るのかな?」

六角形の形をした金属製のメダルで、中央にはユアラの顔が彫られている。クックイスクイズ通りなら、ここから指令が言い渡されるはず。どんな指令を言ってくるのだろう？

目を閉じたユアラの顔、見た目は可愛《かわい》いんだけど、性格がね～。カムイと一緒にユアラメダルを見ていると、メダルから感じる魔力波に変化が起きた。次の瞬間、ユアラの目がパッと見開いた‼

「「うわ⁉」」

「カムイ～おめでとう。優秀だね～あなたは発見者第二号で～～～す」

私もカムイも、彼女の声を聞いた途端《とたん》、イラッとした。

こいつは、完全にこの状況を遊んでいるね。

「褒《ほ》められているのに、全然嬉しくない」

ユアラメダルは、カムイの言葉をガン無視して、話を続けていく。

「そんなあなたにクイズだよ～～。あなたは何歳ですか～～～」

な、なんなのよ、その問題は？　カムイを舐《な》めすぎでしょう？

「制限時間は十秒で～～～す」

カムイは突然のクイズということもあって驚いている。でも、心情はどうだろう？

「僕は〇歳だよ‼　赤ちゃんだからって馬鹿にするな‼」

カムイも、この質問には少し怒っているね。

「正解～～、カムイは賢《かしこ》いね～～。自分の年齢もきちんと覚えているんだね～～～」

こいつ……いくらなんでも、馬鹿にしすぎでしょう？

「お前、嫌いだ‼　僕を馬鹿にするな‼」

カムイの怒りが、どんどん蓄積《ちくせき》していく。この後、ユアラは何を言ってくる？

「正解したカムイにはご褒美《ほうび》をあげま～～～す。私の居場所は～……」

これは、絶対何か仕掛けてくる。こんな簡単に終わるわけがない。

「帝都のどこかで～～～す。この情報から推理《すいり》して、私を見つけてね～～。カムイは○歳児だから～～あのときは意味がわからなかったよね～～～これでわかってもらえたかな～～～頑張《がんば》ってね～～～キャハ」

言うだけ言って、ユアラメダルの目が閉じ、魔力波も元に戻った。こいつ、完全に私たちを馬鹿にしている。まさか、○歳児のカムイをからかうとは思わなかった。

「ば……ば……馬鹿にするな～～～。僕は○歳児だけど、ゲームの趣旨だってちゃんと理解しているんだ‼　みんなと協力して、絶対にお前を見つけてやる～～～‼」

カムイ、まさかの大絶叫《だいぜっきょう》⁉　あっ‼　大勢の人たちが私たちを凝視《ぎょうし》している‼

『あれって、聖女のシャーロット様よね？』

『それじゃあ、あの小さくて可愛《かわい》いドラゴンはカムイちゃん？　どうして怒っているのかしら？』

『故郷へ帰るため、旅を続けていると言ってたよな？』

といった具合に、人が集まりはじめている。

ジストニス王国やサーベント王国の事件のことで、私たちの情報がみんなに知れ渡っているんだ‼

やばい、カムイは〇歳児だから、本気で怒ったりなんかしたら、魔力暴走《ぼうそう》が起きるかもしれない。ここでそんなことはさせられない！

「みなさん、失礼しました～～～～」

私はカムイを抱きしめると、全速力でその場から逃げた。

五百メートルほど走ったところで、大きな広場へ出たので、足を止める。

「ふう～、ここまで来たら問題ないかな～。カムイ、怒りは静まった？」

「……うん、よくわかんないけど、心が急に温かくなって、怒りが静まったんだ」

心が温かく？　もしかして、ミサンガの効果？

「カムイ、これでユアラの性格の悪さがわかったでしょ？」

「うん、あいつは最悪だよ‼　人を馬鹿にしてる‼　みんなが怒るのも、よくわかったよ。絶対に捕まえてお仕置きしてやる‼」

「そうだね、頑張《がんば》ろうね」

メダルを一枚拾っただけで、この騒ぎだ。アッシュさんたちは大丈夫かな？

5話　アッシュの災難

僕――アッシュは、今リリヤ……いや、『白狐童子《びゃっこどうじ》』に追いかけられている。

「アッシュ～～待て～～～不貞《ふてい》は許さん‼　主人のためにも成敗《せいばい》してくれる～～」

「だから、誤解《ごかい》だと言ってるだろ～～～。お願いだから、正気《しょうき》に戻ってくれ～～」

「許さん‼　私がこの手で貴様に天誅《てんちゅう》を下《くだ》す‼」

なんでこうなったんだ？　シャーロットと別れてから、まだ一時間くらいしか経過していないのに。全ては……全ては、あのユアラメダルのせいだ……あいつだけは絶対に許さない‼


少し前のこと――

僕はリリヤとともに、ユアラメダルを探している。ユアラのやつ、僕たちがクックイズに参加できないことを知っているせいか、『ヘキサゴンメダルを探せ』に似たイベントを体験させている。

『ヘキサゴンメダルを探せ』でのメダルからの指令は多種多様で、中には都市一つがグルになって挑戦者たちを欺《あざむ》くものもある。彼女は、どんなことを要求してくるのだろう？

「アッシュ、ヘキサゴンメダルを真似《まね》ているのなら、特殊な魔力波を感じるはずだけど、まだ何も感じないね」

リリヤも僕も全神経を集中させているのに、それらしき違和感《いわかん》をまだない。

「屋外といっても帝都全域を指しているから、範囲も広すぎる。まずは早く一枚見つけよう。メダルの魔力波を覚えさえすれば、僕たちのスキル『マップマッピング』が機能して、ステータスに表示されるマップに、ユアラメダルが表示されるよ」

闇雲《やみくも》にメダルを探しても、制限時間内にユアラを捕まえられない。この勝負ではスキルや魔法を禁止されていないから、全てを利用して立ち向かうんだ。サーベント王国で訓練していたおかげもあって、スキル『マップマッピング』もレベルが向上し、効果範囲が広まった。これを有効利用するんだ。

ただ、ユアラメダルがヘキサゴンメダルと同じ大きさなら、小さくしてかなり見つけにくいし、魔力波だって微弱《びじゃく》だろう。これは、神経をすり減らす作業になるかもしれない。

「うん、頑張《がんば》ろう……と思うんだけど、暑いね。喉《のど》が渇《かわ》いてきちゃった」

「ああ、それは同感だよ。気温が三十度前後の中を歩き回っているせいか、喉の渇きも早い。ちょっと、そこの喫茶店《きっさてん》に寄って涼もうか？」

「賛成‼」

勝負中ではあるものの、脱水症状《しょうじょう》にはなりたくない。ナルカトナ遺跡《いせき》の砂漠《さばく》地帯では、緊張状態で逃げ回りながら飲み物を補給《ほきゅう》していたな。喫茶店の中は魔導具が効いているのか、かなり涼しい。

「涼しい～。冷たい飲み物を飲んで気分転換だね‼」

リリヤも店内に入ったことで機嫌《きげん》がよくなった。僕たちはレモンスカッシュを注文し、外を眺める。

帝都の人たちはこの暑さに慣れているせいか、種族関係なく、みんな平然と街中《まちなか》を歩いている。そう、種族関係なく、だ。そこに差別はない。これは、サーベント王国も同じだった。

ロキナム学園で教わった通り、やはりジストニス王国だけが人間族を差別しているようだ。ただ、シャーロットとクロイス女王のおかげで、数年のうちには解決するかもしれないな。

「お待たせしました、『レモンスカッシュ』です」

僕は早速ストローを使って一口飲む。冷えたレモンの酸味《さんみ》と甘味、シュワシュワッとくる炭酸が、僕の口腔《こうこう》内を刺激し、喉を潤《うるお》してくれる。

あれ？

ふとリリヤを見ると、ストローに口をつけることなく、なぜか左手でグラスを持ったまま固まっている。どうしたんだ？　僕を見ているというよりも、レモンスカッシュが置かれているテーブルの方を見ているような？

「アッシュ……ヘキサゴンメダルって六角形の形をしていて、中央に人の顔が彫られているんだよね？」

「え……そうだけど、なんで今さら聞くの？」

どうしたんだ？

「飲み物の下に敷《し》かれているコースターが、ユアラメダルのような気がして……」

「え⁉」

僕がおそるおそる自分の飲み物をコースターからどかすと、そこには大きめの六角形のメダルらしき物体があった。しかも、中央には憎《にく》たらしいユアラの顔が刻まれている。ヘキサゴンメダルはもっと小さい。これは間違いなくユアラメダルだ。というか、思ったより大きかったな。

「リリヤ、ありがとう。全然気づかなかったよ」

まさか、コースターという形で僕たちの前に姿を見せるなんて思わなかった。

「たまたまだよ。それでどうする？　私たちの魔力をメダルに触れさせたら、指令が聞こえてくるのかな？」

中央にあるユアラの目は閉じていて、何も言葉を発しない。多分、リリヤの言うように、魔力に触れたら反応する仕組みだと思う。

「ここでやってみよう。クックイスクイズと同じなら、指令を言われるだけさ。さすがのユアラも、こんな街中《まちなか》でいきなり大騒ぎを起こすような真似《まね》はしないと思う。とりあえず、飲み物を飲んで落ち着いてから試《ため》そう」

「あ、そうだね。喉がカラカラだってこと忘れてたよ」

――このときの僕は、メダルから下《くだ》された指令に翻弄《ほんろう》されることになるとは夢にも思わなかった。

水分補給も完了したし、これでメダルと向き合える。メダルから発せられる魔力波も覚えたし、マップマッピングと連動させたので、スキル効果の範囲内であれば、ステータスに表示されて探しやすくなる。

「リリヤ、いくよ？」

「大丈夫、覚悟はできてる」

ものすごく緊張する。指令を聞けば、もう後戻りはできない。僕の味方はリリヤのみ。僕が彼女を引っ張る存在にならなければいけない。ここで逃げるわけにはいかないんだ。覚悟を決めて、メダルに魔力を流すと、ユアラの目がカッと見開いた。

「おめでとう～アッシュ～リリヤ～～。あなたたちが発見者第一号だよ～～」

第一号？　シャーロットやトキワさんも、まだ発見できていないのか。

「それじゃあ、今から指令を伝えるね～～。見事達成したら、ドレイクの居場所のヒントを教えてあげる～～～」

どうして、ドレイクなんだ？　彼を捕まえて、ユアラたちの居場所を聞けってことだろうか？

「それじゃあ、まずはリリヤから‼　あなたはトイレに行って六十数えた後、ここへ戻ってきて」

は？

「え、なんで？　それが指令なの？」

「リリヤ、ここは素直に従《したが》っておこう」

この指令は何だ？　ユアラは僕たちに何をさせるつもりなんだ？　リリヤが女子トイレに入った瞬間、ユアラメダルが話し出す。

「次～さっきの女性従業員がこっちに来ま～～～す。この子はまだ十六歳だけど、スタイル抜群なんだよ～～～」

それが、何なんだ？　あ、さっきの女性がふらついた感じで、僕の方へ寄ってくる。あの人の目が、虚《うつ》ろになっている。まさか、『洗脳《せんのう》』や『催眠《さいみん》』系のスキルを受けたのか？

僕の目の前に来たけど、何が始まるんだ？

「そして～アッシュは彼女に抱きしめられ、顔が胸に埋もれま～～す」

は⁉　え、女性が嫌《いや》がることなく、座っている僕を見てニコッと笑うと、両手で僕の顔を優しく《やさ》掴《つか》み……ユアラメダルの命令通り、僕の顔を自分の胸の方へ持っていこうとしている‼　まずい、この人は本気でやるつもりだ‼

「指示通りに動いてたまるか～～～‼」

どうして⁉　凄《すご》い力で、彼女の胸へ引き寄せられていく‼　リリヤには、絶対見せられない光景だ‼

「無理で～～～す。最後の幸せを存分に味わってね～～～」

最後って、どういう意味だよ⁉

「味わってたまるか～～～‼」

くそ……逆《さか》らえない。他の客たちも何事かと、僕たちに注目している。

「うわあ⁉」

無理矢理、僕の顔を自分の胸に引き寄せた。全然引き剥《は》がせない。なんて、力なんだ‼

僕には、リリヤがいるんだ。こんな誘惑に負けてたまるか‼

「そこに～～リリヤが登場しま～～～す」

「ふざけんな～～～」

完全に弄《もてあそ》ばれている。まずいまずい、この後の展開が気になる。女性の胸に埋もれているけど、辛《かろ》うじてリリヤが見える。

「リリヤ、違うんだ‼　これは、ユアラメダルの命令で無理矢理されているだけであって、僕にやましい気持ちは全くないんだ‼」

リリヤが、何も言わない。僕の声は、彼女の心に届いているのか？　あ、リリヤもこの女性と同じで、目が虚ろになっている‼　ユアラは、リリヤにも何かしたんだな‼

「自分が目を離した隙《すき》に、アッシュが不貞を犯《おか》した。リリヤは痛く傷つき、白狐童子に変身し、激おこモードにチェンジしま〜〜〜す」

何だって、白狐童子を裏切ったな……許さん……許さん」

「貴様……リリヤを裏切ったな……許さん……許さん」

この雰囲気《ふんいき》は、間違いなく白狐童子だ。尻尾《しっぽ》もどんどん増えてきている‼　ユアラのやつ、あの白狐童子すらも洗脳できるのか。このままじゃ、僕が彼女に殺される‼

「白狐童子は不貞を犯したアッシュを女性から無理矢理引き剥《は》がし、ビンタを全力でくらわせま〜〜〜す。でも、五分間逃げ切ったら、ヒントをあげるよ〜〜〜。ちなみに、くらったら罰ゲームだよ〜〜〜」

「ふざけんな〜〜〜。罰ゲーム以前に、全力のビンタをくらったら、僕が死ぬだろうが〜〜〜」

あ、女性の力が緩《ゆる》んだ‼　抜け出すなら、今しかない‼

「アッシュ～～～この私が天誅《てんちゅう》を下《くだ》してやる‼」

白狐童子が右手を大きく振りかぶって、ビンタの体勢に入っている‼

絶対に回避するんだ‼

「下《くだ》されて……たまるか～～～～」

ギリギリで回避できたけど、僕の目の前を彼女の右手が通りすぎた‼　恐ろしいまでの魔力が込められている。白狐童子は、本気で僕にビンタする気だ‼　魔力制御《せいぎょ》が完璧だから、周囲に影響が全く出ていない。そのせいか、お客側から見れば、普通のビンタにしか見えず、ただの痴話喧嘩《ちわげんか》と思っているかもしれない。

「すみませ～ん、テーブルの上にレモンスカッシュの代金を置いておきます‼　お釣《つ》りはいりません‼　お騒がせして申し訳ありませんでした～～～」

これ以上注目を浴《あ》びないようにするため、僕はテーブルにお金を乱暴に置くと、ユアラメダルを持って外に出て、全速力で逃げた。当然、白狐童子も追ってくる。

○○○

「アッシュ～～～待て～～～不貞は許さん‼　主人のためにも成敗《せいばい》してくれる～～～」

「だから、誤解だと言ってるだろ～～～。お願いだから、正気に戻ってくれ～～～」

「許さん‼　私がこの手で貴様に天誅《てんちゅう》を下《くだ》す‼」

五分間逃げ切れば、リリヤは正気に戻るのか？　普通に逃走していたら、白狐童子相手に五分も保ちそうにない。こうなったら、建物と建物の間の細い路地《ろじ》を利用するしかない‼

「くそ〜〜〜ユアラ〜〜〜覚えてろよ〜〜〜」

「あはははは、忘れま〜〜〜す」

僕たちの心をよくも弄《もてあそ》んでくれたな〜〜〜絶対に許さない‼　でもとにかく、今は白狐童子から逃げるんだ‼


……入り組んだ路地を必死に走り回ったことで、なんとか白狐童子をまいたようだ。

「まいたのはいいけど、ここは行き止まりじゃないか。残り時間は一分くらいのはずだから、ここで時間切れを待つしかない。少しでもいいから、体力を回復させよう」

ここを乗り切れば、ドレイクの居場所のヒントを聞ける。なんとか、乗り切るんだ。

「そんな油断したアッシュの真上に、白狐童子が登場しま〜〜〜す」

左手に握《にぎ》るユアラメダルが、絶望《ぜつぼう》的なことを言ってきた。

「お前、僕たちと勝負をする気があるのか〜〜〜」

僕が真上を見ると、白狐童子が僕に向かって空を駆けてくる。

「アッシュ〜〜〜天誅《てんちゅう》〜〜〜」

落ち着け。真上から降りてくる攻撃なら、いくらスキルがあっても、自由には動けないはずだ。まともにくらったら、僕の首はちぎれて吹き飛ぶ。白狐童子が対処できないギリギリ回避可能なタイミングを見極《みきわ》めるんだ。彼女は右手を大きく振りかぶり、僕の顔に——

6話　洗脳からの解放

上空からの白狐童子のビンタが、僕の目の前を横切り、空《くう》を切る。その際に生じた風圧で、僕は全身を地面に強く打ちつけた。そこで時間切れになったのか、彼女は気を失い、その身体を僕に預《あず》けてくる。

「五分経過〜。指令未達成により、今から罰ゲームを執行《しっこう》しま〜〜す」

「未達成？　僕はビンタを受けていないぞ？」

どこまでも理不尽《りふじん》な女だ。元々、僕たちに罰ゲームを与えるつもりだったのか？

「あなたの頬《ほお》から、血が出てるよ〜。あのビンタの風圧で薄皮一枚切れたんで〜〜す」

血？　両手で自分の頬《ほお》を確認すると、左手に薄《うっす》ら血がついていた。そうか、手から漏《も》れ出るわずかな魔力が、僕の頬《ほお》をかすっていたのか。

「今から帝都に隠れているとある人物の洗脳を解除しま～～す。あなたは仲間と協力して、その脅威《きょうい》から帝都を守ってね～」

洗脳からの解除？　誰が洗脳されているんだ？　あの従業員やリリヤの場合、洗脳から解除されても元に戻るだけだから、脅威《きょうい》にはならない。ユアラメダルは目を閉じてしまい、それ以上は何も言わない。

「う……あれ？　私たち、どうして狭《せま》い路地にいるの？」

「よかった、気がついたんだ!!　リリヤ、体調は大丈夫か？」

洗脳が解除されたようで安心した。洗脳中の記憶は保持しているのだろうか？

「少し頭が痛いくらいで全然問題ないけど、店を出た記憶がないの。白狐童子も混乱していて、何も覚えていないみたい」

あのときの状況を言いたくない。……でも、ユアラがその件を後々利用するかもしれない。ここは、正直に話した方が無難《ぶなん》か。僕は腹を括《くく》って語ると、リリヤがじっと見つめてきた。

「僕はリリヤ一筋《ひとすじ》だから!!　どんな誘惑をされても、絶対に引っかかることはないよ!!」

「うん、わかってる。アッシュは純粋《じゅんすい》な人だもの!!」

リリヤの笑顔が眩《まぶ》しい。あのときはユアラメダルに意識が行っていたせいで、あの女性のことなんか微塵《みじん》も考えていなかった。けれど、もし何もない状態で言い寄られて同じことをされたら、邪《よこしま》な思いを抱《いだ》くことなく、その人を拒絶《きょぜつ》できるだろうか？　あんな体験は初めてだったから、動揺《どうよう》を抑《おさ》えられないかも……

「アボ‼　アヴァァヴァァヴァァヴァァ‼　なんで、股間《こかん》に痛みが〜〜〜あああ〜〜〜」

これって、トキワさんの受けた微小雷？　まさか⁉

「でも、私以外の人の胸に埋もれたのは罪だよね？　だから、罰を執行します」

リリヤの左手中指にある指輪はまさか⁉

「それって『お仕置きちゃん』？」

僕は、仕込まれた下着を穿《は》いていたのか‼

「正解。今回は洗脳された私も悪いし、三秒だけね」

雷が収まった。なんで、トキワさんがあれだけ苦しんだのか理解したよ。たった三秒程度でも、この苦しみ、二度と受けたくない。

「ユアラメダルが原因とはいえ、悪かったよ。今後、気をつける」

あのとき、呆気《あっけ》に取られず、もっと迅速《じんそく》に次の行動を起こしていれば、抱きしめられることもなかった。だから、僕も悪い。ユアラへの憎《にく》しみが、どんどん蓄積していく。

「ところで、ユアラメダルは洗脳の解除と言っていたんでしょう？　私とその女性以外で、誰か洗脳されていたのかな？」

「いや、それがわからないんだ。帝都の脅威《きょうい》になると言っていたけど……」

『ユアラ～～～～～～～』

なんだ、この地響《ひび》きと怒声《どせい》は？　どこからか途方もなく強い魔力を感じる‼　『ユアラ』と叫《さけ》んだ声が聞こえたとき、何か強い恨《うら》みも感じた。どこかで聞いたことのある声なんだけど、思い出せない。

「アッシュ、こんな建物に囲まれた細い路地からじゃわからないから、広い場所へ出よう」

「ああ、そうだな」

ここからでも、周囲の喧騒《けんそう》が伝わってくる。広い通りに出れば、何かわかるだろう。

僕たちが広い通りに出ると、周囲が騒がしく、みんなが一様《いちよう》に同じ方向の空を見ていた。僕たちもそちらに視線を移すと……巨大なフロストドラゴンが浮遊《ふゆう》している。あのドラゴンから感じる魔力には覚えがある。シャーロットから聞いた情報と照《て》らし合わせると、間違いなくあのドラゴンはドレイクだ。こうして、ドラゴン形態の彼を見るのは初めてだ。

でも、おかしい。僕とリリヤも人の姿に変異したドレイクと隠れ里『ヒダタカ』で会っているけど、あのときは性格も穏《おだ》やかで、調子に乗るユアラを注意し、行動を律《りっ》してもくれた。

それにしても、なぜあそこまで激怒《げきど》しているんだ。ここからかなり離れているのに、その怒気《どき》が強く伝わってくる。ユアラは、とある人物の洗脳を解《と》くと言っていたが、彼のことを指しているのか？

「ユアラ〜〜〜どこにいる〜〜〜。この私を洗脳し、よくも召使いのようにこき使ってくれたな〜〜〜」

なんだって⁉

それじゃあ、僕たちの知るドレイクは洗脳された状態だったのか？

「許さん、許さんぞ‼　貴様がこの帝都のどこかにいるのは知っている。私の前に、姿を現せ‼　さもなくば、帝都の国民たちを氷漬《づ》けにして、粉々《こなごな》に踏み潰《つぶ》すぞ〜〜〜」

まずい、まずい‼　魔力の奔流《ほんりゅう》が、こんな遠い場所にまで届く。彼は、本気で激怒しているものの、ユアラがそんな脅《おど》しに屈《くっ》するはずがない。むしろ『脅《おど》した通りに暴れまくって、私に阿鼻叫喚《あびきょうかん》な光景を見せてね』と思っているはずだ。

「リリヤ、シャーロットもトキワさんもこの異常事態に気づいているはずだ。僕たちも、ドレイクのもとへ行こう。なんとか怒りを静めてもらうんだ」

ドレイクのあの言い方、リリヤと違って洗脳されていたときの記憶が残っている。それなら、きっと僕たちとの話し合いにだって応じてくれる。今は少しでも早く彼のところへ行くんだ‼

急いで現場に到着したのはいいけれど、ドレイクが闇雲に暴れたことによる家屋への被害が思った以上に大きい。今も、威嚇《いかく》の叫《さけ》び声を轟《とどろ》かせながら、尻尾《しっぽ》だけで家屋を薙《な》ぎ倒している。周囲には怪我人《けがにん》も相当数いるから、早く対処しないといけない。冒険者の人たちも駆けつけてくれたが、ドラゴン相手に攻めあぐねているようだ。

「シャーロットがいない？　この騒ぎなら、すぐにでも飛んできそうなんだけど」

トキワさんは帝城にいるからわかるけど、何かあったのか？

「きっと、ユアラが邪魔《じゃま》しているのよ。シャーロットが来たら一発でドレイクを倒しちゃうから」

リリヤの言う通りかもしれない。ユアラなら、シャーロットの足止めを何らかの方法でできる。ここは、僕とリリヤで時間稼《かせ》ぎしよう。ドレイクの怒りはユアラに起因しているから、僕たちと意気投合《いきとうごう》できるはずだ‼

「僕が彼と話し合うから、リリヤはその間に冒険者たちと一緒に、怪我人《けがにん》を遠くへ連れていってくれないか？」

「わかった。ドラゴン形態だから、気をつけてね」

彼女は事情を説明するため、周囲にいる冒険者たちの方へ走る。

さあ、ドレイクを説得しよう。

「お〜〜〜い、ドレイクさ〜〜〜ん」

　僕はありったけの思いで、彼の名前を叫《さけ》んだけど、彼は僕を見ようともしない。ドレイクの暴れ回る騒音《そうおん》と、逃げ惑う人々の声が合わさって、聞こえていないんだ。ここは、習得したばかりの拡声魔法で、音量を大きくしよう。

「お～～～い、ドレイクさ～～～ん」

　知り合いがいれば、彼も少しは冷静になってくれるだろう。僕の声が届いたのか、ドレイクが暴れるのをやめて、こちらを向いた。

「誰だ、お前は？　なぜ、私の名を知っている？」

　え⁉　想定外の言葉が返ってきた‼

「アッシュですよ‼　ジストニス王国の里で出会ったじゃないですか？」

「ジストニス王国の里？　ここ半年ほどの記憶がない。貴様なぞ知らん‼」

　な⁉　まさかユアラのやつ、僕たちと知り合ってからの彼の記憶を消したのか？

「それじゃあ、シャーロット・エルバラン。この名前に聞き覚えはありませんか？」

　彼女の名前を言った瞬間、彼は目を見開き、身体を震《ふる》わせた。たとえ記憶がなくとも、シャーロットの強さは、ドラゴンの身体に刻み込まれているんだ。

「シャーロット？　なんだ……この感覚は？　手足が震えている？　ええい、今はそんなことはどうでもいい‼　おい小僧、ユアラを知っているか？」

　ドレイクの洗脳前の性格がわからない以上、ここは下手《したて》に出て様子を見るか。

「僕たちも、そのユアラを探しているんです。あいつのせいで、どれだけの迷惑をこうむったか、ここでやつを見つけてぶっ飛ばしたいんです‼」

これは、僕の本音《ほんね》だ。隠れ里『ヒダタカ』で出会い、煮《に》え湯《ゆ》を飲まされて以降、散々弄《もてあそ》ばれた。あいつだけは、絶対に許さない‼

「ほう、貴様もやつに遊ばれたか。私はな、ランダルキア大陸の街で暴れ、大勢の竜人族どもを食っているときにやつと出会い、そこで洗脳された。それから今に至るまでの四年間、私はやつの従魔——下僕《げぼく》となり、延々《えんえん》と働かされたのだ‼　この誇り高きフロストドラゴンの私が下僕《げぼく》扱いだぞ‼　これほどの侮辱《ぶじょく》はない‼　やつを見つけ次第、殺す‼　手始めに、この街の住民どもを手当たり次第に殺し、食ってくれるわ‼　死にたくなければ、私を倒すことだな」

やばい、思った以上に粗野《そや》で乱暴な性格のようだ。完全に、僕たちのことを弱者として見下《みくだ》している。このままだと、大勢の死者が出てしまう……どうする？

「ここで暴れまわっていいんですか？　あなたも洗脳されていたせいで、ユアラの性格を深くご存知のはずです。そして、彼女もあなたの性格を熟知《じゅくち》している。あなたの洗脳がこんな場所で解き放たれたということは、彼女なりの目的があってのことです。ここで暴れたら、彼女の掌《てのひら》の上で転《ころ》がされることになりますよ？」

ここまで言われたら、ドレイクだって暴れないだろう。彼が協力者になってくれれば、ユアラの居場所もすぐに判明するかもしれない。なんとしても、こちら側に引き入れよう。

「ふ、あははは、大した強さを持っていない軟弱者《なんじゃくもの》がこの私に説教か‼　百年早いわ‼　弱者の意見など、誰が聞くか‼　私は、私の好きなように暴れ、ユアラを見つけ出し、食う‼」

ダメだ、聞く耳を持ってくれない。せめて、僕がもう少し強ければ、仲間に引き入れられる可能性もあっただろう。

「アッシュ、冒険者や騎士の人たちが怪我人《けがにん》を遠くへ避難《ひなん》させてくれたわ。あとは、ドレイクさんと戦うしかないけど、どうする？」

リリヤが戻ってきてくれた。でも、これ以上時間を稼ぐには、もう冒険者の人たちと力を合わせて戦うしかないのか。こんな場所で戦えば、大勢の人が巻き込まれるし、被害が増大してしまう。

「小僧、私と戦わないのか？　そっちの女は覚悟を決めているぞ？」

戦いの覚悟、僕だってそんなものはここに来た時点で決めている。風魔法で、やつを遠方へ飛ばせないだろうか？　それができれば……

「こら～～～～僕と同じ種族のくせに、街で暴れるな～～～～～」

え、この声はカムイ？　どこからかキイィィーーーンという音が聞こえてくると思った次の瞬間、ドレイクの脇腹《わきばら》の位置となる左側面部に何かがぶつかり、その衝突音《しょうとつおん》が周囲に鳴り響く。

「おごほおお〜〜〜」

ドレイクがおかしな呻《うめ》き声をあげて、そのまま地面へ崩《くず》れ落ちてしまった。彼の脇腹が凄《すご》いへこんでしまっているし、かなり吐血もしているんだけど……死んでないよな？

「迷惑をかけた罰として、お前の鱗《うろこ》を全部剥《は》いでやる〜〜おりゃあぁ〜〜〜〜」

カ……カムイがいきなり現れて、問答無用《もんどうむよう》で大ダメージを負《お》ったドレイクの鱗を剥《は》いでいる。ベリベリと引き千切《ちぎ》る音がここまで聞こえてくる。一枚一枚剥《は》がしては、その巨大鱗を周囲に投げ捨てていく。

「あああ〜〜〜誰か知らんがやめてくれ〜〜〜」

ドレイクの位置からだと、小さなカムイを認識できない。

さっきまで粗野で荒《あら》くれ者だったドレイクが、情けない声をあげている。

あまりにも突然すぎて、誰もが動けないでいる。鱗を剥《は》ぐ行為って、ドラゴンの威厳を根こそぎ打ち砕《くだ》くような気もする。僕がこんな考えをしているうちにも、カムイは高速で鱗をベリベリと引き剥《は》がしていく。

ああ、ドレイクのドラゴンとしての威厳がどんどんなくなっていく。

「終了〜〜〜。これに懲《こ》りたら、もう悪さするんじゃない‼　一撃撃破《げきは》、やっぱりシャーロットのスキル『自己犠牲《ぎせい》』のステータスとかのレンタル機能は凄《すご》いや‼」

ドラゴンの鱗を全て剥《は》がすと、こんな情けない姿になるのか。あの雄大《ゆうだい》さが完全に消失している。仮に、その姿でさっきのように怒鳴《どな》られたとしても、不思議と怖さを感じない。今のドレイクは、人で言うところの全裸《ぜんら》状態だ。鱗を全て剥《は》がされたことにショックを受けたのか、彼は涙を浮かべ、燃え尽《つ》きたかのような情けない顔をしたまま気絶《きぜつ》した。

7話　厄浄禍津金剛《やくじょうまがつこんごう》の企み

凄《すご》い……凄《すご》いわ。

私――リリヤは、周囲にいる冒険者たちやアッシュと同じく、ドレイクに攻撃を仕掛けるべきか考えあぐねていた。そこにカムイが颯爽《さっそう》と現れて、無慈悲《むじひ》な攻撃を仕掛けると、ドレイクは見るも無惨《むざん》な姿へと変貌《へんぼう》した。彼は鱗を剥《は》がされた激痛《げきつう》のせいか気絶してしまい、その際ドラゴンから人型形態へと変化した。

問題はここから‼

人型形態となり仰向《あおむ》けの状態で倒れたあと、はじめは服を着ていたけど、形態変化の影響で風が舞い上がり、そのまま服が細かくちぎれて、ドレイクは……全裸になってしまった‼　私は初めて男の人の裸をまともに見てしまう。本当ならすぐに目を背《そむ》けたかったものの……彼の姿があまりに滑稽《こっけい》なこともあって、ついガン見してしまった。

だって、仕方ないじゃない‼

カムイによって鱗を無理矢理引き千切られたせいか、彼の服がビリビリになって吹き飛んだだけでなく、彼の体毛全てが毟《むし》り取られたかのように、無惨なものに変化したのよ‼

しかも、髪の毛の無惨さと顔のよさとのギャップもあって、誰だってガン見しちゃうわ‼

我に返り、私や女性冒険者たちは失礼かと思いながらも、ドレイクから目を逸《そ》らして必死に笑いを堪《こら》えた。男性陣も同じ思いなのか、笑いを堪《こら》えようとしている……けど、ところどころで失笑《しっしょう》が漏れ出ているわ。

「あははは、シャーロット～見てよ見てよ～～。このドラゴン、人型形態になったかと思ったら、いきなり変質者になったよ‼　しかも、僕が鱗を剥《は》いだから、毛がぼろぼろ‼　僕、こんなドラゴンにだけはなりたくないね。地肌丸見えのみすぼらしいドラゴンと、今の人型形態が見事にマッチしてるよ‼　ねえねえ、みんなもそう思うよね？」

カムイの言い方が面白いため、みんな笑いを堪《こら》えきれなくなり、ついには大爆笑《だいばくしょう》へと至ってしまう。大勢の怪我人《けがにん》が出て申し訳ないのは私だってわかるけど、あの姿をガン見したから、脳に焼きついてしまった。

「回復魔法『リジェネレーション』」

シャーロットの声？　私たちが声のした方向を向くと、そこには泥塗《どろまみ》れの女の子がいた。

彼女はシャーロットだわ。誰が見ても、怒っているのがわかる。その怒気《どき》が原因なのか、彼女の身体全体から白煙《はくえん》が漏れている。ユアラメダルに、何を言われたのだろう？

「私は、聖女シャーロット・エルバランです。私を中心とする広範囲の回復魔法を使用しましたので、大怪我《おおけが》を負った方々も、これで回復するはずです」

　シャーロットは、ドレイクの姿を見ても全然笑わないわ。そのせいか、周囲の人たちも素《す》の状態に戻り、今の状況を思い出したらしく、彼女を見続ける。

　ドレイクが尻尾《しっぽ》を横薙《な》ぎで振るったせいで、全壊《ぜんかい》した家屋が数十棟《とう》もある。ただ、大勢の怪我人《けがにん》こそ発生したものの、幸い死者はいなかった。

「カムイ、ありがとう。私の怒りも、少し晴れたよ。ドレイク、情けない姿になったね。あなたも被害者とはいえ、ユアラの手下である以上、カムイに攻撃された箇所の回復こそしてあげるけど、他は放っておくよ。できれば、そこを一生回復させたくない気分だよ」

　私たちは固唾《かたず》を飲んだ。それって、回復してもこの情けない姿のまま一生生きろって言ってるよね？　笑えない、ドラゴンの寿命《じゅみょう》はエルフやダークエルフよりも長い。一生回復しなかったら、ドレイクは人間を恨《うら》むんじゃないかな？　さすがに冗談《じょうだん》だよね？

「このお馬鹿なドラゴンに関しては私に任せてください。回復後、きつ～く言い聞かせておきますので。みなさんは、怪我人《けがにん》の状況や瓦礫《がれき》の撤去《てっきょ》をお願いします」

　冒険者たちは怒るシャーロットの迫力《はくりょく》に負け、ゆっくりと頷《うなず》き、散開《さんかい》したわ。ユアラは、私たちをメダルで翻弄《ほんろう》し、きっとどこかでこの状況を見て楽しんでいる。

私も、腸《はらわた》が煮えくり返りそうなくらい怒りを抱いているもの‼

ついさっきだって、私と白狐童子は洗脳させられて、アッシュを追いかけ、もう少しのところで殺すところだった。あのとき、嫉妬《しっと》でアッシュにお仕置きしちゃったけど、本当なら私がお仕置きされないといけない立場だ。許さない許さない許さない、絶対にユアラを許さない‼

『リリヤ、それは私も同じだ。ここまで侮辱《ぶじょく》されたのは、生まれて初めてだ‼　絶対にユアラを見つけ出し、殺し……いや私たち以上の屈辱《くつじょく》を味わわせてやるのだ‼』

私の内にいる白狐童子から反応があった。

『同感。ただ殺すだけじゃダメだよ‼　そのためにはシャーロットの協力が必要不可欠《ふかけつ》。彼女に協力して、絶対にあいつを見つけ出してやるわ‼』

勝負はまだ始まったばかり。たった数枚見つけただけで、無関係の人たちがこれだけの迷惑をこうむっている。ユアラメダルを見つけても、迂闊《うかつ》に魔力を流したらダメだよね。どうにかして、迷惑をかけずに黒幕とユアラを捕まえたい。

「シャーロット、ドレイクを全裸のまま放置するのは精神衛生上よくないから、この服をかけておくよ。さっき、男性冒険者がいて、その人に服を貰《もら》ったんだ。ちょっとボロい平民服と下着類だけど、ないよりマシだと思う」

アッシュが、全裸のドレイクに服をかぶせたわ。私も、目のやり場に困っていたから助かる。

「そうですね。彼もすぐに気づくでしょうから、そうしたら服を着てもらいましょう」

シャーロットがそう言った。

回復魔法がずっと機能していることもあって、ドレイクは五分ほどで目を覚《さ》ましたわ。

彼の性格はどうなっているのかな？

「ぐ……ここは？」

「ドレイクさん、気づきましたか？」

シャーロットが声をかけた途端、彼がびくついた。

「私は、なぜ裸に？」

あっという間の出来事だったから、記憶が飛んでいるのかな？

「シャーロット・エルバランです。あなたがここ帝都で暴れたから、問答無用でお仕置きしました。覚えていませんか？」

ドレイクは困惑しているけど、何が起きたのかを把握《はあく》したのか、一瞬顔が真っ赤になった。そのまま激怒するのかと思ったら、シャーロットを見た途端、顔が真っ青《まさお》になって震え出す。

「覚えて……いない。いや、違う!!　洗脳から解放された直後に暴れていたら、何か小さな物体が私のもとに飛んできて、全ての鱗を剥《は》がされたことは覚えている。ただ、ここ半年ほどの記憶がない。お前は、なぜ泥《どろ》だらけなんだ？　なぜ、怒っている？」

ドレイクはフロストドラゴン。シャーロットの放つ怒気《どき》だけで、彼女の強さを察知したのかな？　さっきまでの粗野で荒くれ者のような雰囲気《ふんいき》を微塵《みじん》も感じさせないわ。

「すみませんね。ついさっきまで一枚のユアラメダルからの指令で、色々と大変な目に遭《あ》っていたんです。四問の○×クイズだったのですが、あの女は正解であっても、私に熱《ねっ》湯《とう》、冷水、電気風呂、熱い泥水を浴びせてくれましたよ。ほんと〜〜に、腹が立ちます」

シャーロット、相当怒っているわ。多分、ユアラはミニクックイスクイズを見ていたから、主催者側にいた彼女にも味わわせようと思い、そんな仕掛けを用意したんだわ。おまけに、ナルカトナ遺跡のように正解不正解に関係なく、同じ罰を執行するのだから、シャーロットが怒って当然だわ。というか、彼女の身体から漏れ出る白煙って、熱湯によるもの⁉

「その……すまない」

「どうして、あなたが謝罪するのですか？」

「わからん。ただ、私はユアラに洗脳され、やつの下僕《げぼく》として、これまで働かされてきた。記憶にないが、お前やアッシュにも、私たちが何かしたのだろう？」

私はドレイクをただの脳筋男《のうきん》だと思っていたけど、きちんと相手の思慮《しりょ》を推《お》しはかることもできるんだ。

「ドレイクさん自身からは、何もされていませんので、私たちも恨《うら》んでいませんが、今後もさっき叫《さけ》んでいたように人を食い続けるようであれば、この場で抹殺《まっさつ》しますが？」

シャーロットの言葉、本気だわ。だって、目が据《す》わっているもの。ドレイクもそれがわかったのか、すぐに自分を擁護《ようご》する発言をする。

「待て‼　それは怒りで、我を忘れていただけだ。もう、そんなことは二度としない‼　洗脳前の私は称号『竜王』を求め、強者と戦い続け、挑んできたやつらを人だろうと魔物だろうと片っぱしから食ってきた。だが、そこのチビドラゴンが、私のプライドを根こそぎ打ち砕いた」

称号『竜王』？　アクアドラゴンのシヴァ様が竜王と呼ばれているけど、それは称号の影響もあるのかな？　ドレイクはその称号を獲得《かくとく》したいがために、強者を倒し食べてきたってこと？

「このチビはまだ未熟だが、今の時点で私の魔力を超《こ》えている。器の違いを思い知らされた。チビがシャーロットの従魔である以上、私の竜王となる野望は、たった今潰《つい》えた」

「チビじゃない‼　僕には、カムイっていう立派な名前があるんだ‼」

さっきからチビチビと連呼されていたもの、カムイも怒るわ。

「すまんな、カムイか。約束しよう、私はもう人を食わん。迷惑をかけた分、剥《は》ぎ取られた鱗は、全てこの国に寄付しよう」

鱗を寄付⁉　ドラゴンの鱗は、武器防具の素材の中でも最高級で、鱗一枚でも大金で引き取られるのに‼　周囲に散《ち》らばってるだけでも、ゆうに百枚を超えているわ。皇帝様方が知ったら、大騒ぎになりそう。

「もう一つ。鱗が全て生え揃《そろ》うまで、ドラゴン形態にはならん。それまでは、ここ帝都を護《まも》ると誓おう」

ええ、誓っていいの⁉　そういうことは、皇帝様や貴族のいる前でやってほしいわ。

「わかりました。そこまで言うのであれば、私からは何もしません。一旦《いったん》、私が鱗を全て回収し、皇帝様に献上《けんじょう》しましょう」

あわわわ、これは大変なことになりそう。話も落ち着いたところで、ドレイクは全裸なのに堂々と立ち上がり、用意された服を着はじめた。私は、アッシュに鱗と守護の件について聞いてみようかな。

「ねえアッシュ、私たちは勝負があるから、皇帝様のところへは行けないよね？」

「うん。トキワさんが帝城担当だから、多分シャーロットは彼に丸投げするつもりだと思う」

うわあ、素材の価格破壊を起こしかねない案件の後始末を全部彼に押しつけるの？　ちょっと気の毒に思えてきた。でも、トキワさんなら、ここでも有名だし、案外捗《はかど》るかもしれない。

〇〇〇

はあ～後始末でかなりの時間を要したわ。シャーロットは近くの家を借りて、身体を綺《き》麗《れい》にした後、予備の服に着替え、駆けつけてきたトキワさんにドレイクの事情と鱗の件を話すと——

「というわけで、その鱗がこのマジックバッグに入っています。後はよろしくお願いします‼」

彼女は、本当に全てをトキワさんに丸投げしたわ。

彼も何を言われたのかすぐに察知し、大きな溜息《ためいき》を吐《つ》いた。

「ユアラの件もあるのに、なんでそんな重大な話を持ってくるかな。まあ、これから発生する迷惑料も込みと言えば、帝国側も納得するだろう。かなりの被害が出ているが、フロストドラゴンの鱗は滅多《めった》に入手できない代物だ。すぐに、損害《そんがい》額以上の儲《もう》けも出る。しかも、短期間ではあるが、その本人がここを守護してくれると言っているんだ。皇帝陛下や貴族たちも喜んでくれるさ。こっちは俺に任せろ。その代わり、ユアラを必ず見つけろよ」

あの後、トキワさんは「リリヤとアッシュがすぐに現場へ駆けつけたことで、被害を最小限に抑えることができたんだ。よくやったな」と褒めてくれたわ。私はアッシュのサポートをしただけなんだけど、少しでも役に立ててよかった。

今は夕食の時間。トキワさんを除《のぞ》いた私たち四名と一匹は、定食屋で夕食を食べている。あの騒ぎもあって、物凄《ものすご》く目立ってるわ。ドレイクは「毛髪が中途半端《ちゅうとはんぱ》だ」と言って、バッサリと全てを切り落として坊主になり、今は帽子を被《かぶ》ってる。

彼は自分の食事を終えると、客に誠意《せいい》のこもったお辞儀《じぎ》と謝罪をしてから、自分の正体と、今日の出来事、洗脳の件を堂々と言った。そして、ユアラの似顔絵を描《えが》いて掲げる。さらに――「こいつが諸悪の根源だ。捕縛《ほばく》した者には、金貨百枚払おう。また、この憎《にく》たらしい顔の彫られた六角形のメダルが、現在帝都にばら撒かれている。それを見つけた者には金貨十枚を進呈しよう。最後に、今日のこの場の料金は全て私が持つ」と宣言。すると、お客全員が喜び、店内は大騒ぎとなった。

私はそんな中でトイレに行った。

「ユアラとの勝負に勝てるのかな？　まだメダルも三枚しか見つけていないし、手掛かりはゼロ。でも、ドレイクや平民の方々が協力してくれるから、先行きは明るいよね」

「――おやおや、安心するのは早いですよ」

え、男性の声？　ここ、女子トイレだよ⁉　あ、お手洗いの鏡に映る私の真後ろに、あの黒幕が現れた‼　私が急いで振り向くと、その黒幕は私をじっと見つめている。

「あなたはユアラの雇《やと》い主⁉　なんで、自分から現れたの⁉　でも、これで私たちの勝利だ‼」

私が自信を持って宣言しても、この男は全く動じていないわ。なんて不気味な笑みを浮かべているの。

「やはり、人は面白い。ユアラから持ちかけられた勝負などははじめから無意味だというのに、誰もそれに気づいていない。私には、全員が滑稽《こっけい》に見えるよ」

な、この勝負が無意味？

「それって、どういう意味ですか？　ユアラは勝敗に関係なく、転移魔法を与えるつもりなどないってことですか⁉」

これだけ大声で話しているのに、誰もここへ駆けつけてこない。いくら騒々《そうぞう》しいとはいえ、誰か一人ぐらい気づくはずなのに。それに、どうして私に姿を見せたの？

「君は、ここでゲームオーバーなのだから知る必要はない」

心を読まれた⁉　それに、ゲームオーバー？　嫌な響き……まさか、ここで私を殺すの？　嫌だ、嫌だ、こんなところで死にたくない‼　白狐童子、お願い力を貸して‼　ここで死ぬくらいなら、せめてこの男に一撃を‼

「ほう、これは面白い。人は窮地《きゅうち》に立たされると、潜在《せんざい》能力を解放しやすくなると言うが、いやいや面白い」

馬鹿にして〜〜〜‼

「私は死なない‼　シャーロットのためにもお前を〜」

「私は死なん‼　我が主人を護《まも》る‼」

私と白狐童子は同時に叫《さけ》んだ。でも、黒幕の右人差し指に額を小突《こづ》かれ……

「面白い、変化した後も表と裏の声が同時に聞こえてきたか。まだスキルレベルを満たしていないにもかかわらず、人格が不完全ながらも一体化するとは」

そ……そんな……人差し指一本だけで、意識が刈《か》り取られ……みんな……ごめん。

「残念、下界の者は神に勝てないのだよ。それは、この宇宙の法則の一つでもある。さて、私はシャーロットとユアラの悲鳴を近くで鑑賞《かんしょう》させてもらおうか。計画通りに進めば、彼女の声を直《じか》に聞くことはできないが、それも一興《いっきょう》。二人とも、私を楽しませてくれたまえ」

8話　ユアラ大捜査網《もう》

ユアラとの勝負が始まってから、二十四時間が経過した。昨日の段階でユアラメダルを三枚見つけたけど、どのメダルからも手掛かりは得られなかった。私――シャーロットやカムイがユアラメダルにからかわれたように、アッシュさんやリリヤさんも弄《もてあそ》ばれたらしい。

ただ、悪いことばかりじゃない。ドレイクの洗脳が解かれたこともあって、彼が私たちの仲間となり、ユアラに懸賞金《けんしょうきん》を設定してくれた。

おかげで、帝都の平民たちは十人一組のグループを作り、捜索網を展開している。

また、今日の早朝になって皇帝が『ユアラを発見した貴族には鱗十枚を褒美《ほうび》として進呈する』と、帝都の各貴族たちへ一斉通達した。これにより、現在では貴族も協力して、ユアラを捜索してくれている。それと同時にユアラメダルも捜索され……今日の昼一時の時点で、ユアラメダルが私の手元に九枚も集まってしまった。私のいる宿屋へ持ってきてくれた九組の方々には、ドレイクがその場でそれぞれに金貨十枚を進呈している。

トキワさんも、これだけ集まれば居場所もわかるだろうと判断し、私たちと行動をともにすることになった。

そして私たちは、何か起こることを考慮して、周囲に店や家々のない広場へと移動する。準備は整ったものの、合計九枚のメダルの指令を聞かないといけないのかと思うと、少し憂鬱《ゆううつ》な気分になってしまう。

「みなさん、まずはこの一枚に魔力を流しますよ？」

全員が神妙《しんみょう》な顔となり、ゆっくりと頷《うなず》いてくれた。私が魔力を流すと、ユアラメダルの目がパッと開き、喋《しゃべ》り出す。

「ずるいずるい。帝都の人たち全員を味方につけるなんてずるいわ〜。これじゃあ見つかるのも時間の問題かな〜くすん」

なんて棒読《ぼうよ》みの演技なの。ここまで言うからには、絶対に見つけられないような場所にいるのだろう。

「帝都の住民たちに迷惑かけちゃったようだし、今回は指令なしでヒントをあげましょう。今のままの探し方じゃあ、私を一生見つけられないし、捕縛《ほばく》もできないわよ」

メダルのユアラは目を閉じた。

捕縛《ほばく》はともかく、帝都の人たちと協力しても見つけられないってどういうこと？

「まずいな。この言い方から察するに、ユアラは誰かに化けているかもしれん」

トキワさんの推理は、多分当たっている。今のユアラの声には、動揺が微塵《みじん》も感じ取れなかった。

「そうなると、闇雲に捜しても無駄ですね。帝都中の人々がメダルを探してくれていますから、僕たちはこういった広場でユアラからの指令をこなし、一つ一つヒントをもらっていき、『誰に化けているのか』『どこにいるのか』を絞《しぼ》っていくのが建設的でしょうか？」

アッシュさんの意見も一理あるけど、勝負相手があのユアラである以上、絶対自分のペースに持っていくようなやり方で指令を言ってくるだろうし、私たちを振り回してくるはずだ。昨日の一日だけで、大変な目に遭《あ》っているからね。

メダルを無視して捜すのも可能とはいえ、変装していると仮定した場合、発見できる確率は限りなくゼロに近い。結局のところ、アッシュさんの案が一番可能性が高いことになる。

でも、もっと効率的な方法があるはずなんだよ。それを考えないといけない。

「アッシュの案が一番無難なんだが、ユアラが本当に正しいヒントを言うのかが怪しい。やつのことだから、絶対に俺たちを撹乱《かくらん》してくるぞ」

撹乱《かくらん》か……逆にこちらからユアラを撹乱《かくらん》できないだろうか？　帝都の人たちが味方であることを利用すれば、ユアラを強引にこちらへ引っ張ってくることも可能かもしれない。

手元にある残りのメダルは八枚。私たちはユアラを恐れているから、どうしても着実にこなしていく案をとっていく。彼女だって私たちの行動を予想しているはず。撹乱《かくらん》を狙うなら、彼女にとって想定外な行動を起こさないといけない。でも、その行動は私たちの命を危険に晒《さら》すだろう。

でも……やるしかない‼

「みなさん、このまま実直《じっちょく》に勝負を進めても勝てないような気がします。私はユアラを撹《かく》乱《らん》したい。そこで、一つ案があるのです。ここにいる全員が、一枚ずつ一斉に魔力をメダルに流したらどうなるのでしょう？」

思った通り、全員が私の案に驚きの声をあげる。当然だ、これは危険極まりない行為だもの。

「シャーロット、それは無茶だよ。ここがクックイスクイズならその案もいいけど、相手はユアラなんだから慎重《しんちょう》にいかないと‼」

アッシュさん、批判は覚悟の上です。

「本来のヘキサゴンメダルなら、四つの指令が同時に言い放たれるだけで済むが、これがユアラメダルである以上、何が起きるかわからない。でも……その行為が撹乱《かくらん》になるのかは不明だが、やってみる価値はあるな。ただし、やるのなら二枚同時だ」

トキワさんが、私の案に賛成してくれた‼　私も、ただ思いついたままを言ったわけではない。さっきのユアラメダルの内容、あれは今こちら側で実行していることを忠実《ちゅうじつ》に語っている。

でも、このメダルがいつ拾われるのかはわからなかったはずだ。にもかかわらず、ピンポイントな出来事を言っていた。

そう、まるで今見ているかのような印象を受けた。それが、引っかかるんだよ。私がその点を指摘すると、アッシュさんも納得してくれた。

「シャーロットの言いたいことはわかったけど、危険な行為であることに変わりないんだ。何が起きるのかわからない以上、覚悟を持ってやろう」

リリヤさんやカムイも納得してくれたことで、私とトキワさんが一枚ずつユアラメダルを持つ。普通に別々の指令が出されるかもしれないし、何らかのハプニングが起きるかもしれない。

「トキワさん、いいですか？」

「ああ、二枚同時なら危険度も低いし、大丈夫だろう」

私たちは、ユアラメダルへ魔力を流す。目が同時にパカッと開き、二つのメダルから全く同じ声が聞こえてきて……

「嘘、もう見つけたの⁉　ちょっと早くない‼　あれから数分しか経過していないわよ‼」

「お〜い、そこの君〜そんなとこで突っ立ってないで、ユアラメダルの捜索に協力してくれ〜〜〜」

「げ‼　もうそれに気づいて探してるわけ⁉」

ユアラメダルの目が閉じた。

……痛い沈黙《ちんもく》が流れてくる。

今の何？　焦《あせ》っていた声は間違いなくユアラのものだけど、途中から男性の声が入ったよね？

「ねえねえ、同じ声が二枚同時に聞こえてきたよね？　ユアラメダルって、簡易型《かんいがた》通信機みたいな役割なの？」

カムイがそう尋《たず》ねてくる。

本来のヘキサゴンメダルは雷精霊様の声がメダルに録音《ろくおん》されているだけだ。でも、ユアラメダルは違う。確かに通信機なんだ。リアルタイムで指令を伝えているのか！

この雰囲気《ふんいき》がなんか気まずいというかなんというか、とりあえず何か喋《しゃべ》ろう。

「あはは、カムイの言う通り通信機のようだね。なんで、そんな形にしたのか極めて謎《なぞ》だけど」

また沈黙が続いた……そんな中で、リリヤさんが痛い空気の中を喋《しゃべ》ってくれた。

「きっとあれだよ。録音だけじゃあ味気《あじけ》ないと思って、通信機にして直に私たちの反応を知りたかったんだよ‼」

これまでの行動を振り返れば、あの女ならやりそうだよ。ヘキサゴンメダルの場合、一度指令が言い渡されると、そのメダルは二度と機能しないんだけど、このユアラメダルは

機能するのかな？　試しに、もう一度魔力を流してみよう。――え⁉

普通に目が開いたんですけど⁉

これじゃあ、メダルをばら撒いた意味がないじゃん‼

「ユアラ、どこにいるの‼」

「またなの‼　あなた、メダルを何枚見つけたのよ⁉」

「ここまでの時点で十二枚入手しているわ。メダルに指令を録音していればいいものを。しかも、このメダル自体が再利用できるじゃない。どうしてこんな無意味な行為をしているの？」

「あちゃあ〜、もうそれに気づいたんだ〜。あははは、無意味だから面白いんだよ〜。あ〜あ、帝都の住民を使って必死に何十枚も集めて、指令をこなしたけど結局無意味だったときのあなたの絶望した顔を見たかったのに、ざ〜んね〜ん。面白くな〜い」

この女、本当に殴《なぐ》りたい‼

元々、ヒントを与えるつもりなんてさらさらなかったんだ‼

こうなったら危険を承知《しょうち》で、私は私のやり方で捜してやる‼

「そうやって笑っていられるのも今のうちだからね。あなたの居場所を見つけ出して、必ず捕まえる‼」

「お〜こわ〜い。昨日の時点で結構面白かったし、あなたがどうやって私を見つけ出すのか観察させてもらうわ〜〜〜。ここからは、ユアラメダル全百枚の機能を切っておくわね。それじゃあ、頑張《がんば》ってね〜〜〜」

あの女〜〜〜無意味なことだとわかっていて、帝都中に百枚ものメダルをばら撒いたの⁉　とことん、私たちを舐《な》めているね‼

「シャーロット、お手柄だよ‼　僕は、真面目《まじめ》に考えすぎていたようだ。相手はあのユアラなんだから、もっと柔軟《じゅうなん》に考えないといけないね。でも、手掛かりがない状態で探さないといけなくなった。何か手段はあるの？」

もちろん、手段はある。でも、その前にいくつか確認しておきたいことがある。

「アッシュさん、方法はありますよ。ただ、行動に移す前に、気掛かりなことが一点あります。ドレイク、報酬《ほうしゅう》に関しては金貨千百枚必要なんだけど、その金額を持っているの？」

あれから、彼も反省しているのか、『私がお前たちに大敗した以上、喋《しゃべ》り方もタメ口で構わない』と言ってきた。勝負に負けたのに、敬語で気遣《きづか》われるのは、彼にとって相当屈辱的《くつじょくてき》なことのようだ。

「ああ、私は金貨なら一万枚以上持っているから問題ない」

お金持ちなドラゴンだ。ドラゴンだからこそ、お金の使い道がないのかな？　それだけの資金があれば、千百枚減っても問題ない。ユアラメダルに関しては、帝国の人たちに任せよう。平民にとっては金貨一枚でも大金だから、全てのメダルを回収してくれると思う。

「みなさん、今からユアラを追い詰める作戦を話します。時間的にギリギリになるかもしれませんが、必ず彼女を捕まえましょう」

ユアラが私に勝負を挑んできたから、彼女のペースに合わせていたけど、もう無視して構わない。今後、彼女が何を言ってこようとも無視だ。あいつにとって、この勝負も遊びの一環《いっかん》なんだ。多分、転移魔法を譲渡するのも嘘だろう。人間にここまで馬鹿にされたのは前世も合わせて初めてだ。

今から話す作戦は時間的に考えて、一発勝負になる。失敗は許されない。今はユアラ一本に絞《しぼ》り、彼女を捕まえた後で、黒幕の男の居場所を吐《は》かせよう。

9話　ユアラ大包囲網　前編

時間は少し遡《さかのぼ》る。

ここはフランジュ帝国の帝都宿屋。そこにある貴族用客室の中にユアラと厄浄禍津金剛がおり、二人だけで勝負についての最終確認を行《おこな》っていた。シャーロット側では二人を捕《ほ》縛《ばく》すべく、終始《しゅうし》緊張状態が続いているが、一方、この二人には緊張はゼロに等しい。ただし、この場合の『ゼロに等しい』という言葉の意味合いは、それぞれ少々異なっている。

ユアラはいまだにこの世界をＶＲと思っているため、たとえ捕縛《ほばく》されたとしても、すぐにログアウト可能と思っており、緊張感よりむしろ高揚感《こうようかん》の方が高い。

厄浄禍津金剛は、惑星ガーランドのシステムの一部を乗っ取ることに成功しており、自分自身を認知されず、誤認《ごにん》させ続けるよう、何重もの防護壁《ぼうごへき》を展開している。そのため、捕縛《ほばく》されない絶対的な自信を持っている。

なんにせよ、客室内には和《なご》やかな雰囲気《ふんいき》が漂《ただよ》っている。

「せっかくの勝負なのに、金剛様からは何も仕掛けないんですか？」

「もちろん、私からも仕掛けるさ。ただし、仕掛ける相手は一人のみ。その後は誰かに変異して、君たちの勇姿を近場で見学させてもらうつもりだ」

この言葉に、ユアラも驚く。今初めて聞いたのだから、当然だろう。

「誰に仕掛けるんですか⁉　近場ってどこから？」

いきなり言われたこともあって、ユアラは椅子《いす》から立ち上がり、彼の方へ身を乗り出す。

「それは内緒だ。こういうのは、どうかな？　勝負の最中、君が私の変異を見破《みやぶ》った場合、臨時《りんじ》ボーナスを支払おう。お金では面白くないだろうから、君の願いを一つだけ叶《かな》えよう。私の変異は完璧だ。相手の魔力、仕草、動きを完璧に模倣《もほう》できる。どうかな、面白いだろう？」

雇い主からの挑戦状に、ユアラは俄然《がぜん》面白くなってきたと喜び、ワクワクが止まらない。

シャーロットたちが自分を、彼女たちに追われる自分は雇い主を捜す勝負なのだから、当然だろう。

「面白い‼　願い事に関しては、なんでもいいんですか⁉」

「倫理《りんり》的に反するものでないこと、君の生活に支障《ししょう》をきたすものでなければ構わない」

ユアラにとって、シャーロットはただの遊び相手。それに対して厄浄禍津金剛は自分の雇い主。この勝負に勝てば、自分への評価も上がるし、願い事を一つ叶《かな》えてくれる。この提案により、彼女は俄然《がぜん》やる気を出す。

「その挑戦受けて立ちましょう。ただ、ヒントをお願いします‼　帝都には、一万人以上の人々がいるんです。その中であなたを見つけ出せる可能性は、限りなくゼロに近いわ‼」

ユアラの言い分ももっともな話だ。広大な帝都の中から、たった一人の変異した者を見つけることは不可能に近いだろう。厄浄禍津金剛もそれをわかっているようだ。

「ふむ、それもそうですね。ならば、こうしましょう。勝負開始から十二時間、私は一切手出ししません。君はシャーロットと遊び愉悦《ゆえつ》に浸《ひた》っておきなさい。十二時間後、私は動き、ある人物に変異します。ヒントを与えるとするのなら、私は観測者に徹《てっ》するとだけ言っておきましょう」

惑星ガーランドにおいて、厄浄禍津金剛はずっと観測者に徹している。なぜ、観測者側から動かないのか。これにももちろん理由があるのだが、彼はそれを誰にも明かしていない。

「観測者……わかりました。必ずあなたの変異を見破りますからね‼」

ユアラが自信満々に宣言するも、厄浄禍津金剛は全く動じることなく、軽く微笑《ほほえ》む。

「そうそう、お手付きは一回のみです」

「一回だけ⁉」

シャーロットの与《あずか》り知らぬところで、一つのゲームが始まろうとしている。

〇〇〇

シャーロットたちが帝都に到着し、勝負の狼煙《のろし》も上がったわ。私——ユアラの考えた作戦に、彼女がどこで気づくかが、この勝負の分かれ目になる。

彼らにスキルや魔法の制限はないけど、こんな街中《まちなか》では強力な魔法なんて使えないし、スキルに関しては私がどこにいるのか、誰に変装しているのかもわからないから、使いどころも難しい。四十八時間以内に私を見つけるのは難しいかもね。まあ、私や金剛様にとって、この勝負自体がどうでもいいことなんだけど。

それにしても、一時的なものとはいえ、私を縛《しば》るものが何もなく、誰にも文句を言われない生活は久しぶりだわ。開放的な気分になって羽目《はめ》を外《はず》し、ＮＰＣたちと遊びまくり、みんなの生き様をこの目で堪能《たんのう》していく。

これまでにユニークスキルを与えた人数は、大体二百人くらいだけど、約九十パーセントが私を恨《うら》んで死んでいき、約十パーセントが私に感謝をして人生を謳歌《おうか》するけど、その人たちもどういうわけか事故や病気で死んでしまい、現在生き残っているのはわずか三名のみ。

各大陸に一人ずついるけど、もしかしたらこの三人も早死にするかもしれない。

システムにはないユニークスキルを無理矢理与えているせいで、身体と魂に予想以上の負荷《ふか》がかかっていることが原因かしらね。

この世界の人たちもNPCではなく、まるで一人の個性ある存在として生きているかのように動いているけど、私を恨《うら》んだ九十パーセントの人たちは、似たような末路《まつろ》を辿《たど》る。

私にとって、特に印象に残っているのは、やっぱり『ランダルキア大陸東方地域にあるモンブルク王国』と『ハーモニック大陸中央地域にあるジストニス王国』。この二つの国で起きたクーデター。結果は両国で正反対の結果になったわ。

モンブルク王国の方では、王族の度重《たびかさ》なる圧政で民が苦しんでいたから、クーデターを画策《かくさく》しようとしている主要メンバーの三人それぞれにユニークスキル『虚飾《きょしょく》』『色欲』『憤《ふん》怒《ぬ》』を与えた。それにより、勢力が一気に拡大し、国内は混沌《こんとん》の海に落ちた。

ただ、人って急激《きゅうげき》に力を得ると傲慢《ごうまん》になると聞くけど、それは日本でもゲームでも同じね。その三人は力をつければつけるほど傲慢《ごうまん》になっていき、最後の最後で味方に裏切られ、多くのメンバーたちの前で、首を斬《き》り落とされた。

最後は三人揃って、空に向かって私への恨《うら》み辛《つら》みを叫《さけ》んでいたわ。

王族側はこの三人の最後を見たことで、自分たちの強欲《ごうよく》と傲慢《ごうまん》に気づいた。二年経過した今では国力もかなり回復し、国全体の治安もかなり向上している。こんな意外な結末になったからこそ、今でも強く印象に残っているのよ。

ジストニス王国では、王族側の中でも大きな不満を抱えるエルギスに、ユニークスキル『洗脳』を与えた。あの時点では平和だった。でも、あの男が何かを仕掛ける雰囲気《ふんいき》があったからこそ、そうした。するとティラノザウルスのネーベリックの暴走を利用し、王族たちを殺して王の座に居座《いすわ》った。

彼もこれまでの人と同じく傲慢《ごうまん》になっていき、最終的には魔導兵器を使い大陸制覇《せいは》を目論《もくろ》むように至った。しかし、シャーロットの登場で、彼の結末が大きく変動したわ。

彼女がユニークスキルを用いて『洗脳』を『洗髪』へと書き換《か》えたこと——これが全ての始まりだったのよ。まあ、そのおかげで一番面白いクーデターを鑑賞できて、シャーロットに興味を抱いたのだけど。

今日はそんな彼女と遊べる大事な日、誰にも邪魔はさせないわよ。

期末テスト直後に父から言われた仕事だって、社員の人たちとともに全力で挑み、大成功させた。

プレゼンを終わらせたときの父の顔は面白かったわ。まさか、高校一年生の私がここまでのことを計画するだなんて思ってなかったようね。

その証拠に、誰が発案し主導したのか確認したくらいだもの。人生は、要領《ようりょう》よく生きていかないとね。常に全力出して生きていたら、どこかで力尽きるわよ。

「あ、メダルに反応がある。これは……へ〜意外、発見者第一号は、アッシュとリリヤのチームなんだ」

三チームに分かれたから、てっきりシャーロットとカムイのチームがはじめに見つけると思っていたわ。それじゃあ、本格的にゲームを始めましょうか‼

○○○

やっぱり、シャーロットは面白い。すでに私の作戦を見抜き、何らかの対策を立てて、私を捜すことにしたようね。

手始めに、指令を失敗させてフロストドラゴンのドレイクの洗脳を解き、シャーロットたちの様子を窺《うかが》ったものの、あっさり収まってしまったわね。まあ、チート聖女がいるのだからそうなるとは思ったけど、もう少しくらい周囲に混沌《こんとん》を与えてほしかったわ。

元々あいつは、多額の懸賞金が出るほど恐れられたドラゴン。『洗脳』を解けば、私を驚かせるほどの怒りを顕《あら》わにすると思ったのに、鎮圧《ちんあつ》されるまでの時間が短すぎる。

さすがに、拍子抜《ひょうしぬ》けしたわ。あのとき、私はシャーロットの近場にいる冒険者の中に紛《まぎ》れ込んでいたから、その場で全てを終わらせてやろうかとも思った。でも、金剛様との勝負がある以上我慢《がまん》したわ。それに、その場をすぐに離れておいて助かった。まさか、シャーロットがあんな早い段階でユアラメダルとヘキサゴンメダルの違いに気づくとは思わなかった。もう少しで、居場所を特定されるところだったわ。

でも、だからこそからかい甲斐《がい》があるのよ‼

私の立てた次の作戦は、シャーロットに身を委《ゆだ》ねること‼

これまでと立場が逆転するけど、彼女がどんな方法で私を追い詰めてくるのかが楽しみよね。今まで散々コケにしてきたから、彼女だって私に対して、相当な鬱憤《うっぷん》を蓄積させているはず。当初の予定では勝負の最終日に、この作戦を持ってくる予定だったのに。

やっぱりシャーロットはこれまで見てきた人たちと違うわね。仲間に恵まれているのもそうだけど、彼女自身が柔軟《じゅうなん》性のある人物だからこそ、環境《かんきょう》への対応が早いし、まだ出会って日が浅くとも、私のことを深く理解してくれている。

「でも、最後に勝つのは私よ。あなたは私を捕縛《ほばく》したいようだけれど、捕縛《ほばく》した時点で私とあなたの運命がそっくり入れ替わる。さあ、早く私を見つけて捕まえてみなさい」

今の時点で私は、シャーロットのいる場所から少し離れた、貴族エリアにいる。昨日までは、彼女たちのすぐ近くにいて状況を監視していたけど、ここからはそれを一切せずに逃げに徹するわ。

二日目以降も、これまで通りモニター越《ご》しからシャーロットたちを監視できるものの、向こうの声が全く聞こえないよう金剛様に調整されてしまった。

彼がシャーロットのすぐ近くにいるのも理由の一つだし、何より監視なんてしていたら、彼女の立案した作戦が私にダダ漏れになってしまう。私にとっても、それは面白みに欠ける。

だから、ここからの監視は金剛様を捜すことだけに使う‼

何もわからない状況下だからこそ、この勝負は面白い‼

私のいる場所の近辺に、普段見かけない黒いスーツを纏《まと》った男性がちらほらいる。これは、きっとシャーロットの差し金に違いない。既《すで》に、何かを仕掛けてきているようね。

10話　ユアラ大包囲網　後編

シャーロットたちは、私を探す手掛かりを持っていない。仮に、彼女がユニークスキル『構造解析』を使用したとしても、私自身は身長百七十センチの人間の金髪女冒険者になっているし、誤認するよう調整もしてある。この状態から私を見つけ出すのは至難《しなん》の業《わざ》のはず。どうやって私を炙《あぶ》り出してくるのか楽しみね。

金剛様は、必ずシャーロットの近くにいる。あれだけ自信満々に宣言したのだから、誰に変異していてもおかしくない。

こうやってモニター越しで見ていても、仲間たちからは一切違和感を覚えない。トキワ、アッシュ、リリヤのいずれかに変異していると思うけど……まさか意表を突いてカムイってことはないわよね？　それにリリヤは女の子だし、完璧に演じるというのも、少し怖いわ。お手付きは一回だけだし、ここは慎重に決めないといけない。

「やっぱりモニターからだと、誰に変異しているのかさっぱりだわ。近くに行くのも自殺行為だし、今日一日は様子を見るしかないわね」

私は宙に浮くモニターを消し、狭い路地から広い場所へと抜け出る。するとそこで、また黒スーツ姿の人とすれ違った。

「今度は女性？　少しずつ増えてきてない？」

それに、たまにすれ違うスーツ姿の人に限って、表情がないこともあり、妙に薄気味悪いわ。私や誰かを探しているわけでもなく、ただ普通に歩いているだけ。何が目的なの？

「お姉ちゃん、どうかしたの？」

私がスーツ姿の人たちをじっと見ていたせいか、十歳くらいの獣人の女の子に話しかけられた。

「あの人たちが、なんであんな格好なのか知ってる？」

女の子は周囲を見ても、首を少し傾《かし》げる程度だった。

「知らない。それより、お姉さんはユアラっていう女の子か、ユアラメダルをどこかで見かけなかった？　年齢のわりに背の低い女で、青い色の髪をしているらしいの。メダルには、その女の子の顔が彫られているんだって」

人の気にしていることを、ストレートに言ってきたわね。背が低くて悪かったわね‼

平民たちの狙いはユアラメダルか。上手くいけばメダル一枚につき、金貨十枚がプレゼントされるのだから、みんなが躍起《やっき》になるのも無理ないわね。

「ごめ～ん、お姉さんは知らないわ。ただ、ユアラメダルは、道幅《みちはば》の広い場所にもあるんじゃないかな？　さっきも、誰かが見つけていたもの。ほら、あそこの樽の下なんかにあったりして？」

ユアラメダルに関しては、正直隠し場所自体を忘れちゃったわ。

「あそこは、もう探したもん‼」

「樽の底に貼りつけられているかもしれないわよ？」

そういった場所に、隠したような気もする。

「樽の底？　本当に？　わかった、探してみる」

女の子がもう一人の仲間である男の子を呼び寄せ、重そうな樽を傾《かたむ》けさせ、自分が底を確認すると、少し暗かった顔が一気に明るくなったわ。どうやら、メダルを見つけたようね。

「やった～～～!!　あった、あったわ～～～。みんなを集めて、急いでシャーロット様のところへ行こうよ!!」

どうやら他にも仲間がいるらしいわね。その女の子は私にお礼を言うと、すぐに仲間を集めて走り出す。そのとき、どこか遠方から声が聞こえてきた。

『ユアラがいたぞ～～～』

え、私を見つけたの!?

急に言われたものだから周囲を確認したけど、誰も私を捕まえに来ないわ。どういうこと？　それにさっきの声は、少し遠かったわね。あの子が何かを仕掛けているのはわかるものの、ちょっと読めないわね。少し危険でも、声のした場所へ行ってみようかな。

……確かこのあたりから声が聞こえたはず……？

この地域一帯は住居ばかりで、しかもこの時間帯は人通りも少ないはずだけど、人がいなさすぎる。帝都中の人が私を探しているのに、ここだけ誰もいないだなんて、これは何かあるわね。

「ユアラ～～～」

後方から急に声がした？

「え⁉　ちょっと何よ⁉」

スーツを着た三人の子供たちが私目がけて追ってくるって、どういうシチュエーションなの？　そもそも、どうして私のことをユアラと見破ったのよ⁉　どうする、逃げる？　距離がどんどん縮《ちぢ》まっている。ただ、相手はどうやらただの子供のようだし、ここは動揺を見せずに様子を窺《うかが》ってみましょう。

さあ、どう来る？

「待て～～～」

子供たちは内心動揺しまくりの私を通りすぎると、少し前方にいる背の低い細身の女性を捕まえた。年齢は私と同じくらいかな。どうやら背格好の似た女性を私と勘違《かんちが》いしたようね。ただ、気になるのはなぜ黒服のスーツなの？

「お姉ちゃん、ユアラじゃな～～～い」

シャーロットの作戦が読めない。

黒服のスーツを着た人たちに何をさせようとしているの？

○○○

帝都の中で、何かが起きている。

ここは大きく分けて、平民エリアと貴族エリアの二つがある。

各エリアの中にそれぞれのための住居やお店が建《た》ち並んでいた。どの箇所でも時間を追うごとに黒服を着た人の比率が高くなってきている。

はじめは若い男女ばかりだったのに、今では子供や老人も目立つ。

その中の一部には、黒いサングラスをかけた者もいる。彼らからは品位を感じるから、きっと貴族だわ。興味本位でこの遊びに付き合っているけど、さすがに恥ずかしいからサングラスをかけているってところかな？

『貴族のくせに何をやっているのよ‼』とツッコミを入れたいところだ。でも、『全員が無表情で歩いている』『ほとんど言葉を発しない』こともあって、ちょっと怖いのよね。

私の横を、黒いスーツを着た恰幅《かっぷく》のいい女性と黒服の二歳くらいの女の子が手を繋ぎながら、無言で無表情のまま通りすぎていく。

「ユアラ〜〜〜〜」

「きゃ‼　何よ突然⁉」

え、さっきの女性が子供を抱き上げて、前方に走り出していったわ。その方向には人こそいるけど、私の外見と似た女性がいない。なぜ、大声をあげて走り出したのよ。

「意味がわからないわ。モヤモヤするし、モニター越しでシャーロットを見ましょう。声が聞こえなくとも、何かわかるでしょう」

少し狭い路地に行き、スキルでモニターを呼び出した私の目に飛び込んできたのは、彼女がスーツを着た人たちと笑い合っているところだった。老若男女《ろうにゃくなんにょ》、みんなが笑い、彼女や仲間たちと談笑《だんしょう》している。

「こいつら、私を捜す気があるの？　あ、あの子は‼」

樽の底にあるメダルを見つけて喜んでいた女の子も、スーツを着ているの？　あ〜もどかしいわね。何を言っているのか全然わからないわ‼　読唇術《どくしんじゅつ》のスキルを金剛様に制作してもらうべきだった‼　何か話し合っていると思ったら、急に円陣《えんじん》を組んで気合《きあい》を入れた。何が始まるのよ？　全員が散開して、シャーロットも目を閉じ、何かをしている。監視箇所の位置を高くしたら、何かわかるかもしれない。

「え……これは……」

上空から見てわかった。知らない間にスーツを着た人の比率がさらに多くなっている‼　今の時点で、数百人はいるわね。それに……

「スーツを着た人たちの動きがおかしい。全員が一塊《ひとかたまり》になって、どこかを目指しているかのような歩き方だわ」

シャーロットは間違いなく、この人たちに何かを指示した。でも、これは何を意味しているの？

「え、四グループに分かれた⁉」

突然、『子供』『大人』『サングラス（貴族）』『老人』の四グループに分かれた。そして、グループごとにそのままどこかへ向かっている。このままの方向だと、ここを通りすぎるから、一旦離れて一人の女冒険者としてやりすごした方がいいわね。ここまでの動きから予測すると、あのスーツ軍団は、ユアラと思わしき人物を手当たり次第に捕まえて、消去法的に私を絞《しぼ》り込むつもりかしら。甘いわよ。そんなやり方じゃ、制限時間内に私を捕まえるのは不可能に近い。

彼女の近くにいるという金剛様は、さっきのモニターを見た限りでは、相変《あいか》わらず誰に変異しているのか全然わからない。ここは、あのスーツ軍団の脇《わき》をすり抜けて、シャーロットのそばまで行ってみるしかないわね。

「あれ？　人がいなくなってる？」

ここは平民エリアの商業区、今はお昼過ぎの時間帯。ついさっきまで結構な人数がいたはずなのに、いつの間にか誰もいなくなって、凄《すご》く静かだわ。

……嫌な予感がする。

ここから十メートル前方には、丁字路《ていじろ》がある。なぜだろう？　奇妙《きみょう》な圧力を感じるわ。

「ユアラ～～～～～～‼」

「は⁉」

丁字路《ていじろ》の両方から、地面を揺《ゆ》らすほどの叫《さけ》び声が聞こえてきた。左右に何があるのよ？

私がおそるおそる近づいていくと、突然大勢のスーツ姿の子供たちが丁字路《ていじろ》の左右から
どっと出てきて、まるで猪《いのしし》のようにまっすぐに全速力でこちらに向かって突き進んでくる。

しかも、全員が無表情で、道路を覆《おお》うほどの大人数‼

「いや～～～なんなのよ～～～～」

さすがに、この中を突き進むことはできない‼　私は踵《きびす》を返し、反対方向へ逃げる。

今度の標的は、私なの⁉　私を突き止めるの早くない⁉

「ユアラ～～～～～～‼」

何十人もの子供たちが一斉に叫《さけ》んでくるから、うるさすぎる‼

あんなのに捕まってたまるもんですか‼

幸い相手は子供、大人の私には……

「『ユアラ～～～～～～‼』」

「げ、逃げようとした前方からはスーツ姿の大人たち⁉」

目の前の道がスーツに覆い尽くされている‼　一体、何人いるのよ⁉

「ええと逃げ道は……」

「「ユアラ～～～～～‼」」

はあ⁉

今いる十字路の左右の道のどちらかから逃げようと思ったら、どちらからも大声が⁉

「ちょっと怖いわよ‼」

今度は左右からスーツ姿の老人たちが私の名を叫《さけ》ぶ。全員が白髪で弱そうに見えるのに、背筋《せすじ》もピンとしており、無表情で私を睨《にら》み、ここへ突き進んでくる‼

めっちゃ怖いわ‼

やばい、逃げ道もないわ‼　いや……空が……

「ユアラ～～～～～‼」

「ぎゃあ～～～～～～」

上空には、空を埋め尽くすほどの、人間形態となったドレイクの巨大生首がうじゃうじゃいる～～～。しかも、なぜかドレイクは禿《は》げた怒り顔だから不気味‼

「気持悪‼」

「貴様～～～～～‼」

ドレイクの怒り声がうるさい‼

「「「ユアラ～～～～～～～～」」」

今度は一斉に四方からの叫《さけ》び声。私の鼓膜《こまく》が破れそうだ。

「うるさ〜〜〜い‼　もう嫌〜〜〜〜〜」

　恐ろしい勢いで、全員が私目がけて突《つ》っ込《こ》んでくるわ‼　空からも迫ってくるから、圧《あっ》迫感《ぱくかん》が尋常《じんじょう》じゃない‼　これって、押し潰《つぶ》されるんじゃないの？　ダメだ、潰《つぶ》される‼　転移……はもう間に合わない‼

「ユアラ〜〜〜〜〜‼」

　もうダメだと思い目を瞑《つぶ》った瞬間、可愛《かわい》らしいの女の子の声がどこからか聞こえてくる。

「え、今のはシャーロットの声？」

　私が目を開け、ふと上空を向くと、私の真上だけがぽっかりと隙間《すきま》があり、シャーロットがそこから私目がけて落ちてきた。

「な⁉」

「やった、捕まえた〜〜〜〜」

「嘘、捕まったの⁉」

　私が負けた⁉　悔《くや》しい〜〜〜……な〜んてね。

　シャーロット、ここからが本当の勝負の始まりよ。

　というか、あなたが私に触れた時点で、もう詰んでいるんだけどね。

11話　決着、そして……

う……あれ……ここはどこだろう？

身体がピクリとも動かない。

私――シャーロットは、ドレイクの持つお金の力を使い、帝都の人たちを仲間に引き入れ、ユアラメダルを捜索してもらった。ただ、メダルだけが集まっても、肝心《かんじん》のユアラの場所を特定できなければ、意味がない。

――そこで仲間たちと考え出したのが、『ハンター作戦』だ。

普通に人々に協力してもらっても、ユアラはすぐに勘《かん》づき逃走してしまうだろう。彼女を追い詰めるには、意外性のある作戦を練《ね》らないといけない。

そこで、ふと思い出したのが、日本のテレビ番組だ。『プレイヤーたちがある限られた範囲内で、スーツを着たアンドロイドたちから捕まらないよう逃げまくる』。あれを試したらいいんじゃないだろうかと思った。そこで、スキル『魔力具現化《ぐげんか》』で特注スーツを作り、仲間たちにこの作戦の詳細を話すと、思った以上に好感触であったため、早速決行した。

メダルを持ってきてくれた人々にも協力を仰《あお》ぐことにした。年齢を問わず、私の作った特注スーツを着て作戦に付き合ってくれた人には、一人金貨一枚を差し上げますと伝えたら、頼んだ人全てが即ＯＫし、特注スーツを着用してくれた。

もちろん、これだけではユアラのいる場所を特定できない。今回の作戦において、最も重要なのが、私のスキル『並列意思』の使い方だ。

このスキルのレベルが高ければ、戦闘中において焦《あせ》ることなく、戦いながらいくつもの考えを張り巡《めぐ》らせ、同時に複数のスキルや魔法を展開できるようになる。

これを応用して、私はまずスキル『魔力具現化』で等身大のシャーロット人形を十体製作し、全ての人形に『並列意思』を組み込み、スキル『光学迷彩』で姿を透明にし、風魔法『フライ』で上空へ飛ばす。

次に、本体の私は邪魔にならないよう広場に設置されているベンチに座り、目を閉じて『並列意思』の見せる十個の視界を観察していく。

そして、散らばったスーツ軍団のみなさんに対して、伝達魔法『テレパス』で連絡を取り合いながら、特定の場所でユアラと叫《さけ》んでもらい、おかしな動きを見せる人物を一人捕《ほ》縛《ばく》する。

間違っていた場合、スーツ軍団が迷惑をかけた方に事情を説明し、作戦の参加を促《うなが》す。

さらに、この作戦の要《かなめ》となる味方を少しでも増やすべく、特注スーツを大量に持ったリリヤさんとトキワさんがクチコミで情報を広めていく。最終的に、四時間ほどで三百二十九人の人たちが集まったのは驚いたけどね。

上空から観察してわかったけど、普通の人が突然大勢の人に追いかけられた場合の反応は、大体同じだった。だから私に大きな違和感を覚えさせるほどの動揺を示す者がいた場合、その人が必然的にユアラとなる。

私は諦《あきら》めずに何度も何度もチャレンジし、四十七回目のところで彼女らしき人物を特定できた。あの金髪女冒険者だけが、他の人たちと違った動揺を見せたことで、こいつこそがユアラだと確信し、私は彼女を捕縛《ほばく》した……でも、なぜかそこから記憶がない。そしてどういうわけか、気づくと、私は帝都の宿屋の客室にあるベッドに横になっているようだし、なぜか身体が異様に怠《だる》く、全然動かせない。

これは一体どういうこと？

「お、やっと目覚《めざ》めたようだな。具合はどうだ？」

トキワさん⁉

「……」

え、声が出ない⁉　どうして？　客室にいるのは、トキワさんとリリヤさんだけ？

アッシュさんとカムイはどこに？

「ちょっとユアラ、トキワさんが話しかけているのに、なぜ無視をするの‼」

今、リリヤさんは私を見て、ユアラと言わなかった？

「……」

ダメだ、どう頑張《がんば》っても声が出ない。せめて身体を動かせれば、筆談《ひつだん》で状況を説明できるのに。トキワさんが、私のおでこに手を置く。

「リリヤ、落ち着け。相手は回復魔法『マックスヒール』でも治《なお》らない病人なんだ。……まだ熱があるな。状況を理解できるか？　シャーロットが君を捕縛《ほばく》した途端、君は倒れ、三時間眠り続けていた」

意味が……わからない。リリヤさんといい、トキワさんといい、まるで私のことをユアラと認識しているかのような言い方だ。私が倒れた？　熱のせいなのか、頭が上手く働かない。

「……」

私が無視していると思ったのか、リリヤさんがこちらに向かってきた。その表情からは、どう見ても『怒り』の感情しか伝わってこない。彼女は私の胸《むな》ぐらを掴み、私を無理矢理持ち上げる。

「ちょっと、何か言いなさいよ‼　あなたのせいで、ジストニス王国で大変なことが起きて、一万人が死んだのよ‼　サーベント王国では、ベアトリスさんの心を歪《ゆが》め、シンシア様にはスキルを与えて、二人の関係を無茶苦茶にした‼　フランジュ帝国では、無断で帝都を勝負の舞台にして、多くの国民に大迷惑をかけた‼　その張本人が捕まった途端、倒れて死にそうになっているって、どう考えても都合がよすぎるでしょ‼　今度は、何を企んでいるの、ユアラ‼」

リリヤさんは、本気で私をユアラだと思っている。鏡を、せめて自分の顔をこの場で確認したい。あ、まずい……リリヤさんが暴走しかけて白狐童子になろうとしている。トキワさんも気づいているのに、それを止めようともしない。

「貴様は……自分のしでかしたことを理解しているのか⁉　ナルカトナ遺跡では、私たちを散々弄《もてあそ》んでくれたな。私たちは、貴様を永遠に許すことはない‼　いっそのこと、今この場で‼」

凄《すご》い魔力だ、私が白狐童子に威圧《いあつ》されている？　なんで、どうして？　私は、白狐童子よりも強い。なのに、どうして心が震えているの？　このままだと、本当に仲間に殺される⁉

「白狐童子、それ以上はやめろ‼　お前の気持ちもわかるが、ユアラをクロイス女王陛下に突き出さないといけないんだ。殺すな‼」

「ち、わかっている‼　なら、質問を変える。おいユアラ、お前の雇い主とやらは、どこにいる？」

トキワさんが一喝《いっかつ》してくれたおかげで、なんとか助かったみたい。けれど、ベッドに横たわった身体が、全く言うことを聞いてくれない。ただ、私の視界には、自分の右腕と両足が見える。それで、今の状況をはっきりと理解できた。

これは、私の身体じゃない‼

服装が部屋着へと変化しているものの、私の身長が明らかに高くなっている。しかも、肌の感じが八歳の子供のものじゃない。まさか……本当にユアラになっているの？　せめて、それだけでも確認させて……お願い‼

「白狐童子、待て‼　ユアラ、お前はなぜ白狐童子の短剣を見ている？」

彼女の左腰付近には、お守り用として私の製作したホワイトメタルの短剣が装備されている。あれを見れば、私の顔を認識できるはず。

「そんなに、この短剣で私に殺されたいのか？」

白狐童子が短剣を引き抜いてくれた。剣が鏡の役割となって、私の姿を見せてくれたのだけど……そこには……ユアラの姿が映っていた。

ということは、まさか⁉

「ユアラ、目覚めたのか……って白狐童子、何やっているの⁉　殺したらダメだ、そもそもこいつには後でお仕置きする予定だっただろ？」

部屋の入口から、アッシュさんとカムイと……『私』が入ってきた。

多分、あの中にはユアラが入っている。

「アッシュか。こいつが私の短剣で自殺したがっているように感じたから、引き抜いただけだ」

この状況はまずい。私への嫌悪《けんお》が全員から伝わってくるもの。あの黒幕の男、やってくれるよ!! まさか、私とユアラの魂を入れ替えるなんてね!! これは、完全に想定外な事態だ。あいつら絶対に許さない!!

「ユアラが私を睨《にら》んでいますね。今までの所業《しょぎょう》を責任転嫁《てんか》して、私のせいにしたいのでしょうか?」

どの口が言うの!? あいつ、魂を交換した後、自分の身体に何か縛《しば》りをかけたんだ。身体を動かせないし、何も話せない以上、私の異常を仲間に気づかせることはすぐにはできない。

「あなたの不調は、あなた自身が原因です。これまでしでかした全ての悪業が、自分に返ってきた証拠です。自分のステータスを確認すれば、何かわかるかもしれませんよ」

こいつ……私の声で、自分を諭《さと》すようなことを言うな!!

とにかく、今はステータスを確認しよう。

名前　ユアラ・ツムギ
種族　人間／性別　女／年齢　十五歳／出身地　どこでしょう?

レベル　赤ちゃん／ＨＰ１（ＭＡＸも１だよ）／ＭＰ１／攻撃１／防御１／敏捷《びんしょう》１／器用１／知力１
魔法適性　私は厨二病《ちゅうにびょう》じゃありません／魔法攻撃１／魔法防御１／魔力量１
使用可能な魔法やスキル　あってたまるか‼

え、なに……これ……これがユアラの強さ？

あの女〜〜〜完全に私を馬鹿にしている‼

レベルが赤ちゃんって何⁉　ところどころに、おかしなコメントが書かれているし‼

どうする？　これって人生最大のピンチだよ‼

こんなステータスじゃあ、一生身体を動かせないかもしれない。もしかしたら、明日には死んでしまうかもしれない。そうなったら、ユアラは私の身体で生きていくことになる。

私の身体は、あのユニークスキルの影響で、ステータス数値の限界値も９９９９を超えてしまっている。やろうと思えば、世界征服だって可能だろう。

仲間たちを頼れない以上、この身体を死なせたくなければ、何か行動を起こさないといけない。でも、肝心の身体が動いてくれない‼

……あれ？

ステータスの右下最奥《さいおう》に『ログアウト』と赤く表示されている文字があるけど、これは

何だろう？　これまで多くの人々のステータスを見てきたけど、こんなものは見たことがない。あ、何か表示された‼

『ログアウトしますか？『はい』『いいえ』』
＊自分のアバターがエラーで身動きできないとき、視線だけでの操作が可能です。稀《まれ》に起こる事象《じしょう》です。エラーを長時間放置しておくと本体に悪影響を与えかねないので、早めのログアウトをお薦《すす》めします。

意味がわからない。『ログアウト』『アバター』って何？　でも、今ステータスで操作できるのは、この『ログアウト』機能のみ……多分、これもユアラの罠《わな》だ。今後、身体を動かせない事態が何日も続けば、私はどこかの国で公開処刑される。この言葉の意味がわからない。でも、今は行動を起こすしかない。前もって罠だとわかっている以上、私も意識して次の行動に移れる。

さあ、視線を『はい』へ移そう。どうか、今の状況を改善できますように‼

視線を移した途端、私の意識は急にブラックアウトした。

12話　シャーロット、日本へ帰還《きかん》？

「う、ここはどこ？」

え、声が出た？　もしかして、身体は……やった、動く‼

理由はわからないけど、さっきまでの倦怠感《けんたいかん》もなくなってるわ‼

「あ……ああ」

この声、間違いなくユアラのものだけど、何かヘルメットかなんかを被っているのかな？　頭に奇妙な感触がある。それに、目の前に見えるゴーグルのようなものは何だろうか？　とりあえず、脱《ぬ》いで何かを確認してみよう。

「え、何これ？　これって、異世界物の小説でよく出てくるヘッドマウントディスプレイというものでは？」

小説の中ではＶＲの世界に入り込むとき、脳波《のうは》を読み込むために必要な機器だったよね？

というか、なぜ実物が存在しているの？

なぜ、私はそんなものを被っているの？

そして、ここはどこなの？

十八畳《じょう》くらいの広さのある部屋で、内装が女性向きの色合いだから、多分だけどユアラの部屋になるのかな。

ベッド脇に置かれているナイトテーブル、その近くに設置されている棚《たな》には、経済関係の本が入っていて、同じ棚になぜか熊や犬、イルカといった可愛《かわい》い癒《いや》し系ぬいぐるみが飾《かざ》られているわ。他には、液晶テレビ、パソコン、パソコンに接続されている謎の機器、化《け》粧台《しょうだい》などがある。……どれもこれも、私の前世でも見たことのある日本の品々ばかりだ。

とりあえず、まずは自分の姿を確認しよう。ナイトテーブルに少し大きめの手鏡があるし、これで改めて自分に何が起きているのかを認識できる。

「嘘……やっぱりユアラだ」

あのとき、やっぱり入れ替わったんだ。背後に神が控えているのだから、そういった事象も起こりえることを考慮すべきだった。あの『ログアウト』という表示を『はい』と視線でタップしたら、意識が飛び、ここで目覚めた。ここには誰もいないようだし、魔物の気配も感じ取れない。

これは、本当にユアラの罠なの？

「とにかく、まずは部屋を散策《さんさく》して、もっと情報を得よう」

……嘘でしょう。

窓から外を眺めただけで、ここがどういった場所なのかがわかった。遠くに見える見慣れたアスファルトの道路、建ち並ぶ家々、電柱、車……あはは、これはもう間違いないね。

ここは地球だ‼

あの『ログアウト』を選択したことで地球へ帰還したということは、まるで私の住む惑星ガーランドがゲームの中で、そこから現実に帰ってきたかのように感じられる。

でも、誤解しちゃダメ‼

私を含めた惑星ガーランドに住む人々も、現実の中で生きている‼

これは、絶対だ‼

ユアラは黒幕の力を借りて、惑星ガーランドにログインしているんだ。ここが地球なら、持水薫《もちみずかおる》の死んだ年よりも最低でも十五年は経過しているはず。転生時、ミスラテル様が言っていたもの。それだけの年月が経過すれば、小説のようなＶＲ機器が発売されていてもおかしくない。

多分彼女からすると、この機器を通して惑星ガーランドへ行けるのだから、単なるＶＲゲームの舞台と思っているのかもしれない。

それなら、あの好き勝手な言動も理解できる。どれだけ多くの人々を巻き込もうとも、所詮《しょせん》はＶＲ、何をしても構わないと思っているんだ。

「え……そうなると、ユアラは日本人？」

「ワンワンワン」

外から、犬の声が微かに聞こえてきた。窓を閉めているから、ほとんど聞こえない。ベランダになっているようだし、外の空気でも吸って、頭を少しでも落ち着かせよう。

「う、開けて外へ出た途端、じめ～っとした蒸《む》し暑さが伝わってくる。もしかして、今の季節は夏なの？　日も高いし、今はお昼近くかな。あ、可愛《かわい》い。ジャーマンシェパードだ」

ここは二階で、眼下《がんか》の広大な庭には大型のシェパードと、二十歳くらいのメイド服を着た女性がいる。どことなく、ユアラと似ている気がする。遠くの風景ばかり見ていたけど、この家って凄《すご》く広い。庭だけで、百坪はあるんじゃない？　ユアラって、お金持ちのお嬢《じょう》様《さま》なの？

「ミランが吠《ほ》えるなんて、珍しいわね。あそこは、お嬢様の部屋よ。あなただって、何度か入ったことあるじゃない。それに、今は……え、柚阿羅《ゆあら》お嬢様‼　いつ、お戻りに？」

「あ……」

やばい、見つかった‼　私はユアラじゃないから、誰が誰だかわからない‼

「大変、奥様にお伝えしないと………」

いやいや、お伝えしなくていいから‼

「いや……ちょっと」

あ、犬だけがその場に残り、メイドはどこかへ行ってしまった。まずい、今の私は、ユアラであってユアラではない。うわあ、こっちに駆け上がってくる音がする。どうする？　下手な嘘を言えば、すぐにばれる。

……よし、記憶喪失《そうしつ》にしておこう‼

実際、ユアラの記憶はないからね。

「柚阿羅～～」

ドアが急に開いたと思ったら、二人の女性が私に近づいてくる。一人はさっきのメイド、もう一人は四十歳くらいの眼鏡をかけた優しそうな女性だ。……多分、ユアラの母親かな？

「柚阿羅、友達のお家から帰ってきたのなら、一言私か静《しずか》に声をかけないとダメでしょう」

と言われても、私にはさっぱりわからない。まずいな、シャーロットになってからは喋《しゃべ》り方も子供口調に近づけているけど、ユアラのままだと違和感しかない。かと言って、彼女の素の話し方がわからない。仕方ない、持水薫のように話すしかないわ。

「柚……お嬢様……どうして無表情なんですか？　無言で帰宅されたのですから、私たちに何か言うべきことがあるはずです」

ここでダンマリはダメね。

とりあえず、記憶喪失の演技をしておくのが、正解よね。

「……あなた方は誰ですか？」

私の一言で、二人はキョトンとする表情をする。

「私は、誰ですか？　気づけば、ここにいました」

これは真実。本当に気づいたら、ここにいたのだから。

「柚阿羅、私が誰なのか、本当にわからないの？」

母親らしき女性が、躊躇《ためら》いながら私に問いかけてくる。

本当にわからないので、私は静かに頷《うなず》いた。

二人は、静かに顔を見合わせる。

私が冗談《じょうだん》を言っていないことに気づいたようだ。

「柚阿羅、病院に行くわよ。静、今すぐに心療内科の主治医、笠原《かさはら》先生に連絡を‼」

この人が何を察したのか、おおよそわかる。かといって記憶喪失という設定なのだから、何もされていないとは言えない。

「は、はい‼」

静と呼ばれたメイドが急いで階下へと下りていく。

「衣服に汚《よご》れがないから、最悪の事態は免《まぬが》れていると思うけど……記憶を失っている時点で…………」

まずい、ややこしいことになりそう。ユアラの部屋を漁《あさ》りまくって、惑星ガーランドへ戻る手段を見つけたいのに、すぐには無理そうだ。向こうでは、今どうなっているのだろう？　次になすべきことは、黒幕の神を捕縛《ほばく》すること。それが成功すれば、多分あの神のことだから、私とユアラが入れ替わっていることを面白おかしく話すんじゃないだろうか？

もしかして、これはユアラではなく、その黒幕の神が仕掛けた罠なんじゃ……絶対そうだ。身体が入れ替わっている状態で、ログアウトなんてできないもの。ユアラが仕掛けるわけがない。

「奥様、笠原先生にはお伝えしましたが、旦那様には？」

旦那様？　あ、ユアラの父親‼

「ダメよ。あの人は、娘よりも世間体を気にしている。何もわからない状態でこの状況を伝えたら、柚阿羅が何をされるかわかったもんじゃない。極秘裏《ごくひり》に、病院に行くわよ」

最低な父親ではありませんか⁉

「手配は既に終わっています。私が運転しますので、今すぐに参りましょう」

静さん、行動が早い‼　それだけ柚阿羅を大切に思ってくれているんだ。この人たちは、私たちの事件になんの関係もない。もし、仮に私が元の身体へと戻れたとしても、このままユアラを惑星ガーランドへ留《とど》まらせていたら、間違いなく処刑される。大罪を犯した以上、罪を償《つぐな》わせたいところだけど、もしそうなったらこの人たちが悲しむことになるわね。

ただ、それに関しては全ての事件を解決してから考えることにしよう。

〇〇〇

柚阿羅の母親が納得するまで、私は病院で様々な検査を受けた。暴行を受けた形跡《けいせき》が身体にないことがわかり、母親と静さんはホッとしていた。でも、記憶喪失の原因が解明されていないため、医師もどうしたものかとかなり悩んでいた。

その際、彼女の母親が「もしかしたら」と『柚阿羅と父親の確執』を話してくれたことで、私は『解離性健忘障害《かいりせいけんぼうしょうがい》』と診断された。精神的なストレスで過去の記憶や感情などを思い出せなくなる精神障害で、その診断はある意味正しいと思ってしまった。

なんせ、私はユアラじゃないからね!!

病院へと強制連行されたことで、私も柚阿羅の過去を知ることができた。

紡木《つむぎ》家は、戦後に大きくなった家で、貿易、病院、大学、家具など幅広《はばひろ》い事業を手掛けている。紡木柚阿羅は紡木家の令嬢《れいじょう》で、これまで様々な教育を受けてきた。幼い頃は、表情豊かで普通の子供だったものの、歳《とし》を重ねるにつれ、段々と表情が乏《とぼ》しくなっていった。無論、各企業のパーティーなどの社交の場では友人もおり、表情豊からしいけど、自分の家の中ではほとんど笑わないそうだ。

その理由は、父親にある。これまで柚阿羅の父親は、彼女のためと思ってか、かなり厳《きび》しめの教育や躾《しつけ》を行《おこな》ってきた。いや、彼女は父親に管理されてきたのだ。ゆえに、家の中では本来の自分を出せなくなってしまった。でも、小学校高学年になってからは、父親が少しだけ柚阿羅を認めてくれたことで、自由時間が少しできたらしい。

こんなふうに彼女の過去を知ることになるとは、夢にも思わなかったわ。結局、病院の検査が終わり、再び部屋に戻ってきたのは、夕方五時を過ぎてからとなってしまった。

「疲れた。あそこまで検査されるとは……それだけお母様に心配されていたのか」

一人になって呟《つぶや》く。誰かに聞かれているかもしれないから、独《ひと》り言《ごと》であっても油断できない。一応お母様と言っておかないとね。静と呼ばれたメイドさんが、「ユアラは普段からそう呼んでいるわ」と教えてくれたから、こちらとしても助かる。

「柚阿羅～入るわよ～」

ドアがノックされたと思ったら、いきなりメイドの静さんが入ってきた。そういえば、この人は、他のメイドたちから一目置かれている印象を受けた。まだ二十歳くらいなのになぜかしら？

「その様子だと、私との関係も忘れてる？　私はメイドだけど、母方の従姉妹《いとこ》でもあるのよ。昔も今も、『静姉』と呼んでくれていたんだけど……忘れてるか。それだけの負担《ふたん》が、柚阿羅の身体にかかっていたんだね」

従姉妹なのに、どうして紡木家でメイドをしているの？　彼女にも色々な事情があるのだろう。

静……姉は、溜息《ためいき》を吐《つ》いたけど、私をそっと抱きしめてくれたわ。

「記憶をなくしてもいい。柚阿羅が無事に戻ってきて、本当によかった……本当によかったよ」

まさか、ユアラのために泣いてくれている？　なんか、凄《すご》く罪悪感が……湧《わ》いてくる。

シャーロットの身体には、ログアウト機能が搭載《とうさい》されていない。今頃、私の身体にいる彼女も、自分の身に何が起きているのかを理解しているはず。惑星ガーランドはあなたのいるべき場所ではない。帰るべき場所は、ここだ‼

「静……姉……ごめんね。必ず、思い出すから待ってて」

今は、そう答えるしかない。

「無理に思い出そうとしたらダメ。旦那様が海外にいるときでよかった。あの人は、あなたのことを紡木家の後継者《こうけいしゃ》としてしか見ていない。さっき奥様が、旦那様に状況を報告したのだけど、あと三日は日本に帰れないそうよ。あの方が帰ってくるまでに、あなたの体調を整えておきましょう」

ごめんなさい、私にはやるべきことがあるの。

『黒幕とユアラの関係』『惑星ガーランドへの帰還方法』。それを今日か明日にでも調査して、わかり次第帰るつもりだから。多分、私がVRの機器を起動させたら、この身体自体が惑星ガーランドへ転移すると思うわ。ただ、私の仮説が正しければ、VR機器に接続している間、ユアラは行方《ゆくえ》不明となる。

問題は、そこね。親御《おやご》さんには、今日の一件でかなり心配をさせてしまったから、娘が突然行方不明になれば警察沙汰《ざた》になるのは間違いない。何も言わずに行くべきか、それとも信頼の置ける誰かに、私とユアラの関係や、これまでの経緯《けいい》を話すべきか……どうする？　下手に話せば、病院行きが決定となるのよね。

「静姉……私」

静姉は、私の目をじっと見ている。

「あなたがいなくなった後、あのゲーム機とパソコンの電源だけはオンのままにしておくわね」

え？　まさか、静姉は何か知っているの⁉

「あなたの目には、強い意志が宿っている。今回の記憶喪失、あなたの部屋にあるゲーム機が発端《ほったん》なのでしょう？」

ゲーム機？　もしかして、パソコンと繋がっていたあの謎の機器のこと？　ヘッドマウントディスプレイもあったから、多分それがゲーム機器なのかな？　やっぱり、ユアラはゲームを遊んでいるつもりだったのか。

「え……と、なんて言ったらいいのかわからないんだけど、今すぐに戻らなきゃいけない気がするの。多分、その機器を使って」

静姉は、ユアラの事情をどこまで把握《はあく》しているの？

それ次第では、こちらの事情も言えるのだけど。

「やっぱり……。薄々はわかっていたの。仮想現実の世界に没入《ぼっにゅう》できるＶＲゲームは私も遊んでいるから、そこそこの知識を持っている。でも、あなたが七年前に購入した機器に関しては、見たことのない代物だった。ただ、『家の中でも、自由を手に入れた』とはしゃいでいたあなたを見ていると、何も聞けなかったわ」

市販されていないＶＲゲーム……多分雇い主とも言えるあの黒幕の男が、用意したものね。

「そのゲームで遊び出してから、これまでどんな体験をしてきたのか、私にいつも話していた。『厳《いか》つい男どもに絡《から》まれたけど返り討《う》ちにした』『仲間と一緒にダンジョンボスを倒した』『モンスターを融合《ゆうごう》させた』『人を洗脳した』『人の心を弄《いじ》った』『命の恩人の女性にスキルをプレゼントした』『国を一つ滅《ほろ》ぼした』とか、あまりに多すぎて覚えきれていない」

この人、話の途中で、さらっととんでもないことを言ったよ。いくつか思い当たる節《ふし》があるけど、『国を一つ滅ぼした』とか知らないわ‼　ハーモニック大陸で、そんな大事件は起きていないし、アストレカ大陸で何かあった場合は、精霊様かガーランド様が教えてくれると思う。ということは、ランダルキア大陸のどこかの国のことね‼

「以前……あなたは『今からVRゲームをするから、部屋に入らないでね』と言って自分の部屋へ入ったことがあった。その後すぐに奥様から『ユアラの部屋に置いてある資料を取りにいってちょうだい』と頼まれたものだから、私は慌《あわ》てて部屋へ入ったわ。そうしたら、ベッドに寝ていたあなたが、目の前で消えた。私は、自分の目を疑《うたが》ったわ」

ゲームを始めたら、姿が消えた。

やはり、身体ごと惑星ガーランドへ転移しているんだ。

「その体験をしてから、私は悪いと思ったのだけど、ゲームする直前のあなたをずっと見張っていたの。そうしたら接続するたびに、姿を消しているじゃない。あなたに何度か問い詰めたら、『それは、このゲームの新機能だよ。ずっとベッドに寝ていたら死んでるんじゃないかと誤解されるから、ステルス機能が追加されたんじゃないかな？』とか言われて困惑したわ」

ゲームに、そんな機能あるわけないだろ‼　黒幕の神がユアラや静姉を納得させるよう、適当なことを吹き込んだに違いない。

「奥様には言えなかったけど、笠原先生の見解《けんかい》も少しは当たっていると思う。でも、あなたのメンタルは鋼《はがね》よりも強いわ。そんなあなたが記憶喪失になるほどのストレスを抱えていたなんて思えない。十中八九、原因はあのゲーム機なのでしょう？　こんな非現実的なこと、誰にも言えなかった」

静姉も人知れず苦しんでいたのか。

目の前で人が消失すれば、誰だって疑問に思うし、ユアラからヘンテコな言い訳を聞かされても、余計不安になるだけよ。

「心配かけて、ごめんね」

今はユアラだし、一応謝罪しておきましょう。

「人を洗脳したとか、気になることが何点もあるけど、全てが解決してから話を聞かせてもらうわよ」

「記憶をなくす前の私は相当何かやらかしていたんだね」

記憶がないとはいえ、一部共通しているものもあるから、今は喋《しゃべ》らない方が無難かな。

「せめて、夕食を食べてから行きなさい。奥様には、後で私から言っておくから」

「……ありがとう」

父親はともかく、こんな従姉妹と母親がいるのだから、元の状態に戻ったら地球に帰してあげたい。でも、ユアラは間接的ではあるものの、多くの人々に多大な影響を与えた。ジストニス王国のエルギス様、サーベント王国のベアトリスさんとシンシアさん。それ以外にも多くの人々にスキルを与え、人生を狂わせたに違いない。被害を受けた人たちから見れば、彼女は怨敵《おんてき》となる。

惑星ガーランドに戻ったら、まずユアラ本人からこれまでの経緯を全て聞こう。彼女の処遇をどうするかは、それからだ。

13話　奇妙な縁《えん》

その後も、私は静姉と色々話した。静姉は楽しく笑い合うことで、精神的ストレスも軽減し、記憶も少しずつ戻るかもしれないと言っていた。でも、肉体と魂が異なるのだから、記憶が戻ることはない。そう思った瞬間、身体中に電気が迸《ほとばし》ったわ。

そもそも、記憶を保持する『海馬《かいば》』というものが脳内にある。たとえ魂が違えど、ユアラの記憶は身体にも存在している。だから、もし今の魂と身体が地球の環境に慣れてしまったら、もっと悪く言えば、私の魂が肉体に定着してしまったら、海馬にあるユアラの記憶が私の魂に流れ込み……もう二度と元に戻れないかもしれない。

互いの魂が入れ替わったからこそ、私はユアラの身体で苦しんでいた。ユアラの方は元気そうだったことから、大方黒幕の男の力を借りているのだろう。でも、肝心の私はログアウトした途端、あのとき感じていた熱や倦怠感《けんたいかん》が一切消えており、病院で検査してもらっても、肉体面は異常なしと診断された。

これは、どう考えてもおかしい。この身体自体があれだけ苦しんでいたのに、急に熱や倦怠感《けんたいかん》が嘘のように引いたということは、魂が身体に定着しつつあるのかもしれない。科学的根拠《こんきょ》は何もないけど、そう考えれば納得できるわ。

まずい、思った以上に危機的状態かもしれない。最悪、私はユアラとして地球で生きていかねばならなくなる。

それだけは、絶対に嫌だ‼

夕食を食べ終えたら、すぐにでも行動に移そう。

「あ、はい、わかりました。柚阿羅、夕食の準備が整ったわ。一階に下りましょう」

静姉は、右耳に小さな機器をつけていた。多分、簡易型の無線機だろう。私が死んでから十五年以上の年月が経過しているのなら、小型で高性能な無線機が庶民《しょみん》や富裕層《ふゆうそう》で流通していてもおかしくない。

「ええ」

ユアラでない以上、焦《あせ》ったら墓穴《ぼけつ》を掘《ほ》る。まずは、彼女の母親である紡木椿《つばき》さんと夕食をとり、『異常はありませんよ』と安心させておこう。こんな状態なら、一緒に寝ようとか言い出す可能性もある。私は静姉とともに一階に下りると、階下には椿さんがいて、私を見るとすぐに優しく微笑んでくれた。三人で、食事をする場所へと行ったところ……広いよ!!

十人ほど座れそうな大きさの、楕円形《だえんけい》でユニークなデザインをしたテーブルが設置されている。そして、私の身体はなぜかわからないけど自然に動き、ある位置にストンと座ると、椿さんが自然に嬉し涙を流す。

「やっぱり、記憶が少しずつ戻っているのね。そこがあなたの座る場所なのよ」

「え……そうなんだ。身体が、勝手に動いたわ」

その何気《なにげ》ない一言のせいで、私の心には暴風《ぼうふう》が吹き荒《あ》れています!!　怖いんですけど!?　やばい、魂が本当に身体に馴染《なじ》んできている!!

そんな私の心の動揺を知ることなく、椿さんは優雅に歩き、私の向かいの席へと座る。

「柚阿羅……お母さんね、あなたのお父さんに直談判《じかだんぱん》するわ」

「は!?　なぜ急にそんなことを?」

まだ、夕食すら運《はこ》ばれていないのに、そんな重い話をするとは思わなかったわ!!

「あなたの驚く顔を久しぶりに見たわ。夫がこの家にいるときに限り、あなたは感情を表に出さなくなった。この間も、期末テストも終わってようやく勉強から解放されたと思ったら、あの人は嫌がらせかと思うくらいの量の仕事を、あなたに無理矢理押しつけた。紡木の跡取《あとと》りだから、仕事の勉強も、もちろん必要だと思うわ。でも、時には酷使《こくし》した脳を休ませることも重要なのよ‼　現に、その仕事から解放された翌日に、あなたは記憶喪失になってしまった。これは、夫の教育方針が間違っている証拠です‼」

　そんなタイミングで記憶喪失になれば、そう思っても仕方ないわね。ユアラの父親って、どんな人なの？　ていうか、父親の話をするとき、なぜか身体からドス黒い嫌な感情が流れてくる。これは……『怒り』。椿さんが言うように、ユアラ自身は父親のことをよく思っていないのね。

「私はここに嫁《とつ》いできたから、発言力はあまりないの。でも、自分の娘が心の病気となってしまったのよ‼　十中八九、原因はあの人の教育のせいよ‼　昔と同じ教育方針をとっているようだけど、昔と今では教育倫理も、全然違うわ‼　あの人にわからせてあげないと‼」

　父親には怒りの感情を抱いていても、椿さんに対しては親子としての愛情と言えばいいのかな？　そういったものが私の心に、温かなものが流れてくる。

「お母様、ごめんなさい。今も二人のことは思い出せないの。でも、これだけはわかる。お父様のことを考えると、無性《むしょう》に腹が立つ。私の中で渦巻《うずま》いている感情……これを表に出し行動を起こしたら……多分……お父様の頬《ほお》に二、三発ビンタを浴びせると思う」

　これは、本音だ。

　ユアラの身体が、お父様という言葉を記憶しているのだから。

「「え!?」」

椿さんと、入口付近で待機している静姉が、素《す》っ頓狂《とんきょう》な声をあげる。

「ふふ、ほほほほ、今のあなたの方が面白いわ。そうね、あの人が帰ってきたら、ビンタしてあげなさい。あら、食事が運ばれてきたわね。夕食をいただきましょう」

……夕食は高級フレンチとなっていて、一流ホテルで提供されているものと遜色《そんしょく》のない素晴らしいお味だった。きっと、一流シェフを雇っているのだろう。惑星ガーランドの貴族に提供される食事も、これと似たような感じね。余裕があれば、この世界を堪能《たんのう》したいけど、そんな時間はない。

今頃、従魔たちはどうしているだろう？　もしものことを考えて、カムイには『アレ』を託《たく》しておいたけど不安だわ。アレを悪用して、従魔たちをフランジュ帝国へ呼び出し、みんなで暴走している……ということはないわよね？

一番怖いパターンは、私が死んだと錯覚《さっかく》し、帝国を崩壊させることだ。帝国のみなさんは全くの無関係でも、怒りに囚《とら》われた従魔たちならやりかねないのよ。あ、考え事をしていたら、いつの間にか食後のデザートまで食べ終わってしまった。このまま別れるのは、まずいよね。私は椿さんに、ここ何年かで起きた日本の出来事について話を振ってみる。記憶喪失という設定だから、特に怪しまれないだろう。

「一番印象的だったのは……やっぱりあの『大地震』ね」

「大地震？」

日本は地震大国でもあるから、私の死んだ年以降も、大きな地震が発生しているのだろうか？

「今から二十三年前に起きた大地震のことよ。来週の火曜日で、ちょうど発生から二十三年目を迎えるわね。そのときの私は十七歳だったから、今でも鮮明《せんめい》に覚えているわ」

二十三年前に起きた大地震…………多分、私が死ぬ直前に経験したアレだ。あのときから、二十三年も経過している。私自身がミスラテル様と出会うまでで十五年、そこから転生して八歳だから考えれば、ぴったり二十三年になるわ。

でも、あのゲーム機が発売されたのは七年前となると、私の死から十六年後に小説のようなＶＲ機が登場したの⁉

劇的《げきてき》な進化ね。そういったものを開発中であることは、私も耳にしていたわ。実用化されるまでは、まだまだ先のことだと思っていたのに……。ゲーム業界にとっては革命だったでしょうね。

「当時、紡木の関連会社が地震の影響で、多くの損害をこうむってしまった。当主だったお義父様《とうさま》も、嘆《なげ》いていたわ。ただ、お義父様にとって一番ショックだったのは、一人の女性が亡《な》くなったことよ」

「え、一人の女性⁉　それって……」

さすがに、これ以上聞いてはいけないような気がする。この言い方からして、なんとなく親類ではなさそう。

「その女性は、お義父様の恩人でもあるの。確か……同僚や後輩を庇《かば》って亡くなったと聞いているわ」

なんか、涙が出てきそう。私と同じじゃない‼

先が、気になる‼

「え……と、その女性は、お祖父様《じいさま》に何かしてあげたの？」

「ええ、お義父様に生きる喜びを与えてくれた方で、とてもユニークな女性だったと聞いているわ」

生きる喜び、そんな大事なことを与えてくれた女性が亡くなった。

そのときのユアラのお祖父様の心情は計《はか》り知れないだろう。

どんな女性だったのかしら？

「私も、会ってみたかったな」

「生きていれば、今年で五十三歳になっていたわね。当時のお義父様は、学会に出席して、その後の懇親会《こんしんかい》で多くの人々と話すことが楽しみだったらしいの。軽い変装をしていたから、学会の人たちは、誰も紡木家の当主だって気づかなかったそうよ。その女性とは、そこで知り合ったのよ」

当主ともなると、幅広い分野の知識が要求されるのだろう。どんな分野であれ、学会では専門知識が要求される。とはいえ、懇親会の方が本当の目的だったみたいだね。

懇親会か～懐《なつ》かしい言葉だ。私も学会で発表した後、懇親会で多くの人と話したわね～。そこで、構造解析や趣味のタップダンス、アニメや声優関係のことも話した気がする。

「当時、お義父様は仕事ばかりで、趣味を持っていなかった。それに、健康状態も芳《かんば》しくなかった。医師からも、『趣味を持って身体を動かすように』と言われていたの。そんなときに、その女性から教えられたのが、『タップダンス』よ」

「は、タップダンス⁉」

……意外だ。

学会の懇親会で、私以外にも、タップダンスのことを話題にする人がいたんだ。

「ふふ、そうよ。普通、懇親会では、互いの研究の意見交換が主流らしいけど、その女性はお義父様に対して、専門分野の話を一切せず、タップダンスやアニメや声優業界の話をしてきたそうなの。お義父様も、その女性の発表内容を聞いて、かなり優秀な人だと思っていたらしいから、そのギャップに驚かされたと言っていたわ」

なんと‼　私と似たような人がいたんだ。

くそ～私がいたら、さらに盛り上がっただろうに‼

　思いっきりツッコミを入れたい気分だけど、今の私はユアラなんだから、こういったことを口に出してはいけない。顔にも、出してはいけない。

「その女性とすっかり意気投合して、自分の健康状態のことも少し話すと、彼女はタップダンスを勧《すす》めてきたらしいわ。お義父様は軽い気持ちでＯＫしたそうよ」

　お祖父様はタップダンスのことを詳しくは知らなかったのね。あのダンスは足捌《あしさば》きがメインでも、上半身の筋肉も結構使うから、運動不足解消《かいしょう》にも繋がる。

「幸い、その女性の住まいも同じ県だったこともあって、同じ教室に通ったのよ。そこで、タップダンスの魅力《みりょく》に取り憑《つ》かれたのよね。それ以来、お義父様の健康状態が飛躍的によくなって、人間ドックに行っても、異常な数値が見られなくなったわ。健康を取り戻してからは、お義母様も誘って、三人でタップダンス教室に通っていたそうよ。現役を退いた今でも、二人は仲良く一緒に教室へ通っているの」

　う～ん、聞けば聞くほど、私の知る人物と似ている気がする。私も、学会の懇親会で、四十代中盤《ちゅうばん》くらいの男性にタップダンスを紹介したわ。彼、はじめは面白半分だったけど、後日、二人でタップダンス教室に行き、私がタップダンスを披露《ひろう》すると、その凄《すご》さに呆然《ぼうぜん》としていたわね。そこから、彼自身はタップダンスの魅力に取り憑《つ》かれていったのよ。今となっては、懐かしい思い出ね。

　確か……名前は津村重蔵《つむらじゅうぞう》さんで、奥さんが津村加穂《かほ》さんだったわ。ていうか、怖いくらい内容が、私の知る経験と一致してない？　まさか……

「お母様、お祖父様の名前って、つ……紡木重蔵で、お祖母様《ばあさま》の名前が紡木加穂だったかな？」

名を告げた途端、椿さんの顔が一気に明るくなり、私に優しく笑いかける。

「そうよ‼　やっぱり、楽しい話題をしていくと、記憶が戻ってくるのね‼　若い頃の写真が、私のスマホにあったはず。……あ、これだわ。この人が恩人の持水薫さん、こっちが若かりし頃のお義父様とお義母様よ」

おい、思いっきり私じゃん‼

あの二人、名前を偽《いつわ》っていたんかい‼

14話　盟友《めいゆう》への手紙

まさか、こんな形で自分の前世の写真を見ることになるとは思いもしなかった。この写真は、私の死ぬ二年前に撮られたものだわ。

「こ、この女性がお祖父様にタップダンスを？」

やばい。顔に出してはいけない。何も、知らないふりをしておこう。

「そうよ。彼女は研究者としても一流の才能を持っていたのに、あまり表舞台に出てこようとしなかった。お義父様が事情を聞いたのだけど……」

そういえば、あの人たちと付き合い出してから半年ほどが経過したある日、タップダンスの練習も終わり、三人で近くの喫茶店で談笑していたときに、唐突《とうとつ》に尋《たず》ねられたわね。

『君は、どうして表舞台に出てこないんだ？　あのときの発表は、実に見事なものだった。君の力量があれば、もっと上へ行くこともできるだろうに』

重蔵さんと初めて出会った学会、あれは発表者の友人が急病で倒れてしまい、急遽《きゅうきょ》私が出たに過ぎない。だから、私は彼に『買い被りすぎです』と言い、自分のこれまでの境遇を話した上で、『私は表舞台で活躍するよりも、陰《かげ》でみんなを支える存在になりたいんです』と言ったはず。

椿さんから語られた私の境遇とそのときの話の内容は、私の記憶と見事に合致《がっち》していた。

「彼女の意思は強く、お義父様とお義母様も残念がっていたわ。一時期、こちらへ引き抜こうかとも考えていたのだけど、彼女の意思を尊重《そんちょう》して行動を起こすのを断念《だんねん》したそうよ。でも、二人はあのときに正体を明かして薫さんを無理にでも引き抜いておけばと、今でも後悔《こうかい》しているわ」

重蔵さん……加穂さん、それだけ私のことを大切に思ってくれていたんだ。

先に死んでしまってごめんんね。

「そういえば、お祖父様とお祖母様は、今どこに？」

ユアラの親類に出会ったのは、静さんと椿さんの二人だけ。

せっかくだから、重蔵さんと加穂さんにも会ってみたいわ。

「海外よ。あなたのことは、もちろん伝えているわ。ただ、現役を退《た》いたとはいえ、今でも多くの方々との繋がりを大事にしているの。その繋がりを絶たないためにも、一区切りついてから日本に戻ると言っていたわ。どんなに早くても、あと二日かかるわね」

重蔵さんと加穂さんの性格からして、すぐにでも日本に帰りたいはず。でも、私情で重要な用件を放り出すわけにはいかないから、二人にとって苦渋《くじゅう》の決断でしょうね。

「不思議……お父様のことを考えると、全くこれっぽっちも会いたいという感情が湧《わ》かないのに、お祖父様とお祖母様のことを考えると、早く帰ってきてという思いを強く感じる」

これは、ユアラの記憶から感じる私の本音だ。父親に関しては、正直どうでもいいと、私も思っている。

「ふふ、そうね。あなたの父は厳しく、ちっとも子供を褒めようとしない悪い人。それに対してお義父様とお義母様は、厳しくもあり、時には優しくもある立派な方々よ」

自分の旦那を全く褒めないというのもどうだろうか？

「さあ、今日は疲れたでしょうから部屋に戻りなさい。テレビを見てもいいけど、ゲームや勉強だけは絶対にしちゃダメよ。いいわね？」

「はい」

　椿さん、ごめんね。その約束だけは、守れそうにない。

　……私は食事を終え、自分の部屋へ戻ってきた。

「ふう～これで心置きなく、部屋を荒らすことができる」

　ユアラは、黒幕の男を自分の雇い主だと言っていた。つまり、あの男と何らかの契約を交わしているということになる。ユアラが家の仕事も手伝っているのなら、口頭で終わらせるわけがない。であれば、この部屋のどこかに私の求めるものがあるはずよ。

　時折、ユアラの記憶が私の中に流れてきている。魂の身体への定着が始まっている証拠だ。今は二十時二十三分。できれば明日中にでも惑星ガーランドへ帰還したい。手掛かりは、私の目の前にある。パソコンと連動して動くＶＲ機器。これを再起動させれば帰還できるはずよ。

　でも、その前にやらなければならないことがある‼

『黒幕の名前を知ること』

『ユアラとの関係を知ること』

　ガーランド様の方でも動いているようだけど、八百万《やおよろず》の神々の中から一人の神を見つけ出すことは、いくら神様でもかなり困難だと思う。せっかく地球の日本に戻れたのだから、

私自らの力でユアラと黒幕の関係を暴《あば》いてやる‼

「かなり重要な書類だから、必ず厳重《げんじゅう》に保管されているはず」

机や化粧台付近を探しても見つからないとなると、後は本棚《ほんだな》か。大きなオープン書棚《しょだな》、見る限りおかしな場所はないけど……

「え……ここおかしくない？」

七段あるオープン書棚の一番下の左隅《ひだりすみ》に置かれている本、何か違和感がある。

「あ‼　これ本じゃなくて、本が描かれた絵だわ‼」

十冊ほどの本が本物であるかのように描かれており、動かそうとすると、妙に重かった。そっと引き抜くと、それは横長の箱だった。簡単に開けるようなので優しく上へスッと持ち上げたら、上箱が取れた。中にあったのは小さな金庫で、二つのダイヤル式の鍵《かぎ》がかかっている。

「う……今のはまさか……小金庫の暗証番号《あんしょう》？」

金庫を見た瞬間、頭の中に嫌な電気が流れ、あの黒幕の男の顔と数字がパッと鮮明に浮かんだ。

「頼むから開いてよ～」

私がおそるおそるダイヤルを回していくと、金庫の蓋《ふた》が開いた。中には、綺麗《きれい》に折り畳《たた》まれた一通の封筒《ふうとう》が入っており、その中身は……

「やった‼　思った通り、ユアラとあの黒幕の男との『雇用《こよう》契約書』だ‼」

契約書には、『紡木柚阿羅』と黒幕の名前が書かれていた。

黒幕の名前は、『厄浄禍津金剛』。

「これがあいつの名前なの？」

こんな神様、いたっけ？　せっかくパソコンがあるのだから、本物かどうか確認してみよう。パソコンを起動させると、パスワード入力が表示された。そこで頭に思い浮かんだ記号を打ち込んだところ、そのまま通ってしまった。脳内にある柚阿羅の記憶が、私に教えてくれている。

「起動速度も昔と同じくらいか、少し早いくらいね。ＯＳ自体の操作にも、大きな差は見られない。これなら、私でも操作できるわ」

如実《にょじつ》に現れている違いと言えば、ディスプレイの解像度《かいぞうど》ね。私のいた時代よりも遥《はる》かに鮮明で見やすくなっている。中身のＣＰＵなどの処理性能も大きく進化しているのだろうけど、同時にＯＳやインストールされているソフトも重くなっているから、体感的な速度は二十三年前と大差ない。

「早速、ネットで名前を検索してみましょう」

さ〜て、何が出るかな〜。

『厄浄禍津金剛』

生物の厄《わざわい》を司《つかさど》る神。別名『災厄の神霊』とも呼ばれており、この神の与える災厄は個人から国家レベルまであり、『ある人物の運勢を一日のみ少し低下させる』『大雨で洪水を発生させる』『大地震を誘発させる』など多種多様である。こういった災厄を与えることで、人々の中に芽《め》吹《ぶ》く『驕《おご》り』『昂《たかぶ》り』を自覚させ、また自らの力で祓《はら》わせることにより安寧《あんねい》を与える力も有している。


「こんな神が本当にいたんだ。間違いない、あの男は『厄浄禍津金剛』だ‼」

『大地震を誘発させる』……か、もしかしてあのときの地震も神の仕業《しわざ》なの？　前世では、神の存在を学校の授業などで聞かされてはいたけど、所詮《しょせん》人の作り出した偶像《ぐうぞう》だと思っていた。みんなの求める神々がいるのなら、この世界に戦争など起きるはずがないのだから。でも、死んだことでミスラテル様やガーランド様、あの男とも出会い、強制的に神の存在を信じることになる。

おそらく、地球上の神々もガーランド様同様、地上に干渉《かんしょう》しないだけなんだ。そして基本、人ではなく、惑星レベルで物事を見ている。惑星が滅んでしまえば、当然住んでいる生物だって絶滅《ぜつめつ》するのだから。厄浄禍津金剛は厄を司《つかさど》る日本の神。大地震を起こしたのも、惑星のことを考えてのことかもしれない。

ただ、この契約書の内容を読んだ限り、やつはユアラに対して、惑星ガーランドの国々に災厄を与えるよう命令している。こいつの目的は何だろうか？　惑星ガーランドを滅《めっ》したい？　でも、その気になれば自分の力で多くの国々を滅せられるはず。それをしないということは、単に面白がって動いているだけ？

「わからないけど、これでミスラテル様や天尊輝星様も動いてくれるはず。あとは、ゲーム機がきちんと起動するかどうかね。よし、謎が一つ解けたことで、私の心にも余裕ができたわ。ちょっと気分転換に、別のことを考えようかな」

何をしようかしら？　……そうだわ‼

重蔵さんと加穂さんに手紙を書いておきましょう。便箋《びんせん》とかは机の引き出しに入っていたから……あった‼　さて、出だしをどうしようか？

前略《ぜんりゃく》

津村重蔵様、津村加穂様、お久しぶりです。二十三年前の大地震で亡くなった持水薫です。まさか、偽名《ぎめい》を使っているとは知りませんでした。紡木姓を名乗っていても、私の対応は変わりませんでしたよ。

私と重蔵さんが、タップダンス教室で踊《おど》っているとき、奥様の加穂さんが乗り込んできて、不倫だと誤解しましたね。今となっては、懐かしい記憶です。さて、本題を言いましょう。私は現在、あなた方の孫《まご》である柚阿羅に取り憑《つ》いています。信じられないかもしれないので、私にしか知り得ないことをここに記載しておきます。息子さん方に知られたくないこともあるでしょうから、これを読んだ後は好きに処理してください——

——あなた方に関することをここまで書いておけば、信じてくれますよね？　それでは本題に戻りましょう。

柚阿羅は、とある事件に巻き込まれ、現在意識がありません。ここにいる家族の方々には、なんとか誤魔化《ごまか》しておきました。なお、事件の詳細は記載しません。信じられないような話ですし、なにより関わった時点で、死ぬ危険性があるからです。

一度、家へ帰還しましたが、私が取り憑《つ》いた状態のまま、これから行方をくらまします。『私が事件を解決して、柚阿羅自身をこの家へ帰還させます』と断言《だんげん》したいところですが、正直なことを申しますと、かなり危険な状態となっています。最悪、柚阿羅は死ぬかもしれません。あなた方の孫を死なせたくないので、私もできうる限りのことをいたしますが、最悪の事態を想定していてください。

草々

あなた方の盟友　　持水薫

ふむ、この内容でいいかな。本当なら、安心させる内容にしたいのだけど、柚阿羅自身が直接関与している以上、迂闊《うかつ》なことを書けない。厄浄禍津金剛が惑星ガーランドにいる今のうちに、ゲーム機のことを知っている静さんだけには、こちらの事情を今日か明日中にでも話しておきたい。

「あとは……あれ？　急に眠気《ねむけ》が？　ちょっと勘弁《かんべん》してよ。今からでもＶＲ機器を……ダメだ、限界に近い。せめて部屋着に着替えて、ベッドに……」

そうか、魂と身体が違う上に、今日は病院にも行っているから、体力の消耗《しょうもう》が激しいんだ。そこは、考えていなかった。この状態で惑星ガーランドへ戻っても、柚阿羅や厄浄禍津金剛にいいように操《あやつ》られるだけで終わってしまう。ここは、体力を回復させて最善の状態で臨《のぞ》もう。

15話　カムイとの絆《きずな》

「薫さん起きて。朝の六時を過ぎているわよ」

誰？　もう朝なの？　この声はメイドで従姉妹の静さん？

柚阿羅って高校生だよね？　夏休み期間中であっても、朝六時起きなの？

というか、今私のことを薫さんと呼ばなかった？

私はゆっくりと目を開けると、寝ぼけていた頭がす〜っと冴《さ》えていく。

「おはよう、薫さん」

静さんがベッドのすぐ横にいるのだけど、その右手には重蔵さんと加穂さんに宛《あ》てた手紙が握られていた。

「あ、その手紙‼　まさか、読んだの？」

柔《やわ》らかな笑みで、静さんは答える。

「ええ、全て読ませてもらったわ」

起きて早々に、問題が発生したわ。

そういえば、手紙を片づけないまま寝落ちしたわね。

「あ〜そうですか〜読んじゃいましたか〜。それじゃあ変に取り繕《つくろ》ってもアレですね〜。事情をお話ししましょうか？」

「その前に朝食を持ってきました。それを食べてからお話を聞きますね」

この喋《しゃべ》り方は、完全にお客様用のものだ。どうやら静さんは、信じてくれているようね。まあ、手紙に重蔵さんの秘密をとことん書いてしまったから、信じざるをえなかったのかな。

運ばれてきた朝食を全て平らげ、食後のレモンティーを飲むと、私の身体も落ち着き、頭もどんどん冴えてきた。身体も軽いし、これなら惑星ガーランドへ戻っても問題ないわ。

「あなたは、本当に持水薫さんなんですか？」

私が落ち着いたのを確認したのか、静さんが覚悟を決めて語りかけてくる。

「はい、私の名前は持水薫です。静さん、今から話すことはこの世界の人たちにとって荒唐無稽《こうとうむけい》とも言えるお話ですが、全て事実です」

信じることから始めないと、前へ進めない。

「信じます。この手紙に書かれているお祖父様の秘密は、柚阿羅が知らないもの。それに、筆跡《ひっせき》も柚阿羅のものじゃない。持水薫さんのことは、昨日の夕食時の話だけでなく、私も子供の頃から、何度か聞いているの。だから……話して」

彼女の目は真剣そのもの。手紙の内容を信じてくれている。

私も覚悟を決めて、事情を話そう。

・柚阿羅が神様の悪戯《いたずら》のせいで、ＶＲ機器を通して仮想現実の世界ではなく、遥《はる》か彼方《かなた》に実在する惑星ガーランドに転移していること。

・私の前世の名が持水薫、現世での名前はシャーロット・エルバランであること。

・柚阿羅が静さんに話した内容の全てが現実に起きており、私の知る限りにおいてでさえ、

二国の王族から強く恨《うら》まれているため、捕縛《ほばく》されたら最後、間違いなく公開処刑となること。
・彼女自身が、いまだにVR世界と思っているためか、罪悪感の欠片《かけら》も持ち合わせていないこと。
・現在、柚阿羅の放ったスキルのせいで、私と彼女の魂が入れ替わっていること。
・私が彼女……いえ、雇い主とも言える神様の罠に嵌《はま》り、柚阿羅の身体に宿ったままここへ転移してしまったこと。

私が知りうる限りのことを、静さんに全て話した。彼女は事の重大さを知り、ヘナヘナと床へ崩れ落ちてしまった。

「内容が……ファンタジーだわ。流行《はや》りのVRの中での話なら理解できますけど、それが現実で起きている？　しかも、地球から遠く離れた惑星で？　あの……薫さん、神様って本当にいるのですか？」

まずは、そこからか。

「いますね。どちらの惑星も地上への干渉《かんしょう》が禁止されているので、神も滅多に顕現《けんげん》しません。そのため、地上の人々は神の存在を神話などでしか知り得ないのです」

静さんはなんとか立ち上がったものの、動揺を隠せていない。神の存在、そして柚阿羅自身がその神の一端《いったん》と知り合い、惑星ガーランドへ行き、私と入れ替わったという現実をすぐには受け入れられないのだろう。

「こんなの……たとえお祖父様やお祖母様であっても、すぐに信じてもらえないわ。私の場合は薫さん自身がここにいるからこそ理解できているけど、それでも動揺を抑えきれない。惑星ガーランド、魂の入れ替え……柚阿羅自身が、大勢の人々を間接的に殺している？　こんなことって……」

従姉妹の静さんでさえ、これだけ動揺しているのだから、当の本人が真実を知ったらどうなるのだろう。あの子自身が人を殺していなくとも、そのキッカケを与えていることに間違いはない。

小説のようなＶＲが登場しているのなら、間違いなくその世界では魔物だけでなく、人を斬り殺したりもできるだろう。柚阿羅はそういったことを経験しているからこそ、惑星ガーランドの世界もＶＲと完全に思い込んでいるんだ。

「あの子……なんてことを……薫さん、柚阿羅は元の身体に戻れるんですか？」

そこは、正直に言おう。

「惑星ガーランドにはスキルや魔法がありますから、大丈夫だと思います。ただ、元の身体に戻れたとしても、地球に帰還できるかどうかがわかりません。先程お話しした通り、彼女は少なくとも二国の王族に恨《うら》まれています。私が介入したとしても、処刑を免《まぬが》れることができるかわかりません」

柚阿羅の存在は、国民には明かされてはいないとはいえ、王族たちが把握《はあく》している以上、極刑《きょっけい》は回避できないと思う。

ただ、彼女は地球人でハッキングした上でシステムに介入してきたから、下手に殺したらシステム的にエラーが発生するかもしれない。そう言った意味合いで、地球へ強制送還《そうかん》される可能性もある。

そこは、ガーランド様や天尊輝星様の判断次第だろう。静さんにも教えてあげたいけど、情報が不確定だし、地球の神様の名を口には出せない。

私が助け出すと言わないこともあって、静さんの顔色がどんどん悪くなっていく。重蔵さんと加穂さんのお孫さんとはいえ、大きな罪を犯している以上、『この呪縛《じゅばく》から助け出し、無事に地球へと送還する』とは言えない。

「柚阿羅……あの子は……薫さん……勝手なお願いかもしれません。どうか……どうか柚阿羅を……地球に……お願いします‼　……お願いします‼　このまま惑星ガーランドで死なれてしまったら……あまりにも……あの子が……」

静さんの熱意は本物だわ。

柚阿羅のことを、本当に大切に思っているのね。

「手紙に書いている通り、重蔵さんや加穂さんには、私自身も大変お世話になりました。二人に悲しい思いをさせたくありません。かなり困難かもしれませんが、柚阿羅が地球へ帰還できるよう、できる限りのことをします」

　これしか言えないわ。ガーランド様も怒りまくっているから、柚阿羅を許してくれるかどうか正直わからない。

「薫さん……ありがとうございます……ありがとうございます」

　柚阿羅に対する愛情が相当深い。ここまで静さんが懇願《こんがん》していたとなると、私からも一言警告《けいこく》した方がいいわね。

「静さん、私は今からこのVR機器を使って、惑星ガーランドへ行けるかどうか試してみます。もし私の身体が消えたとしても、別のヘッドマウントディスプレイを使って、このゲーム機に接続しようとはしないでください。地球の神が絡んでいる以上、接続しようものなら、私や柚阿羅のいない場所に出現させられる可能性があります」

　ここまで柚阿羅のことを心配し、情報を知ってしまったなら、自分も何かしたいと考えるだろう。現状何も起こらないけど、ゲーム機を使ってしまうと、強制的に何かをされる可能性が極めて高い。

「私は、ここで待つしかないのですね？」

「はい」

　酷《こく》なようだけど、それが最善なんです。

「わかりました。余計な混乱が起きないよう、奥様にも黙《だま》っておきます。ただ、お祖父様とお祖母様には、真実を告げてもいいですか？」

重蔵さんと加穂さん……この手紙を見せることだし、静さんも隠し通せないか。

でも、あの二人なら手紙の内容や静さんの言ったことを信じてくれるはずよ!!

「ええ、構いません。ただ、さっきの忠告だけは守ってください」

「はい、必ず守ります!!」

静さんが、笑顔で答えてくれる。動揺もなさそうだし、あとは彼女に任せるしかないわね。私はVR機器の元へ行く。既に接続されているようで、あとはスイッチをONにすれば起動するみたいね。

「静さん、早速ログインして、惑星ガーランドに戻ります。必ず戻れるはずです」

「わかりました。私が見届けます」

念のため金庫の中に入っていた説明書を読み、私は記載通りの順番でヘッドマウントディスプレイをつけ、ゲーム機もONにした。ディスプレイに文字が表示されると、ダイブするかどうか尋《たず》ねてきた。どうなるのかわからないので、私はベッドに寝転がり、静さんの方を向く。

「静さん、行ってきます」

「薫さん、頑張《がんば》って!!　あなたとの出会いに感謝します」

お願い、惑星ガーランドに戻って!!

「ログイン、ゲームスタート！」

そう言った瞬間、私の意識が途絶《とだ》えた。

○○○

「ここは……どこ？」

惑星ガーランドじゃないし、ガーランド様のいる空間でもない。周囲には何もなく、私を中心に半径十メートルほどの円形の台があるだけだわ。

「警告します。本機器にて、重大なエラーが発生しました。至急《しきゅう》、ログアウトしてください。警告します、至急ログアウトしてください」

その内容を理解した途端、私は激しく動揺する。

「ちょっと待ちなさいよ‼　私を惑星ガーランドへ連れていって‼」

私が何度懇願しようとも、同じアナウンスが流れるだけだった。目の前にあるのは、ログアウトの表示のみ。

「あの男、やってくれるじゃない‼　私を紡木柚阿羅に憑依《ひょうい》させたまま、地球で生きさせる気ね‼　冗談《じょうだん》じゃない‼　私は、仲間のいる惑星ガーランドへ行く‼　やり残したことがたくさんあるんだから、地球に留まるつもりはない‼　お願いよ、私を惑星ガーランドへ連れていって‼　デッドスクリーム、ドールマクスウェル、カムイ～～～～、あなたたちは私の従魔でしょう‼　魂で繋がっているんだから、返事をしなさ～～～～い。さもないと、お尻ぺんぺんするわよ～～～～」

何の返事も……え、あれ？　身体が光っている？

「今の……は……アラ……だけど、こ……感覚は……シャ……だ」

今、微かに聞こえた声は、まさかカムイ⁉

あ、私の放つ七色の光がどんどん強くなっていく。これって一体？

「カムイ、私はシャーロットよ‼　聞こえてるの‼」

「はっきり聞こえた‼　今度は、シャーロットの声だ‼」

なぜかわからないけど、カムイとの通信が可能になった？

「私の声が聞こえるのね？」

「うん、聞こえる‼　僕の身体が急に七色に光ったと思った途端、シャーロットの声が鮮明に聞こえるようになったよ‼」

七色の光……まさか、『七色のミサンガ』が発動している⁉　そんな、今になって発動するなんて……ガーランド様はあらゆる事態を想定して、このミサンガの製作をシヴァさんに頼んでいるから、この私とユアラの入れ替えすらも考慮に入れて、魂に取り込ませたの⁉

ミサンガの持つ効果の中で、今の状況に最も適応しているのは『青色の心願成就《じょうじゅ》』。それ以外にも希望や厄除け、健康なんかもあった。

そうか‼　地球に戻った途端、健康になれたのは、ミサンガの効果が発動したからなんだ‼

……いける‼

神が味方になっているのだから、絶対に惑星ガーランドへ転移できる‼

「カムイ、そっちの状況は今どうなっているの？」

「あ‼　え〜とね……」

なぜか押し黙るカムイ、この沈黙は何なの？

「デッドスクリームが弱体化したシャーロットの身体を無理矢理捕縛《ほばく》して、そこからユアラの魂を剥離《はくり》しようとしているよ」

え？　それって、かなりまずい事態じゃない‼

「やめて〜〜〜‼　ただでさえ魂と身体が違ってやばい状況なのに、ここにきて無理矢理魂を剥《は》がしたら、最悪魂も身体も崩壊するから〜〜〜‼　急いで中止を宣告しなさい‼　中止しなければ、帰宅早々お尻ぺんぺんするわよと言って脅《おど》して〜〜〜〜」

「わ、わかった」

間一髪《かんいっぱつ》、ミサンガの希望の効果が発動しているせいか、ギリギリのところでユアラの魂と私の身体を救えたよ。

「シャーロット、何とか踏みとどまってくれたよ。ただ、みんなが七色に光る僕のことを見ているんだ。早く戻ってきて」

よかった〜〜〜。事情を説明している時間はなさそうだから、用件を簡潔に言おう。

「カムイ、今から言うことをよ〜く聞いてね。私たちの魂には、お互いを繋ぐ七色のミサンガがあるの。これのおかげで、従魔の中でもあなたとだけ通信ができるのよ。私は、今からそっちに転移できるようミサンガに祈りを込めるわ。カムイも私と同じように祈りを強く強く込めて‼　少しでも弱かったら、最悪私は二度とそっちに戻れないわ」

転移を成功させたとしても、まだ身体の入れ替え作業が残っている。ミサンガがどこまで効果を保ってくれるのかわからない以上、一度の祈りで成功させよう。

「事情を説明したら、みんなも協力するって言ってくれたよ‼」

「了解‼　それじゃあ、祈りを始めるよ。みんなの心を一つにして、私がそこへ行けるよう強く祈ってね」

ガーランド様、私は必ずカムイのいる場所へ戻り、ユアラと厄浄禍津金剛に対して最後の勝負を仕掛けようと思います。必ず勝って、あの神をあなたのもとへ連れていきますから、どうか帰還できますように‼

16話　ユアラの消失と勝負の行方

シャーロットとユアラの魂が入れ替わった直後のこと――


やった、やったわ‼

金剛様のおかげで、私――ユアラとシャーロットの魂が入れ替わったわ‼

手筈《てはず》通り、入れ替わった瞬間、私の身体は急激な変化に耐えきれず崩れ落ちていった。四方を黒スーツの軍団で覆い尽くされ、あの子が私の真上から短距離転移で出現したときは肝《きも》を冷やしたものの、上手くいってよかったわ。

早速、シャーロットのステータスを拝見《はいけん》したいところだけど、まずはスーツ軍団のみんなにお礼を言い、彼女（＝ユアラの身体）をあの宿屋へ連れていき、ベッドに寝かせましょう。自分の身体なんだから、粗末《そまつ》に扱うわけにはいかないもの。

勝負も終了し、結果はシャーロット一行の大勝利となった。でも、肝心の私が勝利直後に意識不明となっているせいか、駆けつけてきた仲間（ドレイク含む）だけでなく、人々が彼女（＝ユアラの身体）に罵詈雑言《ばりぞうごん》を浴びせてくる。

唯一、トキワだけが身体の調子を把握《はあく》できたのか、身体を抱き上げ宿屋の客室のベッドへと運んでいった。

その間、私はシャーロットになりすまし、誰にも気づかれることなく普通に仲間たちと接してきた。ただ、私がみんなから離れようとすると、必ず誰かがついてくるせいで、彼女になってからの約二時間、ステータス情報を一切見られていない。

今回はホテルにゲーム機を持ち込んでログインしているし、十分時間もあるから別に焦《あせ》ってはいないけど、早く見たいこともあってヤキモキするわね。

その後、宿屋一階にて、私、カムイ、アッシュの三人が、今回関わったスーツ軍団の人々に改めて御礼を言い、報酬の金貨を渡していく。

さらに、ユアラメダルの捜索は現在も行われており、勝負終了後でもメダルと金貨の交換に訪れる人が時折現れるせいで、私はなかなか自分の身体を見に行けない。

結局、客室に戻れたのは、勝負が終了してから約三時間後になってしまった。

シャーロットの身体になったためなのか、この三時間で彼女の記憶が断片的《だんぺんてき》に私の中に入ってくるのよね。しかも、思考能力がいつもの私と違う気がする。

若干《じゃっかん》の違和感を覚えつつも、心を躍《おど》らせながら部屋へ戻ると、シャーロットの意識が回復していた。

私の身体になっていて相当戸惑《とまど》っているのがわかる。しかも、金剛様の仕掛けた罠で体調も悪くなっているし、言葉も話せない状況だから、仲間たちに自分の状況も伝えられない。

プププ、見ている私からすれば、実に滑稽《こっけい》だわ。残念だけど、ゲームが終了するまで、あなたと私の身体は入れ替わったままなの。

それまでは、その最悪の状態が続くから、苦しみつつ自分の姿を見ていてね。

この勝負はあなたたちの勝ち。でも、私と金剛様の目的を達成させるために用意したものだから、実質私の勝ちよ。今の時点では、まだ気づけないでしょうね。

ただ、自分で自分の苦しむ姿を見るのはなんともシュールな光景だわ。VR世界だからこそ実現できる技ね。

私が彼女の苦しむ姿を堪能《たんのう》していたら、彼女の表情が急に変化した。あの感じからすると、おそらく私の改竄《かいざん》したステータスを見ているのだろう。でも、どこかおかしいわ。何かを必死に押そうとしているような？　何をしようとしているの？

「え、消えた⁉」

「ユアラが消えた‼」

これは予想外よ。

ベッドに寝ていた私の身体が突如《とつじょ》消えるなんて、想定外もいいところだわ。

私とカムイがほぼ同時に声を上げたものだから、アッシュやリリヤも戸惑いを隠しきれず、慌《あわ》てて私の身体が寝ていたベッドに乗り、状況を確認している。

「まだ、温かい。ついさっきまで寝ていたのに、あんな状態から転移魔法を使うなんて……」

違う、これは転移魔法じゃない。

私だからこそ、シャーロットが何をしたのかわかるわ。

「アッシュ、ユアラの消失は転移魔法によるものじゃない。以前シャーロットの短距離転移をこの目で見たときにわかったが、転移を使用する際は必ずその予兆《よちょう》を微かに感じとれる。それは俺だけじゃなく、お前たちも理解しているはずだ。ドレイク、君はこういった現象を見たことがあるか?」

そうトキワに聞かれているドレイクは、単語こそ知らないけど、この現象を知っている。

あれは、『ログアウト』だわ。他のＶＲゲームと同じく、ログアウトの場合、ステータスに表示されるボタンをタップするだけで仮想現実から切り離される。でも、それはありえないのよ。私はシャーロットの身体にいるのよ‼　その間はログアウトできないって、金剛様も言っていたもの‼

「私は、目の前でユアラが突如消えた現象を何度も目撃している。これは、完全に私のミスだ。あそこまでの状態であれば、そんな魔法やスキルなど使えまいと勝手に思い込んでしまった。すまん」

どうなってんのよ‼　本当にログアウトなら、シャーロットの魂を宿したまま現実世界へ帰ったことになる。もし、それが事実だとしたら、私はこれからどうなるのよ？　まさか、一生仮想現実の世界でシャーロットのまま生きていけって言うの？　そうだ、金剛様が近くにいるはず。彼を捜し出して直接聞けばいいのよ‼

「みなさん、ユアラは突然いなくなりましたが、まだ黒幕が残っています。こうなったら、帝都のどこかにいる黒幕を捜し出しましょう。突然消えたのも、その黒幕が何らかの力を行使したからだと思います。この勝負の期限は明日の日の入りまで。まだ時間があります。諦めずに捜しましょう」

みんなが私の言葉に頷《うなず》いているけど、肝心の『私の身体』はどこにいるのかわからない。もし本当にログアウトで現実世界へ戻っているのなら、大変なことになる。シャーロット自身はＮＰＣなんだから、本当の魂など持っておらず私は眠ったままのはずよね。いつまでもそれが続けば、ホテル側も怪しみ、私の部屋へ入ってくるわ。そうなると、静姉やお母様にも伝わってしまう。なんで、こんなことに⁉

金剛様は、これを狙ってやったの？

金剛様の目的って、私と同じでシャーロットの情報を知りたいだけじゃないの？

○○○

夕食の時間になるまで周辺をくまなく捜したものの、金剛様が見つからない‼　全員が、黙々《もくもく》と宿屋で夕食を食べており、成果がゼロだというのが一目瞭然《いちもくりょうぜん》だわ。

あの方は、変異してシャーロットをいつも見られる位置にいると言っていた。私の仮説では、仲間の誰かと踏んでいる。でも、金剛様の性格がイマイチ掴みきれていないせいもあって、絞《しぼ》ることができない。カムイ、トキワ、アッシュ、リリヤの誰にでも変異可能なのよ。

お手付きは一回だけ可能だから、実質三分の一の確率で当てることもできるけど……あ‼　ドレイクを入れれば、実質四分の一か‼

そもそも、金剛様の目的は、私とシャーロットの魂を入れ替えて、彼女の持つ情報を全て知ることのはずよ。シャーロットだけじゃなく、私をも困惑させて、このゲームを楽しんでいるの？　VR世界だから別に何をしてもいいけど、せめて一言くらい教えてほしかったわ。

『ならば教えてあげよう』

え、通信‼　この声は、間違いなく金剛様だわ。

近くにいる仲間たちを見ても、私と通信している素振《そぶ》りを見せる者はいない。

『私の目的は、この惑星に存在する生物の心を調査することだ』

生物の調査？　突然、何を言っているの？

『ユアラ、君との付き合いも七年になる。君がこの惑星に存在する国々を様々な形で動かしてくれたおかげで、私は多種多様な人としての生き方を垣間見《かいま》ることができた。そして、この惑星に生きる人の質も地球と大差ないことがわかった。今日をもって、ここでの情報収集を終了とする。君との付き合いも今日で終了だ。今後は、シャーロットとして生きるといい。ちなみに、ホテルにあったゲーム機は私が君の部屋に移しておいたよ。シャーロットもまた君として向こうで生きていくから安心したまえ』

何なのよ、意味がわからない。ここはＶＲの世界でしょう？

『愚鈍《ぐどん》な君は、今も混乱しているようだ。最後にいいことを教えてあげよう。ここはＶＲの世界などではなく、地球から遠く離れた惑星ガーランドというところで、みんなが地球の人々と同じく強い意思を持って生きている。地球との違いを強《し》いてあげるのなら、ＶＲゲームのようなスキルや魔法が実在し、小説のような凶悪《きょうあく》な魔物も存在しているということくらいだ』

ＶＲの世界じゃない!?　ここは地球から遠く離れた惑星で、人々はＮＰＣじゃなくて、現実に生きている？　ちょっと待ってよ。突然のことで、頭がついていけないわ。地球から遠く離れた惑星に、どうやって行っているのよ？　私自身はＶＲ機器に接続しているだけよ？　科学的に考えて不可能でしょう？

『この期《ご》に及んで「科学的」ときたか。君は神でもある私の力を借りて、地球から遠いガーランドへ転移しているんだよ。君の求む言葉で表すのなら、「ワープ」が近いかもしれない』

金剛様が神で、惑星ガーランドへの移動方法がワープ？

ありえない、ありえない、ありえない、神なんて存在するはずがないもの‼

『くくく、そこまで私の言葉を信じないのなら、後でシャーロットのステータスを見るといい。君にとって、衝撃《しょうげき》的な情報が載《の》っているから、さぞ驚くことだろう』

衝撃的な情報？　ここまでの話から、どうしてシャーロットのステータスが出てくるのよ？

いや、そもそも今聞いた内容全てが事実だとしたら……私は……とんでもないことをしでかしているんじゃ……このまま何もしなければ、彼は逃亡してしまうわ。何か言わないと……何かを……時間稼ぎを……あの男を見つけ出して、真実をもう一度聞きたい。

『私は、元の姿に戻る。私の身体をどこにやったのよ‼』

『ほう……面白い、気が変わったよ。君の思惑《おもわく》に乗り、このままゲームを続行しよう。当初の予定通り、明日の日の入りまでに私を発見すれば、君とシャーロットの……魂を元の身体へ帰してあげよう。ああ、私は優しいから、別の人に変異を変えるような真似《まね》はしないよ』

よかった！　ゲームを続行してくれるのね。一日あれば、私自身も頭を冷やし、思考力も回復する。いける……その余裕ぶった声色《こわいろ》も今のうちよ‼

『見つけられない場合はゲームオーバーだ。誰に変異していたのかを教えた後、私はそのまま逃げることにする。君は一生シャーロットとして生きるといい。ちなみに、シャーロットはあのステータスのまま、帝都のどこかを這《は》いつくばり、必死に生きようともがいている。体力がゲームが終了するまで持つか心配だな～。明日は色々な意味で大変な一日となるだろうね～。君たちの健闘《けんとう》を祈っているよ～』

……なんて嘘くさい発言。最後あたり棒読みだったわ。

この男、完全に私とシャーロットのことを弄《もてあそ》んでいるわ‼

許さない……許さない‼

この世界が現実かどうかは不明だけど、私はあの男に利用されたんだわ‼

このままトンズラさせてたまるもんですか‼

必ず居場所を突き止めてやる‼

「シャーロット、顔色が悪いけど大丈夫か？　身体も震えているじゃないか」

夢中になって通信していたことで、全員が私を注視《ちゅうし》しているわね。

「アッシュさん……黒幕から私限定で、通信が入りました」

その言葉で、みんなが固まる。

「このままゲーム終了だと面白くない。死にかけているユアラを帝都のどこかへ転移させたから、君たちは明日の日の入りまでに、自分たちを見つけ出せと。何か仕掛けも用意しているようですし、ここからが本番だと思います」

今の私にとって、金剛様は敵だ‼　シャーロットを演じながら、彼が誰に変異したのかを突き止めてみせるわ‼　そのためには、この人たちも利用させてもらうわよ。

「私たちは舐《な》められているのか、黒幕はヒントを与えてきました。『私たちをいつも見ている』『特定の人物に変異している』『その人物から別の人物に変異を変更することはない』。この三点です」

あのヒントに関しては、もうどうでもいいわ。

あいつ、私の願いを叶《かな》える気なんて最初からなかったのね‼

「あいつ〜、神様のくせに、弱ったユアラをそのままどこかに転移させて放置したのか‼　トキワさん、僕たちはどう行動しましょう？　一睡《いっすい》もせずに、捜索を続けますか？」

アッシュの提案に乗って、私もそうしたいのに、身体が思った以上に怠《だる》いわ。入れ替わって間もないせいなのか、体力が落ちた？　シャーロットの強さを考えればありえないのだけど、八歳児ということも考慮すれば納得できるわ。

「いや、俺たちはこのまま寝て夜明けに起床しよう。ここから先は、シャーロットの力が頼りだ。人々も、死にかけているユアラを見れば、暴力を振るうようなことはしないだろう。まあ、最悪、死んでも構わん。俺たちの目的は、あの『腐れ神』を捕縛することにある」

『死んでも構わん』って、非情な考え方ね。あまり焦《あせ》っているように感じないのは、何か策があるからかしら？　みんながトキワの言った言葉に納得し、席を立つ。どうやら、トキワもアッシュもリリヤもカムイも、宿屋にあるお風呂場へ直行するようだ。私は休憩《きゅうけい》するため、一旦部屋へ戻りますと言い、やっと単独行動ができるようになった。

一人部屋へと戻り、私は自分（＝シャーロット）のステータスを画面を開くと、そこには信じられないものが映っていた。

「なんなのよ、この数値は？　あの子、私と同じように何か仕掛けたのね」

なんで、全ての数値がオール１００なのよ‼

あの子の強さから考えて、ありえないでしょう⁉

それに自分のステータスなのに、スキルと魔法欄《らん》はほとんど見られないし、奇妙な空白《くうはく》まであるわ‼

「どうなっているのよ？　何かおかしいわ」

「ねえ、何かあったの？」

私は部屋の入口からほとんど動いていないし、部屋には私一人ということも確認しているわ。だからこそ、考えに耽《ふけ》っていたのだけど、気づくとカムイが部屋の中央にいて、私の視線に合わせるかのように浮いている。

一体、どうやって入ってきたの？

「カムイ、アッシュさんやトキワさんと一緒にお風呂に行ったんじゃ？」

「そうだよ。でも、忘れ物があったから宿屋の外に出た後、この部屋まで飛んで、窓から中を覗《のぞ》いて、短距離転移で入ってきたんだ」

この子は純真無垢《じゅんしんむく》な笑顔で、何を言っているのだろう？

『部屋への帰り方と入り方』がめちゃくちゃだわ。

普通に、来られないのだろうか？

「あのさシャーロット、質問してもいいかな？」

「ええ、いいわよ」

その途端、カムイの雰囲気《ふんいき》が急激に変化していく。部屋の空気がどんどん重くなっていくのを感じる。ちょっと、この子は私を威圧しているの？ 身体が、どんどん強張《こわば》っていく。自分の主人に対して、何をするつもり？

「君……シャーロットじゃないね。君は誰なんだい？」

17話　シャーロットの行方

カムイが、主人でもあるシャーロットに向けて威圧を仕掛けてくる。その度合いも、時間の経過ごとに増していき、シャーロットの身体が震え、私は立てなくなってしまった。

この子、今になって何をしようとしているの？

「シャーロット、まさかとは思うけど、従魔の魔力に当てられて、腰を抜かしたとか言わないよね？」

　この子、私を疑っている？

試されている以上、意地でも立ち上がらないとまずいわね。

「そ……そんなわけないじゃない。足を滑《すべ》らせただけだよ……ほら‼」

私は渾身《こんしん》の力を振り絞《しぼ》り、辛《かろ》うじて立つ。少しでも気を緩めると、すぐに倒れてしまうわ。悟られないよう、笑顔でいることが大切よ。

「ぷ……あはははは、そんな白々《しらじら》しい真似《まね》はよそうよ。そもそもさ、今放っているこの魔力は、元々シャーロットのものなんだよ。だから……本来なら威圧自体が効かないいんだよ」

どういうこと？　人の身に宿る魔力にはみんな個性があって、質が異なっている設定なのよ？　どうして、カムイがシャーロットの魔力を放てるのよ。いくら従魔でも不可能でしょう？

「あははは、その反応だけで十分だよ。もう茶番は終わりにしようよ。君は、シャーロットじゃない。君は……ユアラなんでしょう？」
○歳児だと思って、危険視していなかったのが仇《あだ》になった。
この子は仲間の誰よりも、シャーロットのことを理解しているわ。

彼女は私と入れ替わる前に、何かを仕掛けていたっていうの⁉

「何を言っているの？　私はシャーロットよ」

下手に勘《かん》ぐられると墓穴を掘るわね。とりあえず、惚《とぼ》けるの一択に徹する。

「ふ～ん、あくまで認めないんだ。君ってさ、自分の身に何か起きたときは、案外鈍《にぶ》いんだね。今までの僕たちの状況を顧《かえり》みれば、シャーロットが何を仕掛けたのか想像つくと思うよ？」

やっぱり、カムイはこの身体の中身がユアラだと認識している。さりげなく、私を馬鹿にしているし、ちょっとムカつくわね。

そもそも、カムイがシャーロットの魔力を放っていること自体がおかしいのよ。

そんなことは、相手から力を借りない限り不可能……ちょっと待って‼　力を借りる……そういえば、ベアトリスがルマッテと決闘したとき、彼女はシャーロットのスキル『ダーククレイドル』を使っていたわよね？　このスキルは、彼女自身が仲間に話しているから、私もその力を理解しているわ。……まさか⁉

「シャーロットは、他者にスキルだけでなく、魔力そのものを貸し与えることもできるの⁉」

「あはははは、やっぱりこいつは馬鹿だ～～～。自分自身のことなのに、『シャーロット』って言ってるよ～～～。みんな～～～言質《げんち》をとったから入ってきていいよ～～～」

なっ、部屋の入口から、アッシュ、リリヤ、トキワ、ドレイクの四人が入ってきた‼

お風呂に入りに行ったんじゃないの？

「やはり、お前はユアラだったのか。カムイから聞いたときはまさかと思ったが、自分から墓穴を掘ってくれるとはな」

これまで比較的温厚《おんこう》だったトキワからの怒気《どき》が凄《すさ》まじいわ。迂闊《うかつ》だった。これは、完全に私のミスだわ。アッシュとリリヤは何も言わないけど、こちらを絶対零度《れいど》の表情で見つめている。

「ユアラ、僕がきちんとした答えを教えてあげるよ。君を捜索する中、シャーロットは僕たち従魔と通信機能で話し合ったんだ」

従魔……たち？　他の従魔たちは、別の国にいるでしょう？

まだ召喚《しょうかん》された様子もないし、何を話し合ったのよ？

〇〇〇

ユアラを捜索中、シャーロットはスキル『並列意思』の力を利用して、僕――カムイやデッドスクリーム、ドールマクスウェルと従魔専用通信で話をした。魔法で創《つく》った自分の人形たちを操りながら、僕たちと話し合える彼女は本当に凄《すご》いや。

「シャーロット様、突然どうされたのですか？」

この声は、デッドスクリームだ。

僕がシャーロットの仲間となったとき、この通信手段でみんなに紹介された。デッドスクリームは低音の利《き》いた渋《しぶ》い声で、ドールマクスウェルは少し低音の澄《す》んだ女性の声だった。でも、いまだにみんなの姿を見たことがない。

今言った魔物たちはSランク以上だから、どれだけ力を抑えても、ある程度の強者であれば、存在をすぐに感知されてしまう。だから、こんな街中《まちなか》で召喚すれば周囲に大迷惑をかけてしまうので、みんなを迂闊《うかつ》に呼べない。

「我らドール軍団の力が必要な時が来たのでしょうか？」

これが、ドールマクスウェルだ。

「急にごめんね。ユアラ捕縛《ほばく》に移る前に、あなたたちに言っておきたいことがあるの」

シャーロットが、真剣な表情で語る。僕も、真剣に聞かないと!!

「サーベント王国でこれまでの経緯を話しているから、詳細は省《はぶ》くね。今回のユアラとの勝負だけど、神が裏に潜んでいるから、どこかで何かを必ず仕掛けてくると思う。一番可能性が高いのは、私がユアラを捕縛《ほばく》する瞬間かな」

あの男、僕も嫌いだ。なんていうか、あいつは遥《はる》か高い位置から僕たちを見下ろし、馬鹿にしているような気がする。

「それはありえますすな。神の目から見れば、捕縛《ほばく》する瞬間こそが隙《すき》だらけなのですから」

「だがデッドスクリームよ、ユアラを捕縛《ほばく》しないことには、その黒幕にも近づけない。シャーロット様、何か策がおありなのですか?」

「やつに何をされるのか、自分なりにいくつか考えてはいるの」

シャーロットの考える神の仕掛けは、僕たち従魔にとって、とても恐ろしいものだった。


一）ユアラを捕縛《ほばく》した瞬間、全ての力を奪《うば》われ、シャーロットが抜け殻《がら》となる。

二）ユアラを捕縛《ほばく》した瞬間、全ての力を奪われ、どこか見知らぬ土地へ転移させられてしまい、レベル1からの再スタートとなる。

それらを聞いた僕たちは、まだ何も起きていないのに、無性に腹が立ってきた。もし、そんなことを実行されたら、みんなが怒り狂うに違いない。

「今言った内容を実行されてしまえば、私は手も足も出ずに敗北してしまうわ。そこで、ユアラの位置を把握《はあく》したら、私のスキル『レンタル』の機能を使って、私の力とスキルと魔法を均等にカムイ、ドールマクスウェル、デッドスクリームの三体に振り分ける」

「ええ、なんで⁉」

「正気ですか⁉」

「なんですと⁉」

僕たちは驚いた。その行為が敵に逸早《いちはや》く察知されたら、最悪殺される可能性だってある‼

「私は正気だよ。これが、ガーランド様と相談した結果なの。さらにあの方は、『レンタル』のレンタル期間を最長一ヶ月に延《の》ばして、危険な制限も付け足した。一度レンタルした場合、基本的に指定した期間を超えない限り、私に戻ってくることはない。レンタルした者が返却を望んだ場合に限り、例外的に認められる。これなら、そう簡単に奪われたり、利用されることはなくなる。それに、もしどこかへ転移させられたとしても、レンタル期間さえ過ぎれば、何らかの方法で必ずここへ戻ってこられる」

それって危険すぎるよ‼

レンタルした相手が、弱体化したシャーロットを裏切る可能性だってあるよ‼

「私はあなたたち三体を信じるから、トキワさんたちと行動をともにしてほしいの」

嬉しいことを言ってくれるけど、そんな現象起きてほしくない‼

「カムイには『召喚魔法』『ダーククレイドル』『短距離転移』『並列意思』、デッドスクリームには『構造解析』『構造編集』『光学迷彩』『マックスヒール』、ドールマクスウェルには『ダークコーティング』『ブラックホール』『リジェネレーション』を貸しておく」

それって全部、シャーロットの要《かなめ》となるものばかりじゃないか‼

「シャーロット様がそこまでの覚悟を持って勝負に挑んでいるとは……わかりました。このデッドスクリーム、あなたさまが帰還されるまで、我々三体がお仲間をお守りすることを約束しましょう。願わくは、その黒幕の男を討伐したいところですが、無理は禁物ですな」

なんで納得してるんだよ‼　シャーロットと別れるなんて嫌だよ‼

「デッドスクリームの意見に賛成する。相手は地球の神、我がドール軍団の全戦力を用いても、歯が立たない。対抗策はシャーロット様の持つ切り札のみ。カムイもそれでいいな？」

よくないよ‼　なんで、そんな簡単に納得できるんだよ‼　でも、相手が神なら、僕たちだけじゃあ太刀《たち》打《う》ちできない。……悔しいけど、デッドスクリームとドールマクスウェルと同じように従うしかない。

「……わかった」

「みんな、偉いね。もちろん、そんなことが起こらないよう、細心の注意を払うね」

……そして、それから一時間も経たないうちに、ユアラは捕縛《ほばく》された。僕は短距離転移でシャーロットをユアラの真上へと移動させて、ずっと上から様子を窺《うかが》っていた。ユアラが昏倒《こんとう》しただけで、それ以外危惧《きぐ》するようなことは何も起きなかった。元気なシャーロットを見てホッと胸を撫《な》で下ろした。でも、ユアラが客室のベッドで目覚めた後、異変が起きた。

突然、あいつが何の予兆《よちょう》もなく消えた。それと同時に、僕の中にあるシャーロットとの絆《きずな》が急激に薄まっていくのを感じた。魂の絆《きずな》が切れたのかと焦《あせ》ったけど、細くて脆《もろ》い糸のような絆《きずな》が辛《かろ》うじて残っているのを感知できた。でも、僕、デッドスクリーム、ドールマクスウェル以外の従魔たちは、絆《きずな》が切れたと思い大騒ぎし、みんなが一斉に僕に話しかけてきた。

僕の思ったことを説明しても、ドール軍団のみんなは懐疑的《かいぎてき》だった。けれど、デッドスクリームとドールマクスウェルが同じように説明してくれたことで、なんとか納得してくれた。

そして、今起きた状況を説明すると、デッドスクリームが『捕縛《ほばく》した際、ユアラとシャーロット様の魂が入れ替わったのだ。そして、そのままユアラの姿をしたシャーロット様を転移のような魔法でどこかへ飛ばしたと考えるべきだろう』と言った。ドールマクスウェルも同意見で、シャーロットの命令を遂行《すいこう》すべく、早く召喚してくれと訴えた。

僕的には、まず本当に入れ替わったのかを確認したい。あとでトキワたちとも相談するから、彼らの承諾《しょうだく》を得たら召喚するよと言ったら、二体は納得し、『冷静な判断だ』と僕を褒めてくれた。

そして今、シャーロットの身体に宿るユアラは自爆し、トキワたちも完全に状況を理解し、彼女を見る目が変わった。夕食中、ユアラは『彼女は帝都のどこかにいる』と言っていた。しかし、僕はそれを信じていない。デッドスクリームたちも、同意見だった。

シャーロット、僕は君がここへ戻ってくることを信じているからね。このままユアラを拘束《こうそく》して、黒幕の神を見つけてやるんだ‼　あいつの目的はわからないけど、僕たちを殺すのが目的じゃないことだけはわかる。やつを発見したら戦いを挑まずに、話し合いを求めよう。魔物から神に話し合いなんて、普通ありえないことのはずだから、あいつだって面白がって話し合いに参加してくれると思う。

僕は、シャーロットの従魔なんだ。彼女の横に立てるよう、デッドスクリームやドールマクスウェルのような、みんなから慕《した》われる魔物になりたい。焦《あせ》っちゃダメだ、怒っちゃダメだ、落ち着いて今できることをしていくんだ。これまでのシャーロットの行動を思い出して、黒幕を見つけ出す‼

18話　シャーロット軍団、一致団結する

ユアラは、僕に正体を見破られたにもかかわらず、ほとんど動揺していない。シャーロットの表情だから、なおさら奇妙な気分になる。でも、弱体化しているユアラなんか、僕たちの力があればどうとでもできる。だから、こいつは無視だ。今やるべきことは、一刻も早く黒幕とシャーロットを見つけ出すこと‼

「ねえユアラ、シャーロットはどこにいるの？」

彼女の立場を考えると、今は絶体絶命《ぜったいぜつめい》のはずなのに、どこかおかしい。自分が死ぬかもしれないのに、そういった危機感を感じ取れない。

むしろ、開き直ってる。

「知らないわよ。＊＊が言うには……あれ？　＊＊が……どうして……あの人の名前を言えない」

この女はシャーロットの姿になっても、ふざけたことを言うね。

今さらになって、黒幕の名前を言えなくなったなんて、明らかにおかしいよ‼

デッドスクリームたちが、この場にいなくてよかったよ。

「ふざけるな‼　黒幕の名前を言えないなんて、都合がよすぎるだろうが‼」

アッシュが、ここまで怒りを表に出すなんて珍しいな。

「うるさい、こっちだって混乱しているのよ‼　もう、『あいつ』でいいわ。あいつは私に色々言ってきたのよ。『お前との契約は今日をもって終了する』とか『ここはVRゲームじゃなくて現実の世界だ』とか『ここは地球から遠く離れた惑星ガーランドだ』とか『私を発見できたら元の身体に戻してあげよう』とか」

VRゲームって何かな？　よくわからないけど、ここは現実の世界だ。

「ユアラ、その中の一つは正しいことが、俺にもわかる」

トキワは怒りを制御して、いつもの雰囲気《ふんいき》になっている。

僕も、あの感情制御を見習いたい。

「正しいってどこが？」

いちいちシャーロットの声でユアラとして返してくるから、奇妙な気分になる。

アッシュとリリヤも、僕と同じ気持ちのようだ。

「『ここは地球から遠く離れた惑星ガーランド』という箇所だ。シャーロットの前世は、惑星地球の日本という国の人間だ。名前は持水薫、十五年以上前に起きた大地震で死亡している。地球の中でも転生を司《つかさど》る神ミスラテルと、惑星ガーランドを創った神ガーランドの計らいで、彼女はここへシャーロット・エルバランとして転生した。そういった地球出身の転生者は、少数ながら存在している。気になるのなら、シャーロットのステータスを確認してみろ。確か、前世の姿も見られるはずだ」

あれ？　トキワに言われて、ユアラがシャーロットのステータスを確認した途端、固まった。一体どうしたんだろう？　前世の姿を見ただけでこの反応はおかしい気がする。そもそも、薫の姿は一度ジストニス王国で見ているると思っていたのに、あのときは見ていなかったのかな？

「嘘……持水薫ってどこかで聞いた名だと思っていたけど、お祖父様とお祖母様のアルバムの写真によく写っている薫さんのことなの？　え……それじゃあ、ここは現実に存在する世界？　あいつは本当に神様で、私を地球からここへ転移させていたってことなの？　嘘……でしょ？　それじゃあ、私が今までしてきたことって……VRじゃなくて現……実のこと？　そんな……」

シャーロットの顔で真っ青になりながら、ユアラは床へ崩れ落ちていく。ふ～ん、ユアラは地球出身の人間族なんだ。しかも、薫と知り合いの親族がいるんだ。こいつ、今さらになって自分の犯した罪を理解したのかな？

〇歳児の僕でも、彼女の罪の重さがどれほどのものなのか理解できる。たとえ、自分自身が大量殺戮《さつりく》を実行していなくとも、それに加担したのは事実なんだ。

それに神様が黒幕なんだから、惑星から惑星への転移だって容易《ようい》だ。二人の魂が入れ替わり、シャーロットが消えたとなると、もしかして地球に転移させられたのかな？

「君の語りで、黒幕が何をしたのか、大体の察しがついた。あの腐れ神、俺たちでは対処不可能な地球へ、ユアラの身体に宿ったシャーロットを転移させたな。やつは二人の運命を交換させることで、その後の人生を観察することが目的だろう」

トキワが怒っている。僕も同じ気持ちだ。

神様のくせに、人を弄《もてあそ》ぶな‼　どうやって連れ戻せばいいんだよ‼

「トキワさん、僕は生まれて初めて一人の人間……いや神に対し、殺意を覚えましたよ。ここにいるユアラは地球の人間、この人もあの神に利用されていたんですね」

「ああ、そうなる。たとえ利用されていたとしても、俺たちはユアラのしでかした罪を赦《ゆる》すつもりはないがな。シャーロットに関しては、あまり悲観《ひかん》することはない。こちらには、心強い味方が三人もいるのだから、彼らに任せよう。俺たちは、俺たちのなすべきことをするぞ。明日の日の入りまでに、腐れ神の情報を集める‼　いいな？」

「はい‼」

「うん‼」

あの神の名前は、『腐れ神』で十分だよ‼

「ねえトキワ、夜の捜索に関しては、僕たち従魔に任せてよ。腐れ神の言った言葉は信じられないから、僕、デッドスクリーム、ドールマクスウェルの三体で帝都一帯を調査して、怪しい人物がいれば片《かた》っ端《ぱし》から捕縛《ほばく》して話を聞く。デッドスクリームにはレンタルスキル『構造解析』があるから、すぐに情報もわかる。罪人だったら、そのまま警備に突き出せばいい」

「わかった。俺たちは体力を回復させておこう。ただし、召喚自体は街の外でやれよ」

トキワが承諾してくれたから、心置きなく二体を召喚できる。ここで起きたことも、後で教えてあげよう。

「アッシュとリリヤは、ユアラを監視していてくれ。今はショックで何も語れないだろうが、罪の重さに耐えきれず逃亡する可能性がある。シャーロットの身体で一人うろつかれたら、事情を知らない者は匿《かくま》う可能性もある」

「わかりました」

「はい」

ユアラに逃げられたら、元も子もないもんね。弱体化しているし、二人だけでの監視も容易だよ。

「ドレイクはどうする？」

「私は、トキワとともに行動しよう。本来であれば、カムイとともに夜中の神の捜索に協力したいところだが、鱗がない以上、人々から余計な注目を浴びてしまい、笑いものになるだけだ」

ああ、僕が全身の鱗を剥《は》いだものだから、ドラゴン形態では情けない姿になっているし、人形態でも全身の毛がないもんね。

「そうだな。みんな、ここからが正念場《しょうねんば》だ‼　なんとしても神を見つけ出し、話し合いや捕縛《ほばく》が無理であっても、せめてやつの現在位置だけは把握《はあく》しておこう‼」

よし、ここからは僕たち従魔の出番だ‼

僕たちの力で、あの腐れ神を見つけ出してやる‼

——今は真夜中。

僕は帝都を出て、人が周囲にいないことを確認してから、デッドスクリームとドールマクスウェルを召喚し、さっき話し合った内容を全て明かす。すると、二体は僕と同じくあの腐れ神に怒りを顕《あら》わにした。でも、一体は骸骨《がいこつ》、もう一体は人形だから、怒りの感情が全く表に出ていない。

「ドールマクスウェルよ、腐れ神の目的は我々の想定した範囲内だな」

え、そうなの⁉

「シャーロット様は、『事件が起きた際は、最悪の事態を常に想定して行動に移せ』と、常日頃から仰《おっしゃ》られていた。ユアラが地球出身である以上、その地球に転移させられたとみて間違いない。カムイ、腐れ神はどこに潜んでいるのかわからない。その話し合いで、あの方々の名を口に出していないいな」

この二体の怒りは、口調にさえ全く出ていないや。トキワよりも、感情を制御できているんだ。『最悪の事態を常に想定しろ』か。

確かに予《あらかじ》め考えていれば、急にいろんなことが明らかになったとしても感情を制御しやすいのかもしれない。

「うん、大丈夫‼　心にも思っていないよ‼　今から捜索に移るけど、どんな方法で行動しようか？」

この帝都は凄《すご》く広い。いくら僕たちでも、日の出までの短い時間で帝都の人全員を調査するなんて不可能だ。スキル『構造解析』にも、レベルに応じた速度制限がある。

「それに関しては、我に考えがある。神が帝都にいることは確定している。シャーロット様からお借りしたスキルで、どこまで通用するのか不明だが、今できる最良のことをやろうと思う。その手段だが……」

デッドスクリームは僕たちの行動を読んでいたのか、夜明けまでの捜索方法と夜明け後の方法を既に考えてくれていた。そしてそれは、僕たちにできる最良の行動だと思う。国民にも迷惑をかけちゃうけど、緊急事態なのだから仕方ないよね。

「それでは、行動を開始するぞ。各自、シャーロット様からお仕置きされる覚悟はできているか？」

うっ、デッドスクリームの声が怖いせいもあって、少し怖気《おじけ》づいちゃうよ。確かに、これをやるとシャーロットに間違いなく怒られるよね……

「我が主人の命が懸《か》かっているのだから、覚悟の上だ‼」

「僕も、覚悟はできてるよ‼」

これから起こすことは普通の人々にとって、かなり衝撃的なものだ。夜明け以降、みんながパニックを起こすかもしれないから、デッドスクリームは夜明けと同時にある声明を発表する。多分、それで多少は混乱を減らせるだろうけれど、やっぱり大迷惑をかけると思う。

でも、相手が神である以上、こっちだって本気でやらないと逃げられてしまう。

お仕置き覚悟で頑張《がんば》る‼

○○○

カムイ、デッドスクリーム、ドールマクスウェルの三体は、神を捕縛《ほばく》する作戦を決行した。

三体とも人々に迷惑をかけないよう魔力を抑えたこともあり、夜の間は誰にも気づかれることはなかった。しかし太陽が昇《のぼ》り、朝が訪れようとしたとき、それは起きる。

彼らのうちの一体が人々に見えるようになったのだ。あちこちから悲鳴があがる。

「え、急に影が？　きゃあああ〜〜空に何かいるわ〜〜〜」

「なんだ、あの巨大な人形は⁉」

「おかしな服を着ているし、身体全体を地面に向けて、私たちを観察しているの⁉」

発見されたのは『ドールマクスウェル』。

デッドスクリームはスキル『光学迷彩』。カムイはユニークスキル『インビジブル』。そして、ドールマクスウェルは幻惑魔法『幻夢』で姿を隠していたのだが、この魔法の効果が切れた瞬間に……『体長四十メートル』となった市松人形を目撃されてしまう。身体全体を地面に向け、直立不動の体勢で目を大きく見開き、何も言葉を発することもなく、ゆっくりと動きながら無表情で国民たちを凝視《ぎょうし》している。人形の真下は太陽が遮《さえぎ》られるため、一段と暗くなり、それが人々に恐怖を植えつける。

「魔法の切れ目で発見されたか〜。二体とも、姿を現せ。私が発見された以上、もう隠れる必要はない」

この言葉の直後、体長四十メートルのデッドスクリームと、幻夢で姿をエンシェントドラゴンへと変化させたカムイが出現する。三体の出現地点はばらけているため、あちこちから悲鳴があがった。また、それを聞きつけた多くの人々が家から出てきて、さらなる悲鳴をあげていく。

帝都において、史上最大のショーが始まろうとしている――

19話　シャーロット（＝ユアラ）の危機

……私は日本人の紡木柚阿羅。

……ここは地球から遠く離れたガーランド。

……ここはVRではなく、現実に存在する世界。

……シャーロットの前世は、私の祖父《そふ》と祖母《そぼ》の恩人でもある持水薫さん。

……私は、金剛から貰《もら》ったスキルや魔法を様々な人々に与え、その人たちの人生を鑑賞し、死ぬまで弄《もてあそ》んだ。

私はアッシュとリリヤに監視されている中、ずっとこればかりが頭に思い浮かぶ。部屋の照明を消し、布団を被って寝ようとしても、これまでしでかした業《ごう》を自覚したせいで、頭が冴えてしまい寝られそうにない。

……私は、なんてことをしでかしたのだろう。

……どれだけの人々を殺してきたのだろう。

直接は人を殺してはいないとはいえ、スキルや魔法を与えた人たちの人生を狂わせてしまったのは間違いない。しかも、ほとんどの人が無残《むざん》な死を遂《と》げているわ。

これが日本なら、どんな罪となるのだろう？　たとえ罪にならなかったとしても、世間の人たちは私を許さない。

もし、私がこの世界で捕縛《ほばく》され、私の犯した罪が全て明るみになったら……絶対に処刑される。ここで死ねば、紡木柚阿羅という存在が消えることになり、地球では行方不明扱いとなる。

「いやだ……死にたくない……死にたくない」

身体の全てを布団で覆っていたけど、それがアッシュに聞こえたのか、彼は私に残酷《ざんこく》な言葉を突きつける。

「今更《いまさら》、自覚しても遅《おそ》いよ。ドレイクから、君のしでかしたことを色々と聞いたぞ。君はジストニス王国だけでなく、ランダルキア大陸の国々も振り回したようだね。多くの人々が君を恨《うら》みながら死んでいったはずだ。君のような人間は、幸せになるべきじゃない」

その言葉が、鋭利《えいり》な槍《やり》となって私の心に突き刺さる。

これほどの罪を犯した私には、幸せになれる権利などあるはずがない。

「知らなかったのよ……ずっとVR……仮想現実の世界だと……」

「また、その言葉？　ちょくちょく呟《つぶや》いているけど、VRって仮想現実って意味なのか？つまり、君は架空《かくう》の世界だと勝手に思い込み、好き勝手に動いていたんだね。でもさ、ここが架空の世界でも、やっていいことと悪いことがあるだろ？　日本のVRという世界にも、君のような異常者が大勢いるの？」

VRゲームでは、人が死んだとしても、ペナルティーが科せられるだけであって、必ず復活する。ほとんどの人間は正規ルートを突き進み、そんな恨《うら》みを買う行為をしないけど、そういったシステムを利用して人を殺して楽しむ者は、どのVRゲームにも少数いる。そういった者たちに関しては、メーカー側が注意勧告し、聞き入れない場合はそのゲームから永久《えいきゅう》追放される。

私がそれを説明すると、アッシュは大きな溜息《ためいき》を吐《つ》く。

「君のいる日本でも、そういった異常者への対処がされるんだね。君は気づくのが遅すぎた。もう手遅れなのさ……同じ異常者でもある君への対処も理解できるだろ？」

それを聞いた瞬間、全身から冷や汗が出てくる。

私への対処……それは……つまり……死？

「きゃあああ～～空に何かいるわ～～～」

悲鳴？　外で何か起きたの？　アッシュが急いで窓を開けると、外はまだ暗闇で、空に何かいたとしても、これでは判別できないわ。

「おかしい。もう少しで日の出の時間なのに、外が暗すぎる‼　あれは……何だ？」

アッシュの焦《あせ》る声に反応して、私は布団を跳《は》ね除《の》け、窓の外を見る。外は真っ暗だけど、どこかおかしいわ。上空を見ると、何か巨大な物体が浮かんでいて……それは、信じられないものだった。

「ひ‼　巨大市松人形‼」

あれって、シャーロットの従魔ドールマクスウェルよね。空を浮遊しながら、じっと地上の人々を見ているわ。少しずつ移動して、時折眼球を動かしているから、誰かを探している？

「マクスウェルは何をやっているんだ？　この薄暗い中、空中を漂いつつ神を捜索しているのか？　ただでさえ不思議な姿をした人形で、無表情に近いのに、あんな巨大化した状態で、地上を何も言わずにじっと見続けていたら、不気味で怖いに決まっているじゃないか」

遠方からも別の悲鳴が微かに聞こえた。しかも、それが連鎖《れんさ》して、あちこちから聞こえるようになってきた。どうやらデッドスクリームとカムイも巨大化して、同じように誰かを探しているようね。従魔たちの目的は、きっと金剛を見つけ出すこと。でも、こんな単純なやり方で捜索しても発見できるわけがない。

「うわあ～、凄《すご》いことになってるね。あんなやり方で黒幕を探し出せるのかな？」

「ちょうどよかった。リリヤも起きたんだね。夜の捜索に関しては従魔に任せていたんだ。けれど、あんな大雑把《おおざっぱ》な方法で探しても発見できるわけがない。何か意味があるんだよ」

本当にそうだろうか？　知能は高くても、所詮《しょせん》は魔物。あんな単純な方法しか思いつかなかったんじゃないの？　私が心の中で彼らを馬鹿にしたせいではないと思うけど、デッドスクリームだけが帝都のどの位置からでも見えるようさらに巨大化して、みんなを驚嘆《きょうたん》させる。

「帝都の者たちよ、聞け～～～い。我ら三体は聖女シャーロット様の従魔なり‼　もう知っていると思うが、ジストニス王国やサーベント王国で様々な悪事を働いたユアラは捕《ほ》縛《ばく》済みである。だが、その一方で、もう一人の黒幕はこの帝都のどこかにいまだ潜伏《せんぷく》している」

ちょっと何を言い出すつもりなの？

「やつは『今日の日の入りまでは、帝都に潜伏しているから見つけ出してみせろ』と挑戦状を叩《たた》きつけてきた。それと同時に、聖女シャーロット様をどこか遠方の土地へと転移させてしまった。ご主人様は必ず舞い戻ると言い残しているため、我々はその言葉を信じる。それまでは、我々従魔が帝都一帯を支配させてもらう」

ちょっと『支配』って、そんな宣言をしちゃってもいいの？　仮にシャーロットが戻ってこられたとしても、ただじゃ済まないわよ？

「既に、手は打たせてもらっている。我らのスキル『ダーククレイドル』で帝都一帯を覆っている。その効果により、今日の日の入りまでは、誰一人として帝都への出入りはできん!! 相手が誰であろうとも、絶対に侵入も外出も不可だ!! それと安心せい。我らの目的は、ユアラを利用した黒幕を捕縛《ほばく》することにある。人々には、一斉手出しはせん!!」

いくらシャーロットのスキルでも、あの男の力なら余裕ですり抜けられると思うけど、こっちの神様が味方しているのなら、何らかの力を与えてもおかしくないわ。これって、金剛への牽制《けんせい》で言っているのね。

「迷惑をかける分、我らは夜の内に帝都に潜む悪人どもを全て捕縛《ほばく》し、物的証拠とともに帝城の中庭へ放り込んでおいた」

夜間に、金剛を捜索しながらそんなことをしていたの!?

「また、今から病気になっている者たちを回復させよう。ドールマクスウェルよ、回復魔法を!!」

「了解!! リジェネレーション!!」

あ!? 緑の癒しの光が帝都全土を覆っていくわ!!

あの魔法は、範囲が広ければ広いほど、消費魔力も大きくなるし、人数が多ければ多いほど、回復速度も遅くなる。それを補《おぎな》うためにも、高レベルのノーマルスキルの力が多数

必要となるのよ。あの子、どれだけの力を従魔たちに貸し与えたのよ‼

「現時点で、黒幕がどこに潜んでいるのか、大体の予想はついている。黒幕の捕縛《ほばく》が完了次第、『ダーククレイドル』の効果を消失させることを誓おう」

誰になっているのか、もう見当がついている？

私でも全くわからないというのに本当なの？

「アッシュ、なんだか大変なことになってきたね」

「ああ、夜中の時点で何をしたら、そこまで絞《しぼ》り込めることができるんだ？」

アッシュとリリヤが呆然《ぼうぜん》としているとき、突然ドレイクが部屋の扉を乱暴に開けた。

「お前たち‼　用意が整い次第、一階の食堂に来い。朝食を食べた後、緊急会議を開く。その後、ここから近い従魔のいるところへ行く‼　ユアラ、貴様も来い‼　デッドスクリームがお前に話したいことがあるらしい」

ドレイクは用件だけを伝えると、すぐに階下へと下りていく。デッドスクリームが、私に何の用があるのだろう？　私たちは言われるがまま、出かける準備を始めることとなる。

○○○

一睡《いっすい》もしていないせいもあって、身体が怠《だる》かったけど、回復魔法のおかげで全快したわ。

この様子なら、帝都にいる病人は、全員完治するでしょうね。封鎖《ふうさ》期間がたった半日だけとはいえ、商人たちにとっては、かなりの損害が生じるかもしれない。結局のところ、私一人のせいで、みんなに大迷惑をかけているのね。

このまま逃げていても、何も変わらない。

償わないと……罪を償わないと……でも……どうやって？

みんなが支度《したく》を整えていく中、私は償いの方法を模索《もさく》する。でも、名案が全く思い浮かばなかった。

夜明け早々、帝都は慌《あわ》ただしく動き出す。私たちは一時間ほどで支度を終え、外へと出る。

空を眺めると、白銀のエンシェントドラゴンに変異したカムイが悠然と浮遊しており、地上を監視しているわ。あの子はまだ赤ちゃんだから、幻夢でそういった幻を見せているのね。眼光は非常に鋭《するど》く、その目に捉《とら》えられた者全員身体が竦《すく》んでいる。

人々は空を気にしながらも、働こうと懸命《けんめい》に足を動かしている。でも、あんな巨大魔物が空に三体もいて、こちらを監視しているのだから、動きがギクシャクしているわ。

「ここから一番近い従魔は……これはテレパス？　俺だけに？」

テレパス。通常の通信距離は短いけど、魔力を注げば注ぐほど、その距離は長くなる。トキワだけに通信ということは、秘匿《ひとく》事項も混じっているのね。

「……わかった。夜中のうちに、そこまでの結論を導き出していたのか。すまん、俺はお前たちを侮《あなど》っていたよ」

従魔の誰からの通信か不明だけど、今回の作戦の内容を聞いたのね。

「だが、理解しているのか？　ここはフランジュ帝国の首都でもある帝都だ。半日とはいえ外界と隔絶《かくぜつ》させることは、帝国にもかなりの損害を生じさせる。……なに？　なるほどな、そこまでの覚悟をもって事を起こしたのか」

何を話し合っているのだろう？

テレパスだから、内容が全く聞き取れないわ。

「全員、今からデッドスクリームに会いに行く。集合場所はこの真上、『ダーククレイドル』の外側となる高度千メートルの位置だ。ユアラに関しては、俺が風魔法『ウィンドシールド』で閉じ込めて、宙に浮かばせておく」

高度千メートルの空の上で会うの⁉

「ねえ、『ダーククレイドル』の外で会うのなら、地上でもいいんじゃない？」

そう私が尋《たず》ねる。

「障害物が何もないからだ。仮に何者かに攻撃されても、すぐに迎え撃つこともできる。話し合いに関しては、地上から目撃されないよう、デッドスクリームの支配領域の中で行う。スキル『光学迷彩』、幻惑魔法『幻夢』で周囲を覆うから、絶対に視認《しにん》されることもないし、話を聞き取ることもできない」

徹底しているわね。

そこまでして何をするのだろう？


……これが高度千メートルの視界。人が蟻《あり》のように見える。これまでも、ドレイクの頭の上に乗って、こういった高所から地上を何度も見てきたけど、今の私には何の力もないし、トキワの機嫌次第で地上へ落とされる危険性があるわ。シャーロットの身体だから、そこまでのことはされないと思うけど、回復魔法があるから、何をされるのかわかったもんじゃない。まさか、ここで私を拷問《ごうもん》するの？

「トキワ、アッシュ、リリヤ、ドレイク、待たせたな」

デッドスクリーム、ドールマクスウェル、カムイは元の姿に戻っている。

「トキワさん、今から何をするんでしょうか？　僕もリリヤも、何も聞かされていないんですけど？」

そこに、私の名を入れないのね。

これから私はどうなるのだろう？　トキワは真剣な面持《おもも》ちで私を見る。

「デッドスクリームは、『死』を司《つかさど》る魔物だ。それゆえ、その手に持つ巨大鎌を振るうことで、生物の魂を身体から抉《えぐ》り取ることができるし、魔法で吸引することもできる」

ちょっと、それって私の魂をシャーロットの身体から引き剥《は》がすということよね？　そんなことをされたら、私はどうなるのよ？

「ちょ、それって大丈夫なんですか⁉　ユアラの魂はともかく、シャーロットの身体を引き裂《さ》くなんてことは？」

誰一人、私を心配してくれる者がいないわ。

あはは、そこまで嫌われているんだ。

「アッシュよ、安心しろ。万が一を考えて、この巨大鎌ではなく、魔法で魂を吸い取る。吸い取ったユアラの魂に関しては、私が奴隷《どれい》契約を結《むす》び、これまで働いた悪事の全てが清算されるまで、こき使う予定だ」

デッドスクリームが、『死』を司《つかさど》る魔物だということは知っていたけど、魂と奴隷契約を結べることまでは知らなかったわ。この身体から引き剥《は》がされたら、もうその時点で私の生は閉じると言っていいわね。いやだ……死にたくない……これまで私が干渉《かんしょう》した人たちも、こんな思いで私を恨《うら》み、死んでいったのね。

これは……天罰だ。

「魂との奴隷契約、そんなことが可能だったなんて……それじゃあ、ユアラは、デッドスクリームの奴隷になるのか？　これまで犯してきた罪を、どうやって清算させる気なんだ？」

「それは、シャーロット様次第だろう。ユアラを赦《ゆる》すというのならば、元の身体へ戻すまでだ。シャーロット様の身体に関しては、魂という中身がない以上、死んでいるも同然。ゆえに時間を停止させるマジックバッグの中に入れておけばよかろう。さあ、始めるぞ」

「そうか……その手があったのか。その方法なら彼女の身体を護《まも》れる」

全員が一斉に、私を見る。デッドスクリームが前に出てくると同時に、私を覆っていたウィンドシールドが解除される。私が落下する前に、彼の巨大な右手が私の後頭部を掴む。背後に強烈《きょうれつ》な気配があり、私の視界では、シャーロットの仲間たちが私を冷たく睨《にら》んでいる。

「ユアラよ、覚悟はいいな？」

背後にいるデッドスクリームが、私を脅《おど》す。

「あはは……私の承諾なんて関係ないんでしょう？」

「当然だ、貴様にそんな権利などあろうはずがない。これは、私なりの気遣いだ」

魔物が私を気遣う……か。

もう……ダメね……時間切れだわ。

お祖父様、お祖母様、静姉、お母様、ごめん……そっちに戻れそうにないわ。

「今になって、我がご主人様の顔で涙を流すか。それ自体が我らを侮辱《ぶじょく》する行為なんだがな。む、カムイよ、どうした？　身体が光っているぞ？」

カムイを見ると、確かに少しだけ青く光っているわ。カムイ自身が、なぜかひどく驚いているけど、何かあったの？

「今の声はユアラだけど、この感覚はシャーロットだ‼」

え？　どういうこと？

カムイの光が七色に変化して、どんどん強くなっていく。

これって一体？

20話　シャーロットの帰還と従魔たちへのお仕置き

私――シャーロットは、カムイとともに、惑星ガーランドへ戻れるよう強く願う。すると、私の視界は光に覆われ、気づけば目の前にカムイがいたのだけど……奇妙な浮遊感を感じる。

「シャーロット‼」

「カム……イ～～～～ぎゃあああ～～～なんで～～～～」

せっかく仲間と再会できたと思ったら、なぜか私だけが猛スピードで落下している。おそるおそる下を向くと、どうやら私はまたスカイダイビング中のようだ。

「なんで〜〜、またスカイダイビングを〜〜〜」

誰かに転移させられる度に、どうしてスカイダイビングを経験しなきゃいけないのよ⁉

あ、誰かの風魔法が発動したのか、ウィンドシールドに覆われた。

ふわふわと浮かび、カムイや仲間たちのいる場所へと戻っていく。

「シャーロット……だよな？」

これは、トキワさんの風魔法か。

ユアラの身体のせいで、『魔力感知』が上手く機能していない。

「そうですよ。ユアラの身体で、中身はシャーロットです。ガーランド様のおかげで、遥《はる》か遠い地球から戻ってこられました」

ここってかなりの高度だよね？

何でこんな空中に、全員が揃っているの？

ていうか、私の身体がデッドスクリームに捕まっているんですけど⁉

そういえば、魂を剥離《はくり》しようとしている最中に、私がカムイに話しかけていたんだった‼　好都合だし、そのままにしておこう。

「デッドスクリーム、ユアラをそのまま捕縛《ほばく》しておいて」

「は？　後頭部を掴んだままでよろしいのですか？」

骸骨《がいこつ》だからわかりにくいけど、これは相当驚いているね。

「これから行う作業に、その状態は好都合なの。カムイは私と手を繋いで、私とユアラの身体が元に戻ることを強く祈って‼」

私とカムイの身体は、まだ七色に輝いている。

七色のミサンガの効果は健在《けんざい》だ。

これなら、元の身体に戻れる‼

「わかった‼　これでいいの？」

「うん、大丈夫」

私はカムイと手を繋いだまま、ユアラのもとへ向かう。

「ユアラ、私を命の恩人だと思わないでね。その様子だと、あなたは私の正体に気づいたようだし、ここが現実の世界だと認識したようだから、自分のしでかしたことを理解したみたいね」

自分の顔を見たら泣いているものだから少し驚いた。でも、ここで安心してもらっても困るの。

「ええ、理解したわ。けれど……この罪をどうやって償っていけばいいのか……それに元の姿にも戻れるかどうか……」

「それは大丈夫」

私は目を閉じカムイとともに、『元の姿に戻れ‼』という思いを心に込め、その願いが成就《じょうじゅ》するよう強く祈り、ゆっくりとユアラへ近づいていき……身体に触れる。すると、自分の中にある何かが強く輝き出し、さらにそれが消えていく。完全に消えると同時に目を開けると、私の視界にはユアラの姿が映っていた。

「よし、成功‼　元の姿に戻れた‼」

「おお……後頭部から我が右手に流れてくるこの感覚、我が主人がご帰還なされた」

「シャーロット様、おかえりなさいませ‼　このドールマクスウェル、あなたのご帰還を待ち望んでおりました‼」

帰ってきたのはいいけど、絵面《えづら》がひどい気がする。私は後頭部をデッドスクリームに鷲《わし》掴《づか》みにされ、宙ぶらりん状態でみんなから注目を浴びているもの。目の前に見えるユアラは、カムイと手を繋いだ状態のまま、本当に戻れたことを自覚したのか、涙を流している。

「あ、申し訳ありません‼」

デッドスクリームも、自分のしていることにようやく気づき、私を離してくれた。またスカイダイビングするのはごめんこうむるので、すかさず風魔法『フライ』を使用して浮遊する。

「やった‼　シャーロット、元の姿に戻れたんだね。黒幕が来ないうちに、レンタルした力を返すよ‼」

カムイの言葉がきっかけとなって、デッドスクリームとドールマクスウェルも私に力を返却してくれた。主人への忠誠心《ちゅうせいしん》が低かった場合、私はここで裏切られ、殺されていただろう。短い間でみんなと信頼関係を築けたからこそ、今の状態がある。

「うん、力も戻ってる。さて、早速で悪いけど、何か進展はあった？」

一刻も早く黒幕を捕縛《ほばく》するためにも、感動の再会は後回しでいい。

「ええ、ありましたとも。さすがに黒幕を捕縛《ほばく》するには至りませんでしたが、ユアラからもたらされた情報のおかげで、最も疑わしい候補者《こうほしゃ》を我々従魔だけで見つけました」

え、そこまでのことをしてくれたの‼　神の変異は、なかなか見破れないと思うのだけど、どうやって絞《しぼ》り込めたのだろう？　ユアラのおかげと言ってるから、私と入れ替わった後に、何か起きたんだね。

『シャーロット様、黒幕がすぐ近くにいますので、あまり意味をなさないかもしれませんが、ここからは従魔専用通信でお話しします』

それって、仲間の誰かに変異しているということ⁉

あの澄《す》ました男がユアラを利用し、多くの人々を振り回しているのだから、今回も必ずどこかで見ている。あの神なら、私たちのすぐ近くで見ていると思っていた。でも、まさか仲間の誰かに変異しているとは思わなかったよ。

『まずは、絞《しぼ》り込んだ方法を聞かせてよ』

『はい。シャーロット様とユアラからの情報により、黒幕の性格はおおよそ掴めました。

おそらく、やつは仲間の誰かに変異しているのかと思われます。誰に変異しているのかを絞《しぼ》り込むため、我々は……』

デッドスクリームたちの作戦は、こうだ。

・巨大化して、帝都のどこかにいるとされる黒幕を、スキルを行使して捜索する。捜索中、『構造解析』スキルなどを使って、帝都内にいる悪人どもを根こそぎ捕縛《ほばく》する。
・ただし、この捜索方法は、あくまでも囮《おとり》。
・空を捜索しているカムイは魔法『幻夢』による幻。本物の彼はユニークスキル『インビジブル』を駆使して、存在感を極めて小さくし、仲間たちを常に見張り、ユニークスキル『感情把握《はあく》』を利用して、怪しい表情を浮かべる者がいないかを調査する。
・夜間の捜索は、ほとんどの時間を悪人どもの成敗《せいばい》に費《つい》やす。目的を見失っていると思わせることで、仲間の感情の変化を調査する。ただし、夜間のため、黒幕自身が全く気づかずに寝ている場合もある。
・従魔たちの真の狙いは夜明け。起床した国民たちが空を見上げ、ドールマクスウェルたちを発見し叫《さけ》びをあげる。それにより、仲間たちが巨大化した従魔たちに気づいたときに何を感じたのかを把握《はあく》することで、変異した黒幕を突き止める。
・夜明け後、今日一日騒ぎを起こす迷惑料として、帝都全土の病人を健常者へと回復さ

せるという、粋《いき》な計らいをする。

カムイの持つユニークスキル『感情把握《はあく》』を利用した作戦か。相手が神であっても、絶対に何らかの感情を表に出す。仲間たちならば、これまで付き合ってきた経験もあるから、なんとなく想像がつく。少しでも通常とは異なる感情を表に出した者がいれば、そいつが黒幕ということになる。

『カムイは、黒幕が誰に変異しているのかわかったの？』

『当然さ!! だって夜明けの騒ぎのとき、そいつだけが感情を表に出さず、裏でも軽く笑った程度だったんだ。あれだけの騒ぎでそんな軽い感情しか抱かないなんておかしいからね!!』

と、その誰かを教えてもらったんだけど……うわあ〜、ちょっと引くわ〜〜〜。

『シャーロット様、証拠もございます。黒幕が仲間に変異しているということは、肝心の本物が既に殺されているか、どこかに監禁されているかのどちらかだと踏み、夜中のうちに悪人討伐をしながら、ずっと探《さぐ》っておりました。ドールマクスウェルが、捜し出してくれましたよ。その者は眠らされているだけで、身体のどこにも異常は見られませんでした』

そこまでの配慮《はいりょ》をしてくれたの!!

私の従魔、めっちゃ優秀なんですけど⁉

黒幕の男も、私の仲間を殺してしまったら、みんなが勘《かん》づくと思ったのかもしれない。

『ただ、その者はドールマクスウェルの回復魔法で癒《いや》され目覚めた後、自分の置かれた状況を聞いて、大層怒っていますが』

そりゃあ怒るだろうね。

自分だけ蚊帳《かや》の外に置かれているんだから。

とにかく、無事でよかったよ。

『そういえば、捕縛《ほばく》した悪人どもはどうしたの？』

フランジュ帝国の帝都ともなると、大勢の指名手配犯が潜伏していたはず。捕縛《ほばく》した後の状況が気になる。

『ああ、それならば全ての悪人どもの心を折り、両手足を複雑骨折《ふくざつ》させた後、全員を一括《ひとくく》りに縛り上げ、帝城の中庭に放り込んでおきました。合計七百八十六人おり、全てを構造解析して、書き写した資料もつけております。当然、その者たちは帝都全域に放った回復魔法の対象外ですな』

『へ……七百八十六人⁉　ちょっと待ってよ‼　それだけの人数と情報を一度に帝城の中庭へ放り込んだの‼』

『はい、そこからはこの国の者たちの仕事でしょう。我々が「捕縛《ほばく》」という一番手間な作業をしたのですから、そこからの作業は簡単でしょう』

いやいやいや、簡単じゃないから‼

一人二人ならともかく、犯罪情報つきの七百八十六の犯罪者となると、数が多すぎて対処がめちゃくちゃ大変だよ‼　そうなってくると、今頃帝城は大騒ぎになっているはずだ。おまけに、帝都の上空には巨大従魔が浮いていたから、人々にも少なからず損害を与えているはず。

私のためにしてくれたことはいえ、このまま放置して黒幕を捕縛《ほばく》するのはちょっとまずいよ。人々への配慮がなさすぎる‼　一応、回復魔法で病気を改善させているから、病気持ちの平民や貴族には喜ばれると思う。でも、それ以外の人たちにとっては昨日の件もあって、いい迷惑だと思われているんじゃないかな。特に、帝城で働いている皇帝様や貴族様方は、ありがた迷惑だと叫《さけ》んでいるかもしれない。まずい……一刻も早く黒幕を捕縛《ほばく》したいところだけど、その前に国民の皆様方に謝罪した方がいい。

それに、黒幕を捕縛《ほばく》するためには、あのガーランド様から貰《もら》ったユニークスキルが必要で、その発動までの時間を稼げるし、ちょうどいいかな。仕方ない……ここは心を鬼にして、従魔たちへのお仕置きを敢行《かんこう》しよう‼

○○○

『パシーーーン』

「あ～～～～」

『パシーーーン』

「のおお～～～」

『パシーーーン』

「痛～～い。やっぱり、お仕置きされるんだ～～～」


現在、デッドスクリーム、ドールマクスウェル、カムイの三体は、シャーロットによって『お尻ぺんぺん』の刑を受けている。『そんな子供じみたお仕置きでいいのか？』と仲間たちも思っているが、当然ただのお尻ぺんぺんなわけがない。

彼女は、自分と従魔三体を体長五十メートルほどに巨大化させた。さらに、帝都にいる全住民がお仕置きを把握《はあく》できるよう、空高く飛んで、障害物の何もないところで、お尻ぺんぺんを執行しているのだ。

シャーロットはカムイの背中を持ち、また自身の作り出した四本のマジックハンドが二本一組となって、デッドスクリームとドールマクスウェルの腰を持ち、尻を叩《たた》く体勢をとらせる。

カムイはドラゴンのため、そのままの体勢だが、ドールマクスウェルは着物を着ている

ので、それをペロンとめくり、無垢《むく》のお尻を露出《ろしゅつ》させる。元が人形であるから、邪《よこしま》な思いを抱く者は誰一人としていない。

また、デッドスクリームも尻を見せているのだが、元が骸骨《がいこつ》だから、見えるのは尻の骨格である。

これらが空高く上がり、全住民が見られるよう、帝都周辺を三百六十度回転しながら悲鳴と謝罪の声をあげている。地上にいる人々はその光景を見て無言で立ち尽くすしかなく、怒っている者は誰一人としていなかった。

一方で、帝城の庭園に無造作《むぞうさ》に放り込まれた犯罪者たちの方は大変なことになっている。放り込まれたのは今から一時間前。今の城内は地獄絵図《じごくえず》とも言えるくらいの忙しさだった。八百人近くもいるため、事情聴取《ちょうしゅ》は現在も続いており、指名手配されている者は問答無用で強制的に奴隷印を押され、反抗できないようにされている。

空中で盛大なお仕置きが敢行されているのだが、帝城で見る余裕があるのは、皇帝と一部の高位貴族だけである。このとき、みんなはバラバラの位置でお仕置きを見ていたのだが、全員が心の中で『ある思い』に至る。

――これが原因で、シャーロットは究極の選択を迫られることとなる。

その頃トキワたちも、従魔たちの様子を地上から見ていた。ただ、シャーロットたちがあまりにも巨大すぎて、立ち入る隙《すき》すら与えてくれないこともあり、呆然《ぼうぜん》と立ち尽くすしかなかった。

「ドレイク、よかったな。お前が従魔たちと協力して捜索していたら、今頃ドラゴンとしての全てのものが壊されていたぞ」

「トキワよ、それを言ってくれるな。あの豪快《ごうかい》なお仕置きを見ることで、私の夢は完全に断《た》たれたよ」

ドレイクの鱗は、ほとんどがカムイによって剥《は》がされており、人間形態でも、全身の毛がないに等しいので、現在でも目立たないよう頭にターバンを被っている。そんな姿でお仕置きを受ければ、彼も犯罪者たちと同じく、心が折れていただろう。

「夢？　それって『竜王』の称号を得ることだろ？」

「それは通過点にすぎん。『世界最強の存在に上りつめること』。それこそがドラゴンとして生まれた私の夢だ」

それを聞いたことで、トキワははっきりと今感じた思いを告げる。

「その夢は……絶対に叶《かな》わないな。全てが終わった後、どうするつもりなんだ？」

「願わくは、シャーロット……様の従魔になりたい。あの者たちと一緒に行動すれば、面白い生活を送れそうだ……可能だろうか？」

トキワは、複雑な面持ちとなる。

「まあ……面白い生活を送れると思うが、それはそれで大変だと思うぞ」

「ふ……それがいいんじゃないか」

二人はそんなゆるい話で和《なご》んでいるが、その横にいるユアラだけは、『まさか、私も巨大化させられて、この歳で八歳の子供にお尻ぺんぺんされるのだろうか？』と思い、気が気でなかった。

21話　『不運なアッシュ』と『慌《あわ》てふためく厄浄禍津金剛』

私――シャーロットは、『お尻ぺんぺんの刑』を一体十発で終わらせておいた。あれだけ巨大化して帝都全域に見せつけたのだから、人々も許してくれたと思う。

お仕置き完遂《かんすい》後、私自身が謝罪の言葉を口にし、『ダーククレイドル』をすぐに解除しておいたから、みんな今日中に元通りの生活へ戻れるだろう。

庭園に放り込まれた犯罪者たちの処分に関しては、帝城の方を向いて『頑張《がんば》ってくださ〜〜い』とだけ言っておいた。後は、役人たちに任せるのみ‼

元の大きさへと戻り、現在私たちは黒幕との決着をつけるため、人通りの少ない公園へ向かっている。やはりユアラは顔色が悪く、歩みも遅い。自分のしでかしたことを自覚し、罪の意識に苛《さいな》まれている証拠だ。ここは人生の先輩として、持水薫として話そうかな。

「シャーロット、そんな狭い道に入ってどうしたの？」

リリヤさんが、道から逸《そ》れた私を心配してくれている。

仲間以外誰もいないことを確認してから、私は持水薫へとトランスフォームする。

そして、私は申し訳ない気持ちでトキワさんを見る。

「トキワさん、もう前世の姿にならないという約束を破ってすみません。私はユアラの身体のまま、地球へ転移させられました。昔の故郷に戻り、彼女の母の椿さんと従姉妹の静さんと会い、短い時間でしたけど話もできました。その際、ユアラの祖父母が私の知り合いであることが判明したんです」

「ああ、その件なら、少しだけユアラから聞いたよ。前世で繋がった縁がここで絡み合うとはな。運命というかなんというか。君なりに決着をつけるといい」

なるほど。それで、約束を破った私を見ても咎《とが》めないのね。今のユアラに、公園に向かいながら、私の口からしっかりと自分と地球側の状況を教えてあげましょう。

「ユアラ、今の状況を理解しているわね？」

彼女は私を見ても、なんら表情を変えないものの、静かに頷《うなず》く。

『私があなたに助け舟をよこす』という考えはないようね。

「そう、なら私一人が手助けしても、状況が変わらないことを理解しているわね。……日本のあなたの家で、静さんに『ユアラを助けてあげてください』って懇願されたわ」

従姉妹の名を出した途端、彼女はばっと顔を上げて私を見る。

「薫さんと私の事情を話したの!?」

「ええ、話したわ。祖父の重蔵さんと祖母の加穂さんには会えなかったけど、手紙を書いておいたから、すぐに事情を理解してくれると思う。嘘はつけないから、『善処《ぜんしょ》します』とだけ言ってあるわ」

「もう地球には戻れないわ。私は多くの国々で罪を犯しすぎたし、人々を弄《もてあそ》んだのよ。多分、死んで魂になったとしても、永遠に苦しめられる。死ぬ前に罪を償いたいとは思うけど、ほとんどの人が死んでいるし、何より償い方がわからないわ」

死んだ後に関してはユアラの言った通りになりそうだから、私としても何とも言えないわね。ただ、ユアラは日本人である以上、ミスラテル様や天尊輝星様が天罰を下《くだ》すかもしれない。そうなる前に、ユアラ自身をジストニス王国やサーベント王国といった、迷惑をかけた国に連れていき謝罪させたい。でも、私と接点のある二国に関しては事情を知っているものの、それ以外の国々のことに関しては、まだ彼女自身から何も聞いていないのよね。

最悪、長距離転移魔法を入手して帰還した後、ユアラと一緒に謝罪行脚《あんぎゃ》の旅に出ないといけない。というか、私はなんでユアラのことで、ここまで気を遣《つか》わないといけないのよ!!　重蔵さんと加穂さんのお孫さんとはいえ、もう高校生なのだから、償いの仕方に関してては自分で考えさせないといけないわ!!

「ユアラ、罪の償い方に関しては、自分で答えを見つけ出しなさい。人に言われたから謝罪するっていう行為は、愚《ぐ》の骨頂《こっちょう》よ。今の時点で謝罪されても、全く私たちの心に響かないわ。あなた自身で答えを導きなさい」

「薫さん……厳しいのね」

「友人のお孫さんといえ子供じゃないんだから、甘えるな!!」

ガーランド様も神の世界から見ているはず。どんな判断を下《くだ》すのかはユアラ次第ね。ここで甘やかしてアドバイスしても、それはユアラのためにならないし、トキワさんたちも納得しないだろう。

「そろそろ公園だし、人目のつかないところに行って元の姿に戻るわ」

私は誰もいないところへ行き、元の姿に戻ったところで、とある人物に対してテレパスを発信する。これから行うことを説明して、『きりのいいところで出てきてください』と言うと、その人は怒りながらも承諾してくれた。

さあ、これから黒幕には、盛大に焦《あせ》ってもらいましょうか!!

○○○

私と従魔のお仕置きの影響か、公園の広場に出ているはずの露店《ろてん》が皆無《かいむ》で、そのせいで人通りも非常に少なくなっている。私にとっては好都合だし、切り札を発動させる準備も全て整った。さあ、ショーの開幕だ‼

「みなさん、お気づきの方もいるかもしれませんが、黒幕は仲間の誰かに変異しています。私の従魔たちが夜間に調《しら》べ上げてくれました。その人物こそが黒幕で間違いないでしょう」

ここには、ユアラ、アッシュさん、リリヤさん、トキワさんの四人と、カムイ、ドレイク、デッドスクリーム、ドールマクスウェルの四体がいる。カムイ以外の従魔に関しては、そのまま元の場所へ帰還させてもよかったのだけど、二体がどうしても黒幕のお仕置きを見たいと切に願ってきたので許可した。

「シャーロット、このメンバーの中だと、候補者は僕、リリヤ、トキワさん、ドレイク、カムイになるよね？」

「その通りです」

私の言葉に、驚いている者は誰もいない。やはり、薄々勘《かん》づいていたのだろう。

「従魔たちの調査結果は、そこまで信用できるものなの？　ここで名を告げたとしても、惚《とぼ》けるだけで終わってしまうよ？　追い詰めるには、何らかの証拠が必要だ」

アッシュさん、鋭いね。従魔たちの導き出した答えは、カムイのユニークスキル『感情把握《はあく》』によるもの。それだけでは証拠も乏《とぼ》しく、黒幕も焦《あせ》らないだろう。

「心配いりません。今ここで、私の指示した内容を実行すれば、黒幕自らが正体を現すでしょう」

「ええ、そんな馬鹿な⁉」

ククク、あの男がなぜあの人に変異したのかは謎だけど、私としては実に助かるよ。どう足掻《あが》くのか拝見させてもらうわ。

「シャーロット、君の指示する内容とは何だ？」

トキワさんも内容が気になるのか、私にせっついてきた。このことは、誰にも言ってないから、従魔たちも何が始まるのか目を輝かせている。

「簡単ですよ。アッシュさん、この場でリリヤさんとキスしてください。もちろん、互いの口でお願いします」

「はあ⁉　何を言っているんだ、シャーロット‼　いきなりやれと言われても、人前でできるわけないだろう⁉」

驚いたのはアッシュさんだけでない。他のみんなも、私の言葉を聞いて呆気《あっけ》に取られている。リリヤさんもアッシュさんの隣に来て、私に抗議《こうぎ》を入れる。

「そうだよ‼　私たちは恋人同士になったけど、人前でキスだなんて嫌よ‼」

「互いがキスをすれば、黒幕は自分から正体を明かしてくれますとだけ断言しておきましょう」

「え⁉」

私の絶対的な自信に、リリヤさんは絶句《ぜっく》する。私が断言することは滅多《めった》にないため、他の仲間たちも二人を見つめる。

「わかった。シャーロットがそこまで言うのなら、何か理由があるんだね。リリヤ、ここでキスしよう」

アッシュさんの言葉に驚き、慌《あわ》てて彼を見るリリヤさん。

「私は……いや‼　こんな人前で……みんなの見ている前で、キスなんてしたくない‼絶対に嫌‼」

リリヤさんは、露骨《ろこつ》にキスすることを嫌がっている。アッシュさんが、ある行為を実行すれば、二つ目の証拠を得られるのだけど、私はあえてそれを指摘しない。

なぜならば、やつの慌《あわ》てふためくところをもっと見たいから‼

「リリヤのいくじなし〜〜〜キスくらいやってあげなよ〜〜〜。互いの口と口をくっつけるだけの行為じゃないか〜〜〜」

「アッシュよ、その程度の行為など抵抗なくできるだろう？」

「お前たちは恋人同士、いずれ大人になれば、人前で簡単にいちゃつくだろうし、今のうちに経験しておけばいい。我らドール族、しっかりと観察させてもらおう」

カムイ、デッドスクリーム、ドールマクスウェルがアッシュさんとリリヤさんを煽《あお》りまくる。この様子を見たトキワさんとドレイクも、黒幕が誰に変異しているのか勘《かん》づいたようだ。

「なるほど……そういうことか。この中で気づいていないのは、アッシュだけか。修《しゅ》業《ぎょう》……いや経験不足だな」

「トキワよ、アッシュの年齢を考えれば、そんな余裕など持てないだろう。彼は十三歳、まだまだ子供なのだから、キスだけで手一杯になることは仕方ないぞ」

二人は大人だね～～～。冷静に話し合っているよ。

「リリヤ‼　キスすれば、偽物《にせもの》の正体がわかるんだよ！　やろう‼」

うわ、アッシュさんがリリヤさんに強引に迫ったよ‼

「ひ‼　ちか……アッシュ、そんな無理矢理なキスは嫌‼」

アッシュさんは本当に気づいておらず、自分からリリヤさんにキスを迫っていく。くく、抵抗できないよう、彼女に軽い束縛《そくばく》をかけよう。闇魔法『影縛り』‼　焦《あせ》っている、すぐには抜け出せないだろう。

「あ……れ？　身体が動かせない？」

「リリヤ、君の気持ちもわかるけど、キスすればやつが誰かわかるんだ。さあ……」

おお、互いの口がどんどん近づいていく。

あ、我慢できなくなったのか、あの人が猛烈《もうれつ》な勢いでこっちに近づいてくる‼

そして、リリヤさんに化けていた黒幕が、右手で綺麗《きれい》なビンタを炸裂《さくれつ》させた。

「くな……人間……我に近づくな、下等な人間めが～～～」

「ぶほ～～～なんで～～～」

ついにボロを出したようだね、黒幕さん。

そしてごめんね、アッシュさん。

彼は、神の強力なビンタのせいで、こちらに走ってくる本物のリリヤさんの方へ飛んでいく。

「アッシュの馬鹿～～～奴隷専用の通信機能を使いなさいよ～～～男と人前でキスしようとするなんて最低～～～」

「ごほ～～～なんで、こっちにもリリヤが～～～～」

うわあ～～～悲惨《ひさん》。飛んでくるアッシュさんに合わせて、リリヤさんが左手でカウンターパンチを放ち……彼は空中へ舞い上がり、こちらへ戻ってきた。

彼の顔面はボロボロで、完全にダウンしており、時折ピクピクと身体をびくつかせている。

本物のリリヤさんの言う通り、彼女はアッシュさんの奴隷なんだから、魂同士が繋がっている。その通信機能を利用すれば一発でわかったのに、本当に最後まで使わなかったんだ。

それだけ黒幕の変異が上手いということなんだけど、リリヤさんからすれば悔しいだろうね。

「リリヤがこのタイミングで駆けつけてくるとは……アッシュ、悲惨だな。シャーロット、さっき一人で離れたときに連絡を入れたんだろ?」

「その通りです、トキワさん。ですが、アッシュさんも悪いんですよ。たった一度でいいから、奴隷の通信機能を使えばこうならなかったんです。リリヤさんが怒って当然ですよ」

どこで入れ替わったのかは不明だけど、私を捜索しているときに使っておけば、すぐにでも黒幕と本物のリリヤさんの位置を掴めたんだよね。

「まあ……そうだな。これればかりは、俺もフォローできない」

「一番不幸なのは、アッシュだろう。仲間の中で英雄になるチャンスを見逃したのだからな」

ドレイクも、上手いことまとめるね。彼の言う通り、いち早くリリヤさんの違和感に勘《かん》づいていれば、みんなから称賛《しょうさん》されただろう。それを見落としたため、こうなってしまったんだ。

現在、気絶しているアッシュさんを挟んだ状態で、二人のリリヤさんがいるのだけど、どちらも息切れしており、髪も大きく乱れている。そのため、パッと見た感じでは、どちらが黒幕なのか本当にわからない。

さあ、ここからが本番だ‼

黒幕を捕縛《ほばく》して、お仕置きタイムといきましょう‼

22話　シャーロットVS厄浄禍津金剛

現在、気絶しているアッシュさんを挟んで、二人のリリヤさんが睨《にら》み合っている。

一人は、『アッシュさんがいつまで経っても、そばにいる女が自分の偽物だと気づかない』ことに腹を立てている本物のリリヤさん。

もう一人は男とキスをする羽目になり、軽いショックを受けている黒幕さん。

どちらも同じくらい怒り心頭《しんとう》のため、ぱっと見た感じではどちらが本物なのかわからない。

「あなた、絶対に許さないわ‼　アッシュは、私の大切な恋人よ‼　女子トイレに忍《しの》び込み、私を気絶させ、変異してまで彼とキスしたかったの⁉」

リリヤさん、わかっていて相手の感情を逆撫《さかな》でしようとしている。

「そんなわけがあるか‼　まさか、こんな手でこの私を翻弄《ほんろう》してくるとは……下等な人類にキスを迫られ動揺するとは……これほどの屈辱《くつじょく》を神以外から受けるとは……」

この男の上から目線に、心底腹が立つ。どこまで私たちを下に見ているのよ。黒幕は軽い舌打ちをして、元の姿へと変化する。サーベント王国で出会ったときと同じ服装だけど、以前と違うのは顔つきだね。あのときは余裕を感じ取れたのに、今は私の術中に嵌《はま》ったことで、悔しげな顔だった。

「ゲーム自体は終わり。今からあなたを捕縛《ほばく》し、ガーランド様に引き渡します」

私は真剣に言ったのに、黒幕は私を睨《にら》みつけ、小馬鹿にしたかのように言葉を語り出す。

「たかだか人間風情《ふぜい》が、神であるこの私を捕まえる？　私を動揺させた先程の件に関しては見事だったが、あまり調子に乗らない方がいい。人間では神に勝てない。これは、世界の理《ことわり》だ」

さすが神、あれだけ動揺していたのに、もう冷静さを取り戻している。

「そうだね。あなたに勝つには、最低でも自分自身が神にならない限り不可能だね」

黒幕は、どうやら気づいていないようだ。

自分が……既に神の糸に搦《から》めとられているということを。

私の余裕を感じ取ったのか、黒幕は顔を少し顰《しか》める。

「シャーロット、先程あなたは私を捕縛《ほばく》すると言い切ったにもかかわらず、そぶりすら見せようともしない。そして、その余裕はどこから来ている？」

あなたは神という地位に自惚《うぬぼ》れ、人間を侮《あなど》った。

だから……負けることになるんだよ。

そろそろ、茶番は終わりにしようか。

「厄浄禍津金剛、あなたの敗北はもう確定しているからこそ、私はゆとりを持てているの。この意味、もうわかるよね？」

私はここへ戻ってから、黒幕の名前を心の奥底に封じ込めておいた。そして、たった今その名を口にする。今から思えば、サーベント王国の王都フィレントで初めて出会ったとき、黒幕は自分の名を知られることに恐れを抱いていた。

それはなぜか？

答えは簡単、彼の神格がガーランド様よりも低いからだ。

あの切り札のスキルを貰《もら》い、使いこなせるよう、睡眠《すいみん》中にガーランド様と特訓していたときに、『神格』というものを学んだ。

神格は神の位《くらい》を示すもので、第一位から第八位まで存在している。それによると、ガーランド様の神格は惑星管理を任される第三位。特訓当時は黒幕の名を知らなかったので不明だったけど、日本で調査した限り、厄浄禍津金剛は地球の日本の厄を管理する地方神のため、第五位か六位だと思う。

仮に、神同士が争《あらそ》った場合、第三位のガーランド様が必ず勝利するだろうし、たとえ戦闘にならなくとも、全てにおいて勝《まさ》っているのだから、待っているのは『敗北』の二文字だけだ。

この男はどういうわけかそんな危険を冒《おか》してまで、格上の神が支配する惑星へ無断で乗り込み、様々な悪事を働いた。

これまでやつは、この世界システムの一部をハッキングすることで、自分の存在をぼかし、ガーランド様に気づかせなかった。

私が関わったことで存在が公《おおやけ》になっても、名前は不明で、システムがハッキングされている以上、位置を掴めない。

また、仮にこの状態で天尊輝星様が来られたとしても、システム経由で地上を観察するしかないから、厄浄禍津金剛を感知できないと思う。

神は地上に直接干渉《かんしょう》できない以上、私の切り札を使わない限り、捕縛《ほばく》することは不可能だろう。

しかし、神の真名を知られてしまえば、地球側にも通達され、どこに潜伏しようが必ず連れ戻されてしまい、何らかの処分が下《くだ》される。だから、名を知られたくなかった。

地球側ではここ以上に、地上への干渉《かんしょう》を禁じられているので、これまで誰にも気づかれなかった。彼はどんな目的で、そんな危険行為を繰《く》り返すのだろう？

「なぜ……私の名前を……知っている？」

へえ、初めて驚愕《きょうがく》する顔を見せたね。

「魂を交換して、私を地球へ転移させたことが裏目に出たね。ユアラの記憶は、脳の海馬に保管されているから、それが私の魂にちょいちょい流れ込んできたの」

信じられないという目で、私と後方にいるユアラを見つめる厄浄禍津金剛。どうやら彼にとって『記憶の流入』は想定外の事故だったんだね。

「ありえん。器となる身体と魂が違うのだぞ？　本来ならば、数日もすれば一体化して二度とここへ戻ってこられないはずなのに……これもガーランドの力なのか……やつは『未来視』に頼ってばかりいたはず。先の展開など読めるはずがない」

七色のミサンガが大きく貢献《こうけん》したことは事実だけど、まだ機能していない段階で、流入は起きていた。実際のところ、何が原因で記憶の流入が起きたのかは私にもわからない。

とにかく、彼はこういった想定外の事態に弱いようだ。もっと不可解《ふかかい》にさせてやろう。

「そのおかげで、あなたとユアラの雇用契約書を発見できた。あなたのその反応を見て、さらに確信を深めたわ。もう観念して、大人《おとな》しく捕縛《ほばく》されなさい」

名を知られた時点で、厄浄禍津金剛の敗北は決定している。

それを理解させるためにも、彼《か》の方の名を使わせてもらおう。

「ふふ、『天尊輝星』様もご存知だから、絶対に逃げられないわよ。本来なら、私も死を覚悟して切り札を使い、入念な策を練って死に物狂いとなってあなたを捕縛《ほばく》するつもりだった。でも、名を知ることができたおかげで、かなり楽に捕縛《ほばく》できそうだよ」

彼の方の名を口に出したことで、やつは明らかに狼狽《ろうばい》する。

「やつの知り合いは、ミステルだけじゃなかったのか？　まさか、天尊輝星様と接点があったとは……」

私の話を聞いているのか不明だけど、やつの顔が真っ青になり、ぶつぶつと呟《つぶや》いている。彼の方の神格は第二位、ガーランド様曰《いわ》く、二位と三位の力の差は歴然《れきぜん》で、絶望を抱くほどだという。厄浄禍津金剛では、絶対に勝ち目はない。

「それと、もう一ついいことを教えてあげる。これ、な～～～んだ」

私が秘めておいた切り札を発動させると、身体の内から青白いオーラが出現する。やつがそれを視認した瞬間、顔を大きく歪《ゆが》ませ、驚愕《きょうがく》に満ちた表情となり、私から一歩また一歩と遠ざかっていく。

「馬鹿な⁉　それは神力‼　しかも、ガーランドと同じ波動《はどう》を放っているだと‼　なぜ、下界の人間が神の力を有している⁉」

ガーランド様が私に与えてくれた切り札の一つ。それがユニークスキル『簡易神人化』だ。

私がこれを使えるよう、新たな加護も貰《もら》ったんだよね。まあ、そのおかげで『環境適応』スキルが働いてしまい、今の私の強さはステータス999の限界を突破《とっぱ》しちゃったよ。夢の中で、ガーランド様が私に平謝《ひらあやま》りしてたのが記憶に新しい。

スキル『身体制御』のおかげもあって、力の暴走が起こらないから、もうどれだけ強くなろうが関係ない。自分のペースで、しっかり制御できるように心がけるだけだ。

称号『神の御使』
神ガーランドの寵愛《ちょうあい》を受け、その加護を与えられし者。
起きている状態であっても、神ガーランドとの話し合いが可能となる。
下界の緊急時、この称号を持つ者は神の代行者となり、ユニークスキル『簡易神人化』と『簡易神具製作』を使用して、討伐対象を滅さなければならない。重要な任務が課せられているため、この称号を持つ者に悪意を持って接してくる者には、それ相応の罰が下《くだ》されるであろう。

ユニークスキル『簡易神人化』
神ガーランドと話し合い、スキルの使用が許可されれば、神の力がスキル所持者に注がれ神人となり、一定時間、神ガーランドと同等の力を有し、敵を葬《ほうむ》ることが可能となる。

ただし、その対象者は『悪神』だけに限定されており、それ以外の者に使うと、神からの信用が損《そこ》なわれ、このスキルは自動的に消滅《しょうめつ》する。

制限時間：一日三十分

副作用：制限時間を超えた場合、身体と魂が神力に耐えきれず崩壊する。

ユニークスキル『簡易神具製作』

ユニークスキル『簡易神人化』とスキル『魔力具現化』を併用《へいよう》することで、この『簡易神具製作』が使用可能となる。製作する神具の性能と耐久性は、厳しい誓約《せいやく》を課せば課すほど、劇的に向上する。また、効果と誓約次第で『悪神』にも通用するが、使用の際は細心の注意が必要となる。製作者の許可が下りれば、誰でも簡易神具の操作が可能となる。

私はこの二つのスキルを使いこなすため、夢の中でずっとガーランド様に付き合ってもらい、修練を積んできた。

私が神力を使用すると、全身から薄く青い炎のような力が顕現するらしい。これは、私自身が神力を扱いきれていないため起きる現象らしく、修練を積めば積むほど、制御能力も向上し、身体から溢《あふ》れる炎の出現を抑え込むことができる。

ある程度抑え込めるようにはなってきたけど、まだまだ百パーセントにはほど遠いレベルだ。

この状態で、なんとか厄浄禍津金剛を捕縛《ほばく》しお仕置きするための簡易神具を二つ製作したけど、そのうちの一つ『神縛の指輪』に関しては使わないかもしれない。

「答えろシャーロット‼　『下界の人間が神の力を行使する』。これは許されない行為なのだぞ‼」

怒りの形相《ぎょうそう》のまま、なりふり構わず私に尋《たず》ねてくる。

「全てあなたが悪いんだよ」

「何⁉」

「こうなる前に、『逃亡』という選択肢を採《と》るべきだったね。ガーランド様は神様だから、地上への干渉《かんしょう》は禁止されている。でも、神様本人が地上へ降りられなくとも、神の御使とされる『使徒《しと》』ならば、許容《きょよう》範囲内であれば介入してもいいんだよね。ぶっちゃけ私の存在って、もうその使徒レベルなの。だから、一時的にガーランド様から神力を借りて使用することも可能なんだよ」

ある一定のレベルを超えないと、下界の者は神力そのものを感知できない。この中で感じ取れているのは、トキワさんと従魔たち、そして厄浄禍津金剛だ。

「ガーランド……下界の者を自分の使徒にしたのか……下界の連中は欲に塗《まみ》れている。それは、地球でもここでも同じこと。結局、やつらは自分の欲求を満たすためだけに生きている。そんな愚《おろ》かな者たちの一人を使徒にするだと……馬鹿な……なぜ……」

ガーランド様の脅威《きょうい》を理解しているからこそ、この男は全身を震わせ、次の一手を必死に考えている。相手が私だからこそ、戦うか逃げるか、迷《まよ》っているのだろう。あなたの見せるその隙《すき》が、私にとって最大のチャンスとなる。

「あなたが、そこまであの方を追い詰めたんだよ。あの方なりにどうやって対処するのか、悩みに悩んだ結果が、私を神の使徒にすることだった」

というか、ハーモニック大陸に転移させられて以降、神の御使としてずっと働いてきたような気もする。一応、加護も貰《もら》っているから、形式上は前から『使徒』になるのかな。

「どんな事情であれ、下界の者を使徒にするのは、倫理に反している。私が……そこまでやつを追い詰めていた？」

いいね、いいね!!

ガーランド様のことばかり考えているから、次の私の行動を読めないようだ。

今攻撃したら、ちゃんと命中する気がする。

ただ八歳の身長だから、攻撃可能な箇所が限定される。

確実に当てられそうなところと言えば、腹から下だ。

どうせならダメもとで、男の急所とも言える場所を攻撃してみよう。

「隙《すき》あり!!　男を一発でノックアウトするのなら、やっぱりコレでしょう!!」

私は全身全霊の力を込めて……右手でやつの股間にアッパーカットを放つ‼

普通蹴《け》りだけど、身長差で時間差が生じてしまうので、回避される可能性が高い。

こいつは神なんだから、どうせこれも回避されるでしょう。

あれ……嘘でしょ？　こいつ、気づいていないよ‼　あ……私の右拳がやつの……

「ごふう……神に……なんて……罰当たりな……行為を……」

半分冗談《じょうだん》で放った攻撃が直撃してしまった。

しかも、二つの何かが潰《つぶ》れるような感触がしたんですけど⁉

厄浄禍津金剛は、口から泡《あわ》を吹き、そのまま地面へと崩れ落ちて気絶する。

通常の私の攻撃力はゼロ。でも簡易神人となっている場合に限り、ガーランド様の力を借りていることもあって、直接攻撃も相手に通る。でも、まさか直撃するなんて思いもしなかった。

仲間たち全員が何か言いたそうに、私をジト目で見てくるよ。

「あ……あははは……私たちの大勝～利‼　これで心置きなく、次のステップに進めます‼」

「シャーロット、相手は神なんだから、もう少し別の形で勝利してもよかったんじゃあ……」

リリヤさんが勇気を出して、私にツッコミを入れてくる。

「俺もそう思う。この男は神として最低だが、あまりにも気の毒な敗北なんで……少し同情したよ」

う、トキワさんまでもが私を責めてくる。

仕方ないじゃん‼

まさか、ダメもとで放った攻撃が直撃するなんて、想像もしていなかったんだよ‼

ゲームのラスボスを股間への攻撃一発で撃沈《げきちん》させ、そのままエンディングに進むような展開にしてしまったよ‼

23話　ユアラへの罰

厄浄禍津金剛との勝負は、呆気《あっけ》ない幕切れに終わった。

さて、気絶中の不憫《ふびん》なアッシュさんはこのまま放置して、この男にお仕置きするための準備に取りかかろう。

「みなさん、とりあえずユアラの裏に潜む黒幕の男を倒したのですから、喜びを分かち合いましょう。そして、ここにいる全員が、厄浄禍津金剛に対して相当なストレスを蓄積させているはずです。ガーランド様からの許可を得ていますので、今からお仕置きを実施しましょう。まずは、その準備にとりかかります。ユアラ、リリヤさん、私と一緒になって、こいつの服を剥《は》ぎ取りましょう」

「ええ‼」

「服を剥《は》ぐの⁉」

二人して叫《さけ》んだけど、あのお仕置きを執行するには、服を脱がせるしかない。

「はい。さすがに全裸はまずいので下着一枚にして、私とガーランド様の製作した簡易神具『封神台ランダムルーレット』に固定します」

その名前を口にしたことで、みんなが驚いたけど、今はこのもう一つの切り札について説明している時間がない。

「この男がいつ目を覚ますのかわからない以上、今は私の言うことに従ってください。仮に目を覚ましても、私がやつに『目潰《めつぶ》し』や『急所攻撃』を実行しますので、安心して服を剥《は》ぎましょう」

「シャーロット、それはもう『人』として最低の行為よ」

ユアラが私を非難する。でも、そんなこと知ったことではないね。相手が神なんだから、私は勝つために、どんな恥辱《ちじょく》めいた行為でも実行するよ‼　勝てば官軍、負ければ賊軍《ぞくぐん》なのさ‼

「ユアラ、やろう‼　あなただって、こいつに利用されたんだよ‼　あなたにも、この最低男をお仕置きする権利があるわ‼　私もその内容は聞かされていないけど、あの子供とは思えない残虐《ざんぎゃく》じみた笑顔を見たら、絶対私たちの心をスッキリさせてくれるわ‼」

　リリヤさん、それ褒めてないよね⁉

「……わかったわよ‼　こうなったら思う存分、そのお仕置きとやらで私のストレスを発散させてやるわ‼」

　こうして私たち女三人は、厄浄禍津金剛の着ているスーツ一式を剥《は》ぐ……剥《は》ぐ……剥《は》ぐ‼　それも丁寧《ていねい》にではなく、ナイフで斬り裂きながら剥《は》いでいく。

　その結果、公衆の面前で下着だけの神が誕生《たんじょう》した。

　ちなみに、アッシュさん以外の男どもは私たちの鬼気迫《ききせま》る表情を見て怖くなったのか、ただじっと見つめているだけだった。

「さあ、これで変態神の完成です‼　簡易神人化の時間が限られているので、まずは、簡易神具『封神台ランダムルーレット』を出現させます」

　私はマジックバッグから、巨大な簡易神具を取り出す。これは通常のギャンブルなどで使われるルーレットとは異なり、テレビのバラエティー番組のプレゼントコーナーや罰ゲームなどで出てくる、人間を搭載したものをさらに強化させたタイプだ。

　まず、直径四メートルの円形の巨大神具の中心に下着姿の厄浄禍津金剛を固定する。形としては、両手足を大きく開いていると言っていいかな。そして逃げられないよう、両手足、首、腰を完全固定して、ついでに神の力を完全に封じる簡易神具『神縛の指輪』を左手中指にセットする。

巨大な簡易神具自体にも、同じ効果があるので、これで絶対に抜け出すことはできないだろう。

完全に固定した後、彼の頭に（↑）この形のついたヘルメットを装着する。

「よし、これで厄浄禍津金剛は絶対に逃げられない‼」

「これって……昔のバラエティー番組で見たことがあるわ。芸人の一人が似たような大型器具に固定され、そのまま振り回されるやつね。確か……一九九〇年代に放送された番組だと、大型器具の円周部にはプレゼントされる内容が描かれていて、別の番組では地面に熱湯の入った風呂などが用意されていたはず」

今の時代、私の知る番組自体はかなり古いはず。それでもユアラは知っているのね。

「ふっふっふ、その通り‼　そのネタをそっくりそのまま使い、改良させてもらったよ‼　それじゃあ、今から私の切り札について、みんなに説明します」

『封神台ランダムルーレット』自体はまだ未完成だけど、やつの力の源《みなもと》となる神力を封印《ふういん》し、身動きできない状態にしたことで、かなりの安心感が生まれた。だから、簡易神人化をやめて、全てを話してもいいでしょう。

○○○

アッシュさんを魔法で回復させてから、私は、新たに得た称号『神の御使』と、二つの切り札『簡易神人化』と『簡易神具製作』の効果をみんなに話す。

強大な効果を持つスキルだけど、何よりも神の許可が下りない限り使用不可だし、その対象者は『悪神』のみと限定されているため、みんなは驚くこともなく素直に納得してくれた。

『私に悪意を持つ者にはそれ相応の罰が下《くだ》される』という一文も、元々ゼガルディーのような輩《やから》に対しては私が率先《そっせん》して罰を与えているので、みんなの心にあまり響かなかったというのもあるかな。

「僕が気絶している間に、事が終わっていただなんて……いつの間にか黒幕も悲惨な状態で固定されているし……とにかくリリヤ、ごめん。君に化けていただなんて、全く気づかなかったよ」

「もう、本当に呆《あき》れたわ‼　私はあなたの奴隷なんだから、専用の通信を一度でも実行していれば、もっと早くに終われたんだから‼」

形式上奴隷なんだけど、傍《はた》から見れば、ただの痴話喧嘩《ちわげんか》をしているカップルにしか見えない。アッシュさんも、不甲斐《ふがい》ない自分に反省している。

「返す言葉もございません。それにしてもこの男、女子トイレの中でリリヤを襲《おそ》ったんだろう？　その時点で変態野郎としか思えないんだけど？　僕はこんなやつをリリヤだと思っていたのか。そんな自分に、猛烈な怒りを感じるよ。シャーロット、今からその怒りをこいつにぶつける儀式《ぎしき》が始まるんだね？」

まだ、簡易神具『封神台ランダムルーレット』の説明をしていないけど、アッシュさんだけでなく全員が理解しているようだね。この神具の円周部には、やつに与えるお仕置き内容が刻まれている。また、神具の土台となる床部分には、横三メートル、奥行一メートル、深さ五十センチほどの容器がセットされている。この容器が何に使われるのか、それは円周部に描かれているお仕置き内容を見ればわかるので、みんな何も質問してこない。

お仕置き内容の書かれている円周部と、厄浄禍津金剛が固定されている中心部は少しだけ離れ、中心部がややぐらついているため、その理由も察しているようだ。

簡易神具の使い方

・お仕置きが書かれている円周部を怒りを込めて回す。

・円周部が止まったとき、彼のヘルメットの↑が指し示す箇所が、お仕置き内容となり、それが土台の容器に現れる。

・お仕置き内容の道具が容器に現れたら、厄浄禍津金剛が固定された中心部の円板を渾《こん》

身《しん》の力を込めて回す。回転が止むまで、延々と罰が続く。

・ここにいる全員が彼を回せるが、お仕置き時間とメンバーに関してはどうするか要相談。

全ての内容を説明し終えたところで、アッシュさんが何かに気づいたのか声をあげる。

「あ!! シャーロット、簡易神人化すれば、他の人をここへ転移させることも可能なのかな?」

なるほど、何が言いたいのかわかったよ。

「ちょっと待ってください、ガーランド様と話し合ってみます」

それって人の域を完全に超えているし、悪神と直接関係していないから少し不安だ。

『シャーロット、問題ない。ただ、厄浄禍津金剛とユアラがこれまで何をしてきたのか調べたが、三つの大陸全てで悪さを働いていたようだ。その中でも、ハーモニック大陸の被害が大きい。スキルを与えた者の約九十九パーセントが既に死んでいる。間接的なものを含めると、かなりの人数になるけれど、今回は君と関わりのあるクロイス、アトカ、ベアトリス、シンシアの四名の転移を許可しよう』

確かにその四名なら、ここでの出来事を話しても問題ないし、私のユニークスキルのことも隠し通してくれるだろう。

『了解しました。準備が整い次第、厄浄禍津金剛のお仕置きを始めます』

『神の立場で言うのなら、下界の者に敗《やぶ》れ、そのような姿を晒《さら》している時点で十分なお仕置きなんだがね。この光景は地球側にいるミスラテルと天尊輝星様だけでなく、日本の八百万《やおよろず》の神々も見ておられるが、君たちは気にせず、これまでの鬱憤《うっぷん》を晴らすといい』

見学者が多すぎるよ‼　それに関しては、みんなに言わない方がいいね。かえって萎縮《いしゅく》してしまい、お仕置きを加減してしまうだろう。

くくく、クロイス様たちを呼んで、お仕置きタイムといきましょう。

〇〇〇

私は再度、スキル『簡易神人化』を使い四名に事情を話した後、ここへ転移させた。下着一枚の厄浄禍津金剛の前に転移させたので、女性三名は軽い悲鳴をあげ、やつから目を逸《そ》らした。

アトカさんは、この惨状《さんじょう》を目《ま》の当たりにして、高笑いをあげる。その状況を見ただけで、私たちから軽いお仕置きを受けたことを認識したらしく、即座にユアラの方へ視線を向ける。

これにより、クロイス女王、アトカさん、ベアトリスさん、シンシアさんが、ユアラを取り囲む構図ができた。アトカさんとベアトリスさんは、元々目つきが悪いこともあり、諸悪の根源を目の前にして、凄《すご》い険悪《けんあく》な形相となっている。

ちなみに、アッシュさんたちは気を使い、後方へ引き下がっている。

「ユアラ、シャーロットから事情を聞いたわよ。あなたも、厄浄禍津金剛に利用されたようね。でも、だからといって許されないことは理解しているわよね？」

ベアトリスさんは、ドスの利いた声でユアラを脅《おど》す。

「いくら利用されたとはいえ、エルギスにスキル『洗脳』を与えたら、どんな結果をもたらすのかわかるはずだ。お前は、間接的に一万人以上の人々を死に追いやった。簡単には、死なせねえぞ。どうやって、この罪を償うつもりだ？　ああ‼」

アトカさんもベアトリスさんと同じく彼女を脅《おど》す。クロイス女王とシンシアさんは、自分の言いたいことを言われたからか、黙ってユアラの返事を待っているようだ。

「それは……わかっています。ただ、スキルや魔法を与えた人々の多くが既に亡くなっていますし、今更あの事件は私が裏で手を引いていたと言っても、信じてくれない人だっている。だから、どうやって償えばいいのかがわからない」

そこの対処をどうするかだよね。なんせ、被害者の数が多すぎる。謝罪行脚の旅に行かせたところで、絶対途中で殺される結末が待っている。無期懲役《むきちょうえき》となって、一生牢屋の中に収監されたとしても、事情を後で知った被害者たちが納得しないだろう。

「ちっ、面倒だな。このまま一刀両断《いっとうりょうだん》したい気分なんだが、ガーランド様や地球の神々が絡んでいる以上、そんな勝手は許されん。クロイス、お前はどうしたい？」

　このメンバーの中で、一番被害をこうむっているのは、クロイス女王だ。両親はネーベリックに食べられてしまい、エルギス様自身も改心したとはいえ、心の傷は今でも深い。しばらくの間、彼女は目を閉じ、ゆっくり深く熟考《じゅっこう》し、数分後何かを悟ったのか目を開ける。その瞳からは、悔恨《かいこん》や憎悪《ぞうお》といった悪感情は読み取れない。

「そうですね……ユアラの犯した罪が大きすぎますし、何よりも殺してしまった人数が、あまりにも膨大《ぼうだい》です。そこで、こういうのはどうでしょう？　彼女からスキルや魔法を貰《もら》った後に非業《ひごう》の死を遂げた者や、その人たちによって殺された者の人生を、地球へ帰還させたユアラ自身の夢の中で、一日につき一人ずつ追体験させるのです。神様が絡んでいるのなら、そういったことも可能なはずです」

　なるほど、それは名案かもしれない。

「いいですね‼　私はクロイス様の意見を支持します。この地で彼女を死なせてしまえば、地球側にいるユアラの関係者が惑星ガーランドにいる人々を恨《うら》み、禍根《かこん》を残すことになります。今後、あのような悪神が現れたとき、それを利用される場合もありますから、彼女を地球へ帰還させて、毎日懺悔《ざんげ》させればいい」

　シンシアさんは賛成か、ベアトリスさんはどうだろう？

「それは名案ね。ユアラをこの惑星に残して牢屋へ入れたとしても、私のように脱獄して、また悪さを働くかもという不安に絶対駆られるわ。その点、地球へ帰還させ、そういった夢を見させるのなら、地球の神様自身がユアラを監視する形になる。これほど、安心感のある方法は他にいないわ」

シンシアさんとベアトリスさんだけでなく、アトカさんや他のみんなも、その意見に賛成している。ガーランド様や日本の神々はどう思っているのだろうか？

『ガーランド様、クロイス様の意見はどうでしょう？』

『いい、実にいい‼　ユアラは私のシステムから外れた人間だ。そのため、厄浄禍津金剛のお仕置きを終えたら、地球へ帰還させるつもりだった。だが、私の勝手な判断で事を進めれば、被害者でもあるクロイスたちは当然納得しないだろう。どうしたものかと思っていたんだが、まさかクロイス自身がその答えに辿《たど》り着くとは思わなかった。日本の八百万《やおよろず》の神々も、彼女を絶賛《ぜっさん》しているよ』

そうか、システム外の人間をいつまでも放置していたら、システム自体に不具合《ふぐあい》が出るかもしれない。ガーランド様もユアラの処遇について困っていたんだ。

『クロイスには、後で褒美《ほうび》を与えよう』

クロイス様、ガーランド様だけでなく、地球の神々からも絶賛されているから、彼女だけの特別な何かを貰《もら》えるかもしれないね。今は、そのことを伏《ふ》せておこう。

「みなさん、ガーランド様の許可が下りました」

ユアラの件に関しては、これで一段落だ。

でも、当の本人は実感できていないのか、呆然《ぼうぜん》と佇《たたず》んでいる。

「私は……地球に帰還できるの？　大勢の人々を殺したのに？」

「ユアラ、クロイス様に感謝してね。でも、あなたにとっては、地球に帰還してからが地獄の始まりだよ。死者の数は、ジストニス王国の中だけでも一万人を超える。これから少なくとも二十七年以上夢を見続けることになる」

ユアラが勘違《かんちが》いしないよう、私は彼女に警告する。地球に帰還した当初は、私たちの思い出も覚えているだろうけど、時が経てば経つほど、記憶だって薄れてくる。まあ、『人の死』を夢という形で見続けていけば大丈夫だと思うけど。

「それでも……嬉しい。もう、母や静姉、祖父や祖母、友達に会えないと思っていたもの。みなさん、本当に申し訳ございませんでした。そして、このような罰を提案してくださりありがとうございます……ありがとうございます。私は地球へ帰還しても、ここで過ごした体験を絶対に忘れません。少しでも罪滅《つみほろ》ぼしできるよう、善行を重ねて生きていきます」

ユアラは大粒《おおつぶ》の涙を流し、謝罪と御礼の言葉を重ね重ね繰り返す。彼女に与えられた罰は、決して軽いものではない。夢の中で一人の人物の生を知り、起床時はその犯した罪に苛《さいな》まれる。精神的負荷は、想像を絶《ぜっ》するものになるだろう。たった一人では感情を制御できず、そのまま精神が崩壊するかもしれない。家族の協力が、必要不可欠となるだろう。今後、彼女がどう成長していくのか、それは私にもわからない。

24話　簡易神具『封神台ランダムルーレット』の脅威《きょうい》

「これは……なんだ？　身体が……動かん……な、なんだ、この姿は⁉　この私が下着一枚だけで磔《はりつけ》にされているだと⁉」

ユアラへの罰も決まり落ち着いたところで、厄浄禍津金剛が目を覚ました。二つの簡易神具の影響で、彼の神力は封印されている。とはいえ身体的な強さだけで言えば、それでもなおトキワさんより強い。でも、これから執行される罰は、彼の身体ではなく、精神を痛めつけるものだから、強かろうが弱かろうが関係ない。

少ししか話していないけど、こいつの性格はおおよそわかった。プライドが非常に高く、下界の人々を蔑視《べっし》している最低最悪な神だ。

「厄浄禍津金剛、やっと目覚めたんだ」

屈辱《くつじょく》に塗《まみ》れた顔で、私を睨《にら》みつけてくる。でも、下着一枚だけで磔《はりつけ》にされている男に、そんな憎悪《ぞうお》を込めた視線で見つめられても、全く怖くないね。

「この私がこのような醜態《しゅうたい》を晒《さら》すことになるとは……許さん……断じて許さんぞ‼」

この男は、自分の状況が理解できないのかな？　よくもまあ、そんな言葉を私に浴びせてくるよね。

「あっそ、許してもらえなくて結構です。ガーランド様からの伝言を通達するね。『自分より格下の忌《い》み嫌っている者たちからの蔑《さげす》んだ視線を浴びて、どんな気分だい？　私の管《かん》轄《かつ》で好き勝手に暴れてくれたね。貴様だけは絶対に許さん‼　滅することは簡単だが、その前に君にはお仕置きを受けてもらう。下界の人々から罰を執行してもらい、君の神としてのプライドをズタズタに引き裂かせてもらおう』――以上です」

ガーランド様からの伝言を伝えると、顔色が少しずつ青くなっていった。というか、多分この神は他の神の管轄でも似たようなことをしているはず。今の今までなぜ発見されなかったのかが不思議だ。

「下界の者どもが、神であるこの私に罰を与えるだと？」

「そうだよ。もう理解していると思うけど、あなたを縛《しば》りつけている魔導具は簡易神具と呼ばれているもので、私とガーランド様の共同合作。封印されているあなたの力が原動力となって稼働《かどう》しているから、逃亡は不可能だよ」

簡易神具『封神台ランダムルーレット』
製作者：シャーロット
効果
お仕置き対象者を台に固定し、お仕置き内容の書かれている外周部を回し、それが止まったとき、対象者のヘルメットの矢印が示す箇所がそのまま罰として決定される。お仕置きの執行時間は、内周部の対象者の台が回転している間のみとなる。回転が止まると、自動的にお仕置きも消える。
対象者の神力を使い切るまで、お仕置きは半永久的に続く。
制約
・簡易神具を発動させる際、必ずシャーロットがはじめに行うこと。
・罪を犯していない者が台に固定された瞬間、この神具は崩壊する。
・お仕置き対象者の関係者以外の者が触れると、この神具は崩壊する。

「手枷《てかせ》も足枷《あしかせ》も外れん‼　神力自体も神具に乗っ取られている。これがガーランドとシャーロットの力だというのか⁉」

固定されている状態でも、手足を動かそうともがくもがく。どれだけ暴れようが、その簡易神具は絶対に壊れないけどね。

「私は崇高《すうこう》なる神‼　こんなことが、許されると思っているのか‼」

さっきから磔《はりつけ》にされた厄浄禍津金剛の罵詈雑言《ばりぞうごん》がうるさいよ。

「あのさ、暴れるのもいいけど、そんな『ボクサーパンツ一丁の姿』と『磔状態《はりつけ》』のまで言っても、神としての威厳ゼロだよ」

仲間たちも、さっきから必死に大笑いしたいのを我慢している。

「ねえ、そんな怒らないでよ。禿《は》げるよ？　あ、お仕置きで禿《は》げさせるのもアリかもね。あなたは長髪だから、イメージチェンジしてもらおうかな」

「な‼　貴様〜〜〜」

この男が騒ぐせいで、無関係の人たちがゾロゾロと集まってくる。厄浄禍津金剛にとっては、それがかえって屈辱《くつじょく》なようだ。

「貴様ら〜許さん、許さん‼　この私に、これだけの醜態《しゅうたい》を晒《さら》させたことを後悔させてやるぞ‼」

「厄ちゃん、それはもういいから。今から、お仕置きを開始するからね」

「や、厄ちゃんだと⁉　貴様は神に向かって、何たる呼び方をしている‼」

この神、さっきから怒鳴《どな》ってばかりだね。いい加減、声が嗄《か》れるよ？　ベアトリスさんやシンシアさんたちも、『こいつは本当に神なの？』という顔をしている。私だって、同じ気持ちだよ。

サーベント王国では品位と威厳を感じさせ、神としての風格を漂わせていたのに、化けの皮を少し剥《は》がされただけで、こんな人格が現れるんだね。

「厄ちゃん、私たち下界の人々を馬鹿にするのもいいけど、今のあなたは忌《い》み嫌う下界の人間と同じか、それ以下ってこと理解してる？」

「な⁉」

うわあ～憎悪《ぞうお》を込めて、私を睨《にら》んでくる。

「シャーロット、貴様はガーランドを恨《うら》んでいないのか？　元はと言えば、あいつのミスがキッカケでこの大陸へ転移させられたのだろう？」

あ、趣向《しゅこう》を変えて私を懐柔《かいじゅう》する気なのかな？

私は、ガーランド様を恨《うら》んでいない。だって、既に土下座《どげざ》謝罪されているしね。

上位存在が下位存在に土下座する。本来、それはありえない行為だ。

その誠意は本物だった。でもさ、その質問……

「ふふ、あははは」

「っ、何がおかしい⁉」

「だってさ、あなた自身が、散々下界の人々に恨《うら》まれる行為をしてきたよね。ユアラに関わった人物たちは力を与えられたことで、その国もしくは世界を大きく乱してしまった。もし、被害に遭《あ》った人たちがあなたの存在に気づき、私のように対抗できる手段を持っていたら、全員があなたを殺そうとするだろうね」

今回、私たちはこの神に対してお仕置きをするだけであって、その後どうなるのかは聞いていない。地球の日本の神々が罰を与えると思うけど、神の与える罰ってどんなものになるのだろう？

「ぐ‼」

あはは、当たっているだけに何も言い返せないか。

「さて、もういいかな。そろそろ、お仕置きを始めさせてもらうね。下位存在である私たちが、どれだけあなたに苦しめられてきたのか、その罪の重さを思い知れ‼　あなたはその簡易神具を、絶対に破壊できない。それが何を意味するのか……わかるよね？」

あ、いいね、その表情‼　私たちに対して、明らかに恐怖を感じたよね⁉　下界の人々を怒らせたらどうなるのか、その身をもって思い知るがいいよ‼

「やめろ……私は神だ……やめろ……」

厄浄禍津金剛の顔が蒼褪《あおざ》め、心が次第に恐怖と絶望に支配されていく。自分の神力が封印され身体自体も固定されているため、肝心の簡易神具の全貌《ぜんぼう》を把握《はあく》できない。その見えない恐怖が彼の心を蝕《むしば》んでいく。

「もう、遅い‼　神としてのプライドをズタズタに引き裂いてやる‼　今のお前は、普通の人間と大差ない。これから何が起こるのか、その恐怖をその身で味わうがいい‼　まずは、私からやるよ‼　そりゃあ〜〜〜何が出るかな、何が出るかな〜〜〜あはははは」

まるで、私が悪役のボスであるかのような雄叫《おたけ》びをあげているけど、そんなことは気にしない。

「や……めろ……やめろ……やめろーーーーーーー」

おお、凄《すさ》まじい絶叫《ぜっきょう》が周囲に響く。見学客もどんどん集まってきた。仲間たちが状況を説明しており、そっちも段々と盛り上がっているようだ。

ふふふ、厄浄禍津金剛専用のお仕置きは、合計八種ある。

・熱湯攻め地獄（お湯五十度）（液体系）
・灼熱蝋《しゃくねつろう》吹き矢地獄（液体系）
・鳥啄《ついば》み地獄（鳥系）
・ピットリビー（蚊）吸血地獄（虫系）
・精霊様金的フクロ叩《だた》き地獄（精霊系）　＊私の攻撃による傷は回復済。
・ガーランド様愚痴《ぐち》地獄（精神系）
・綺麗《きれい》サッパリ冷水地獄（回復系）
・臭〜いクリームパイ十一連発地獄（お菓子系）

記念すべき一回目のお仕置きは――

「初めは、灼熱蝋吹き矢地獄《しゃくねつろう》だ～～～」

厄ちゃんの真下の容器には、吹き矢用の長い棒が十一本出てきた。ちょうど、仲間全員分ある。

「さあ、お仲間のみなさん‼　先程お話ししたように、こいつに熱々の蝋《ろう》を浴びせてやりましょう‼　全員分ありますから、必ず一人一回は実行してください‼」

急に話を振られたからか、全員が明らかに動揺している。ユアラへの罰が決まった後、お仕置き内容に関しては全て説明しているのに、どうしたのかな？

「シャーロット、本当にやるの？」

ベアトリスさんも、どこか躊躇《ためら》っている。私には、仲間の中でも一番にやりたそうな感じに見えたんだけど、どうしたのかな？

「当然です。何か問題が？」

「あるに決まってるわ。実際にやるとなると、ちょっとね。相手は下着一枚で磔《はりつけ》状態、そんな状態のやつをよってたかって虐《いじ》めているような感じがしてやりづらいし、絵面《えづら》がひどいのよね」

ああ、わかる。でもね……

「大丈夫‼　相手は神なんですから、絶対に死にません。なによりも神ガーランド様がお許しになっているんですから、これまでの恨《うら》みを晴らすためにも、見学者なんか無視して羽目を外してやっちゃいましょう‼」

私の心が伝わったのか、ベアトリスさんの顔から躊躇《ためら》いが急に消えた。

「ああ、もうやってやるわよ‼　この男がどんな状態であろうとも、悪神なのは変わらないもの‼　ほら、みんなやるわよ‼　吹き矢をさっさと取りなさい‼」

違った、単にやけくそになっているだけだ。他の人たちもベアトリスさんの声に勇気づけられ、急いで吹き矢を持つ。私の従魔たちだけは嬉々《きき》として吹き矢を持ち、早く回転させてという顔で私を見つめてくる。

「みなさん、もう一度説明しますが、この筒《つつ》は魔力を通して吹くことで、真っ赤な蝋《ろう》が飛び出しますからね」

おっと、厄ちゃんの顔に当たるとまずいので、ウィンドシールドで顔だけは防護しておこう。

「厄ちゃん、いくよ～～～。お仕置きスターート‼」

一回目だし、比較的軽めに回転させておこう。

十一人全員が覚悟を決めて、一斉に吹き矢を吹き始めた。

「「「「「「「「「「「プププププププププププ」」」」」」」」」」」

あっ～い真っ赤な蝋《ろう》が、厄ちゃんの身体にまとわりついていく。

「アツっ‼　熱い熱い熱い熱い、貴様らーーー熱い熱い熱い熱い」

うんうん、いい眺めだね。そうそう、こんな声を聞きたかったんだよ。

「手が〜足が〜〜〜貴様ら〜〜〜〜神にこんな恥辱《ちじょく》を〜〜〜」

一回目だからうるさいね。ルーレットは十回転したらピタッと止まったのだけど、固定された厄ちゃんの身体がさっきよりも九十度傾いているし、あちこちに赤い蝋《ろう》がへばりついている。

「終了〜、まっはじめはこんなものでしょ」

あら？　男性陣女性陣全員が厄ちゃんの惨状《さんじょう》を見て絶句している。それとは対照的に、従魔たちはこんな方法で人を痛めつけることもできるのかといった意味合いで、顔を輝かせている。この世界にも蝋《ろう》はあるけど、こういった使い方はしないようだ。まあ、普通はしないよね。

「シャーロット、やってみてわかったけど、これ……完全に拷問《ごうもん》よ？　思った以上に、ひどいわ」

さすがはベアトリスさん、精神の制御能力が高いせいか、逸早《いちはや》く私に質問してきたよ。

「女性に対しては、こんな拷問《ごうもん》を絶対にできません。まあ、男性に対しても普通やりませんけど、『悪神』だからいいんです。さあ、次のお仕置きはベアトリスさんに決めてもらいましょう」

「私が⁉　……わかったわ、こいつは私の心を狂わせたんだから、徹底的に虐《いじ》め抜く‼」

ベアトリスさんがお仕置きルーレットを回した結果、止まったのは……なんとピットリビー吸血地獄だ‼

「ピットリビーって、あの小さな空飛ぶ虫でしょ？　血を吸われたら少し痒《かゆ》くなるけど、これがお仕置きになるの？」

ふふふ、ピットリビーというのは、日本でいう蚊《か》だ。蚊《か》一匹程度ならば、痒《かゆ》みを我慢できるだろうけど、千匹だとどうかな？　あ、これも顔だけは、守っておこう。やつの苦悶《くもん》の表情を見たいからね。土台の容器から、『ぶううううううううーーーーーん』という音が響く。厄ちゃんも、音の正体に気づいたようだ。

「何よ……あの尋常《じんじょう》じゃない数は……シャーロット、あれ何匹いるの？」

「千匹です……ちなみに、このアイデアの元ネタはクロイス女王です」

全員の視線が、彼女の方へ向く。

突然自分に振られたせいか、彼女は私に抗議を入れてきた。

「シャーロット、私はこんなひどいことを提案した覚えはありませんよ‼」

「なに言っているんですか？　まだ貧民街に滞在していたとき、『エルギス様にお仕置きするのなら、手始めにピットリビーを千匹召喚し一斉に吸血させて、痒《かゆ》み地獄を味わわせてやりたい』と言っていたじゃないですか」

「あ、クーデター前の食事会⁉　あれはお酒で盛り上がっていましたから、冗談《じょうだん》で言っただけですよ‼」

　思い出したのか、彼女はひどく驚く。

　自分の言った言葉は、責任を持って覚えておきましょう。

「ちなみに、アトカさんは笑いながら、『いいな、それ‼　俺なら、大量の熱湯や氷水を交互にぶっかけてやりたいよ‼　ああいった手合いにはこっちの方が効くからな‼』と大笑いしてましたね」

「あんなの冗談《じょうだん》に決まってるだろ‼」

　アトカさんが、即座に抗議を入れてくる。

「もちろんわかっていますが、今回採用しました」

　クーデター時に、そんなふざけた行為をできるわけがない。ベアトリスさんはピットリビーの殺気を感じ取ったのか、内側のルーレットに手をかける。

「ああ、もうどうなっても知らないわよ‼　厄浄禍津金剛、私の恨《うら》みを受け取りなさい‼　おりゃあああ〜〜〜〜」

　彼女は全力で内側のルーレットを回す。召喚されたピットリビーは、私の力も少しプラスされているので、回転などに関係なく、やつの全身にへばりつく。はっきり言って気持ち悪い。

「「「「チクチクチクチクチクチクチク」」」」

「あああぁぁぁぁぁぁあーーーーーーー」

お仕置き中の厄ちゃんの悲鳴だけが、周囲に響き渡る。

——五分後。

「助けてくれーーー痒《かゆ》い痒《かゆ》い痒《かゆ》い痒《かゆ》い痒《かゆ》い〜〜〜身体がーーーー誰か〜〜〜身体中を引っ掻《か》いてくれーーーーーあ……ああ……あああああ」

厄ちゃんが身体を動かそうと、必死にもがいている。そして、鬼気迫る表情でみんなに懇願しているので、全員がその不気味さで後ろへ引いている。

厄ちゃん、お仕置きはまだまだ続くよ。あなたは、大勢の人たちを苦しめてきた。全員が納得するまで、お仕置きという名の拷問《ごうもん》をやり続けるよ。

25話　厄浄禍津金剛の末路とユアラの帰還

私から始まった厄浄禍津金剛へのお仕置きは、ベアトリスさんのあと、アトカさんが『綺麗《きれい》サッパリ冷水地獄』、トキワさんが再び『灼熱蝋《しゃくねつろう》吹き矢地獄』、従魔三体が『臭〜いクリームパイ十一連発地獄三連発（カムイが無理矢理ルーレットを止めた）』と続き、次はアッシュさんの番となる。
この時点で、厄ちゃんはかなりの体力を消耗《しょうもう》している。

――アッシュさんの場合。

「おい、この変態野郎‼　普通変異するなら、男の『トキワさん』か『僕』だろうが‼　なんで、リリヤに変異するんだよ‼　しかも、女子トイレに入って彼女を気絶させて入れ替わって‼　その後、変なことしてないだろうな‼　僕のリリヤになんてことをしてくれたんだよ‼　この腐れ悪神が〜〜〜僕の怒りを思い知れ〜〜〜」

お仕置き内容：臭〜いクリームパイ十一連発地獄（クリームパイ発射砲を使って、アッシュさんが六発、カムイが五発の激臭《げきしゅう》クリームパイを放つ）

回転数：二十七

＊厄ちゃんから猛烈な激臭を感じるようになったため、私以外の全員がその場から逃げる。このままだとお仕置きが進まないので、綺麗《きれい》サッパリ冷水地獄で冷水を真上から滝《たき》のように落として、臭いを落とした。

リリヤさんの場合。

「あわわわわ、アッシュが私のために怒ってくれた〜〜〜。『僕のリリヤ』って言ってくれた〜〜〜また一歩縮まった〜〜〜。ある意味、私を選んでくれてありがとう〜〜〜」

お仕置き内容：熱湯攻め地獄

回転数：四十六

＊冷水から一転、熱湯をかけられた厄ちゃんは『あつ〜い……ガボ……回すな〜ガボ〜あつ〜い』と叫《さけ》びまくる。長〜い髪の毛が顔に絡まった方がより面白いと思い、ヘルメットを外すと、厄ちゃんの無様《ぶざま》な顔がよりはっきり見えるようになった。おかげで、私たちだけでなく、周囲の見学者たちの笑いの声が一気に増大した。

クロイス女王の場合。

「厄浄禍津金剛、私はあなたを許しません‼　ユアラを操り、ジストニス王国を崩壊の危機へと追いやったのですから。お父様とお母様、お兄様の仇《かたき》を……今ここで討ちます‼　身も心も反省しなさ〜〜〜〜い」

お仕置き内容：鳥啄《ついば》み地獄

リリヤ信者の小さな鳥たち：五百二十六羽。身体への啄《ついば》み回数：四千五百七十三。

回転数：五十六

＊鳥たちが厄ちゃんを覆い尽くし、突《つつ》く音と何かを毟《むし》る音と『私の髪〜〜〜』という叫《さけ》

び声だけが周囲に轟く。
＊一番ひどい有様《ありさま》となったため、お仕置きを決行した本人も驚く。

シンシアさんの場合。
「ユアラからスキルを貰《もら》ったとき、『力に溺《おぼ》れないようにね』と注意されました。私はその忠告を忘れ、力に溺《おぼ》れてしまい、ベアトリス様やミリンシュ一家に多大な迷惑をかけてしまいました。これは、私自身の罪なのです。でも、あなた自身は動くことなく、こんな私たちを見て面白がっていたのですね。それだけは許しません‼」
お仕置き内容：精霊様金的フクロ叩《だた》き地獄
回転数：六十五（精霊様による改竄《かいざん》あり）

全ての属性の精霊様たちが一斉に姿を現した。数は……多すぎてわからない。

「「「「やったーーーー。ついに、僕たちの出番がきたーーー」」」」

全ての精霊様が身長三十センチほどの子供の姿で、みんなハリセンを持っている。それをどうするのかは、お仕置き名により全員が理解している。

「おい厄浄禍津金剛‼　お前のせいで、一部のシステムが無茶苦茶なことになったんだぞ‼　僕たちが、どれだけフォローに回って大変な目に遭《あ》ったのかわかるか？　全部全部……お前のせいだ～～～～みんな、やっちまえ～～～～」

うわあ～～、精霊様全員が厄ちゃんを囲み、全身をフクロ叩《だた》きにしている。というか、叩《たた》くだけでなく、殴《なぐ》ったり蹴《け》ったりしている精霊様もいる。それだけ恨《うら》まれているという証拠だ。

「にゃああああーーーーにゃめろーーーーーーーーもう、もうにゃめてくれ～～」

うーん、凄《すご》く変な絶叫《ぜっきょう》だ。あと出ていないのは、ガーランド様の愚痴地獄だけか。と、ここで、どうしてこれまであんなふざけた行為をしていたのかを問い質《ただ》したい。

「はい、精霊様終了～～」

「「「「ええええぇぇーーーーまだ叩《たた》き足りないけど……仕方ない。でも、神様相手に遠慮《えんりょ》せず叩《たた》けたし、かなりスッキリした!!」」」」

精霊様たちはストレスを解消したのか、みんなが笑顔となり、姿を消してしまった。多分、今もどこかで見学しているはずだ。

「あれ～、そんなに回転させたつもりはなかったんだけど？　私とクロイス女王様のお仕置きだけ必要以上にひどくないですか？」

「シンシア様も、そう思います？」

そりゃあ、その二つはお仕置きの中でもかなり過激《かげき》な部類に入るからね。二つ続けてやられたせいもあって、厄ちゃんはひどい有様だ。髪の一部を毟《むし》り取られ、全身の肌が叩《たた》かれすぎて真っ赤になっている。

　さあ、次はユアラの番だ。

「よくも七年もの間、私を騙《だま》してくれたわね。そりゃあ気づけなかった私も悪いけど、人間を護《まも》る神様がなんでそんなひどいことをするのよ‼　滅せられる前に、せめて動機くらい教えなさいよ‼」

　お仕置きを何度も繰り返すうちに、厄ちゃんの目から少しずつ生気が減衰《げんすい》していく。今のトロンとした状態の彼なら、動機を話してくれるかもしれない。私たちが納得できる理由だといいのだけど。厄ちゃんは澱《よど》んだ目で、ユアラと私を見る。

「神が人間を護《まも》るだと？　その傲慢《ごうまん》な思いこそが、私の動機なのだよ」

　澱《よど》んだ目をしたまま、厄ちゃんは語る。

「そもそも、地球の神々は地上に棲《す》む生物への直接的干渉《かんしょう》を創造神様から許されていない。惑星が滅ばないよう、我々はある程度の秩序《ちつじょ》を上位世界から与えているだけだ」

　やっぱり、そうなんだ。誰も神を見たことがないけど、間接的に干渉《かんしょう》されることで、その存在を書物などで記させたんだね。

「私の任務は日本に災厄を与え、その周囲一体に安寧をもたらすこと。その範囲は人から大陸レベルまでと幅広い。そのせいか、人によって私の存在を『善神』と呼び敬《うやま》う者もいれば、『悪神』と呼び嫌う者もいる」

災厄と安寧か、真逆《まぎゃく》の言葉だ。詳細な内容を知らないものの、私もそれを聞いて少し複雑な気分になる。

「この任に就《つ》いた当初は、私も神として誇りを持っていた。生きとし生ける者たちのために、誠心誠意、地上の者たちに尽くしてきた。だが、西暦千八百年代あたりで、人間どもは次第に傲慢《ごうまん》になっていった」

千八百年代？　それって、産業革命の頃だよね？

「『産業の技術革新』。これによりさまざまな兵器が生まれ、戦争が起こり、森林破壊もより激しくなり、生物が一種また一種と絶滅していく。人間どもはニュースで地球規模の危機を感じているにもかかわらず、実際に動く者はごくわずか。発展途上国へ支援《しえん》を送っても、上層部がその大部分を横取りすることもあり、真に必要とされる者たちに行き届いていない。貧しい国でも、上層部が支援をよこせと言わんばかりに弾道ミサイルを発射し、先進国を脅《おど》す」

私もユアラも、何も言い返せない。だって、全て本当のことだから‼

「このままでは、地球の資源が枯渇《こかつ》し、人間も絶滅する。今の技術力を存分に発揮すれば、資源をより効率的にリサイクルさせることも可能だが、それも各国の利権などが絡み合って、全く活《い》かされていない。『物を作る技術』は高いくせに、『物を分解する技術』が拙《つたな》すぎるせいで、産業廃棄物《はいきぶつ》が溜《た》まっていき、地球がどんどん汚染《おせん》されていく」

私とユアラの心に、グサグサと槍が突き刺さってくるんですけど!?

「今の上層部が当てにならないのなら、この危機を乗り越えてほしいと、神罰覚悟で下の連中に才を与えてきたが……成功者になっても、結局下の人間も自分や家族のことしか考えず、行き着く先は今の上層部と同じだ。私は、人間に嫌気《いやけ》が差してきた」

反論できないんですけど!? ユアラを見ると、私と同じ気持ちのようで、厄ちゃんから目を逸《そ》らしている。

「そんな憂鬱《ゆううつ》なときに、私は友から惑星ガーランドの存在を聞いた。そこは地球と違い、スキルと魔法で構成された世界と聞き、興味を持った。その惑星にいる『人間』や他の種族たちも、地球の人間と同じなのだろうかと思い、私はユアラに『不遇《ふぐう》な連中にレアスキルや魔法を与えて、周囲を引っ掻《か》き回せ』と言った」

地球での出来事がきっかけとなって、ここへ来たのか。

「ユアラはこれまで数多くの人にスキルを与えてきたが、ここも地球と同じで、才を与えたほとんどの者が傲慢《ごうまん》になり、自分の身を滅ぼした。ただ、地球でもそうだったが、少数ではあるものの期待できる者もいた……があまりにも少なすぎる。そういった中で、シャーロットはチートスキルを持ちながら傲慢《ごうまん》にならず、自分や仲間だけでなく、国々を救っているから、私は興味を持ったんだ」

ここまで黙って話を聞いていたけれど、余計なお節介《せっかい》だよ。私のいた時代の地球でも、そういう問題も確かに存在していた。ユアラの様子から見て、今も全く解決されていないのだろう。だからと言って、神がしゃしゃり出てくるな‼　しかも、無断でここに来て、地上にいる人々を使い、自分の持つ疑問と向き合おうとするな‼　いい迷惑なんだよ‼

そのせいで、どれだけの人々が死んだと思っているの‼

『全く持ってその通りだね、シャーロット。この神には、説教が必要だね』

あ、ガーランド様の声だ‼

彼も我慢できなくなったのか、厄ちゃんに説教するようだ。

〇〇〇

『シャーロット、私の声を厄浄禍津金剛と君の仲間たちにのみ聞こえるようにしておいた』

そうしてくれると助かります。みんなを仲間外れにしたくない。

『さて……はじめまして、厄浄禍津金剛』

「その声……貴様がガーランドか」

『そうだ。君は私のシステムに無断侵入し、好き放題やってくれたね』

「侵入に気づかない無能な貴様が悪いのだ」

この点に関しては、ガーランド様も一部悪い。システムのセキュリティーが、あまりにも甘すぎたのだから。

『そうだね。だが、シャーロットやミスラテルの指摘でそれも修正済だし、システムを強化することもできた。もう二度とハッキングという愚かな真似《まね》はされない。話は変わるけど、君は「第二級神罰」を知っているかい？』

第二級神罰？

初めて聞く言葉だけど、神罰というのだから、罰のランクを指しているのかな？

「貴様、私を愚弄《ぐろう》するか‼『神の力を封じられ、記憶を保持したまま、人間に転生させられる。真の反省がなければ、半永久的に転生させられ続ける』。それが第二級神罰だ」

まさか、その罰が彼に与えられるの？

『先程、地球の統括神様から連絡があった。君の罰は、その第二級神罰だよ』

厄ちゃんを地球の人間に転生させるの⁉　それって、かえって危険なのでは？

「この私が……人間に転生だと？」

『君は、前任者から「人間に深く関わるな」と警告されなかったか？』

「いきなり何の話を……ああ、そういった警告に関しては、三度されたことがある」

なんとなくだけど、ガーランド様が何を言いたいのかわかる気がする。神様は惑星全体を管理するのであって、人間を管理しているわけではない。前任者も、必要以上に関わると情が移ってしまうから、そう言ったんだ。彼の内心を少しだけ聞いたけど、人間の今後について心配している節があった。

『私は、君のように人間を愛した神を何度か見てきたよ。その神たちの末路はみんな同じで、「滅せられる」か「人として転生させられる」かだ』

「私が人間を愛している……だと？」

『ここで犯してきた行為は許されないものだ。だが、君はまだ更生《こうせい》の余地がある。何度か人間として転生を繰り返し、人の生き様を知ってみるといい』

　更生の余地？　この神が？　それが地球の神々の答えなの？

「ここまで迷惑をかけた私を生かそうというのか？」

『ふっ……無論滅したい気持ちもあるが、それではダメだ。「人間を知れ」。それが、統括神様の答えだ』

　自分自身が人間となって、どうして地球を救おうと動かないのか、その理由をもっと深く探れと言いたいのだろうか？　厄ちゃんを見ると、目の澱《よど》みが消えており、どこか吹っ切れたように見える。

「統括神様の指示に……従おう」

『よく言った。シャーロットたちよ、礼を言う。彼へのお仕置きはここまでだ。君たちのおかげで、彼は神の心を少し取り戻したようだ。あとは、地球の神々に任せよう。それと、ユアラ』

「は……はい‼」

今になってユアラに声をかけるということは、厄ちゃんと一緒に地球へ帰還させるのかな？

『君に関しての罰は、クロイスの言ったものを採用させてもらおう。君と直接的・間接的に関わって非業の死を遂げた者は、合計一万九千三百十一人。約五十三年間、毎日人の無残な死を夢で見ることになる』

約二万人‼　それだけの人々が、ユアラの与えたスキルや魔法に振り回されて死んでいったの‼　数が尋常《じんじょう》じゃないよ‼　ジストニス王国の死者は一万人を少し超える程度とクロイス女王から聞いているから、残りはランダルキア大陸とアストレカ大陸か‼　ユアラはあまりの数の多さに耐えきれなくなったのか、身体が激しく震えている。

「私は……それだけ多くの人々の未来を壊したのね……あはは……最低だ。ガーランド様、夢を見続けるだけでは足りません。他に何か、罪滅ぼしできる方法はありませんか？　何でもやりますから‼」

彼女の目は本気だ。でも、地球に帰還したら、こっちに手出しできない。ガーランド様は、なんて答えるのだろう？

『本気のようだね。それに関しては、既に手を打たせてもらっている。日本へ帰還したら、君はミステルと出会うことになる。彼女が君の監視者だ。詳細は彼女に聞きたまえ。私の与えた「チャンス」を活かすも殺すも君次第だ。さあ、みんなにお別れの挨拶《あいさつ》を言いたまえ』

今のガーランド様の『チャンス』という言葉が、妙に気にかかる。もしかしたら、厄ちゃんと同じく、ユアラも更生の余地ありと判断し、何らかの方法で減刑するのかもしれない。

これから約五十三年間、彼女が六十八歳になるまで、他人の死の夢を毎日見続けることになる。その多くが、恐竜ネーベリックに食べられて絶命する夢のはずだ。今日以降、彼女にとっては地獄の始まりとなる。

さすがに、人生のほぼ全てを費やしてまで罪を償わせるのは、厳しすぎると判断したのかもしれない。

「ガーランド様、ありがとうございます」

ユアラが私、クロイス女王、ベアトリスさん、シンシアさんを見ていく。

「みなさん、謝って済む問題でないのは重々承知していますが、それでも言わせてください。申し訳ございませんでした‼」

ユアラは、深々と頭を下げる。ふざけた様子は、微塵《みじん》もない。元々の性格が、優しい女の子なんだろう。

「クロイス、あなたが代表して言ってあげなさい。私とシンシアも色々な目に遭《あ》ったけど、親類に関しては誰も死んでいない。この中で一番被害をこうむったのは、あなたよ」

ベアトリスさんの言葉に、クロイス女王は多少狼狽《うろた》えているものの、何とか頷《うなず》いてユアラの前に行く。そして覚悟を決めて、彼女を強く睨《にら》む。

「ユアラ、私はあなたのしでかしたことを生涯《しょうがい》許すつもりはありません‼」

クロイス女王が、そこまで敵意を見せるのは珍しい。エルギス以外の家族がネーベリックに食べられたのだから無理もないか。

「……ですが、あなたもあの神に騙《だま》された被害者です。その謝罪が本物であるのか、それは私にもわかりません。真に反省しているのなら、神に与えられたチャンスを活かしなさい。地球の抱える問題を自分なりに考え、足掻《あが》きもがき、生涯を賭《と》して惑星ガーランドで犯した罪を償いなさい‼」

クロイス女王、厳しいことを言っているように聞こえるけど、これは彼女なりの助言だね。ユアラも何を言われたのかはっきりと自覚しているみたいで、何かを見つけたようだ。

「クロイス女王、ありがとうございます‼　私はこの罰を真に受け止め、ここでの経験を生涯忘れないことを誓います‼」

『どうやら、お別れは済んだようだね。ユアラ、厄浄禍津金剛、心の準備はできているか？』

「ガーランド、シャーロットたち……すまなかった」

厄ちゃん、最後の最後で謝罪したよ。

「シャーロット、ありがとね」

「静さん、重蔵さん、加穂さんによろしくね。『長生きしてね』と言っておいて」

持水薫は三十歳の若さで死んでしまったけど、友人でもある三人には幸せな人生を歩んでほしい。

「うん」

ユアラは笑顔で頷《うなず》くと、二人の身体は透《す》けていき、完全に見えなくなってしまった。気配や魔力を全く感じ取れないから、本当に地球へ帰ったようだ。

彼女にとっての試練は、ここから始まる。

彼女が惑星ガーランドでの経験をどう活かすのか、全ては彼女次第だ。

幕間《まくあい》　紡木柚阿羅の贖罪《しょくざい》

私――紡木柚阿羅はシャーロットたちと別れると、どこか知らない空間へ飛ばされた。そこには厄浄禍津金剛と似た雰囲気《ふんいき》を持った女性が一人佇《たたず》み、軽く微笑《ほほえ》みながら私に話しかけてきた。

その方の名はミスラテル。転生を司《つかさど》る神らしく、私の監視者となる女性で、私は彼女からも軽い説教を受けたけど、腹が立つどころか、不思議と心が温まった。

その後、彼女から毎日見る夢の詳細を聞かされた。それは、私の想像していた以上に過《か》酷《こく》なものだった。

私自身が、夢の主人公となる人物の中に入り、死亡する二十四時間前からその人の視点となって人生の終幕《しゅうまく》を辿《たど》っていく。ただ、私の睡眠時間と噛《か》み合わなくなるため、そこは夢であることを利用して帳尻《ちょうじり》を合わせると言っていたわ。

最も怖いのは夢を見続けている間、その人の五感や思いを私が共有することにある。つまり、私はその人の痛覚までも共有しているので、死ぬ瞬間の痛みまでも感じてしまう。

自分の選んだ道とはいえ、想像以上に厳しいものとなってしまった。でも、私自身が約二万人もの人々の未来を閉ざしてしまったのだから、これは仕方ないとも言える。

ガーランド様の仰《おっしゃ》った『チャンス』に関しては、『あなたが新たな環境にある程度慣れ親しんだところで教えてあげます』と言われてしまったので、少し怖くなったわ。

『今はまだ用意が整っていませんから』とも言われ、意味がわからなかったものの、そこでミスラテル様と別れることとなり、私は日本へと帰還した。


――五日後。


「く……はあ‼　……う……」

目が覚めた途端、吐《は》き気を催《もよお》す。私はお手洗いへ直行し、胃の中にある全てのものを吐《は》き出した。

「もう……最悪だわ。恐竜に食われても、生物ってすぐに死なないのね」

夢の主人は十歳の女の子ルネ。場所はジストニス王国の王都、突如現れたネーベリックに戦々恐々《せんせんきょうきょう》となり、みんなが逃げ惑う中、彼女は逃げ遅れてしまった。

「死ぬ三時間前まで、平民として幸せな生活を送れていたのに、自分の目の前で両親を食われるなんて……」

手を引きちぎられ、激痛に襲われながらも、必死に逃げる。でも、出血多量でふらついたところを追いつかれ、彼女はやつの右足で蹴られてしまい、空高く舞い上がり、そのまま口の中に入って……バリバリ食われてしまった。

その全ての痛みが私を襲った。どれだけの激痛に襲われても夢の中だから、私の意識が途切《とぎ》れることはない。少女だったものは、食道へと入り、胃に入ったところで死を迎えてしまった。

「ごめんね……ごめんね……あなたの人生を奪ってごめんね……この記憶をノートに刻まないと」

夢で見たことを忘れてはいけない。私は、約二万人の未来を奪ってしまったのだから。地球にいる以上、罪を償うこともできない。だったら、せめて殺してしまった人たちの名を……記憶を……頭に刻み込んでおかなければ‼

「ノート……ノート……早く記載しないと……」

帰還してから、これが私の日課となっている。これまでに四回経験したけど、全てがネーベリック関係で、みんなが悲惨な死を迎えている。

当時の私は、これを自分の部屋で液晶モニターを通すことで、映画のような感覚で観ていたわ。

どれだけ最低な女なのよ、私は‼　もう少しで夏休みも明けるから、この生活にも慣れておかないといけないわ。

夢で見た出来事をノートにまとめ、私は私服に着替えて身嗜《みだしな》みを整えてから一階に下り、朝食を食べるため、家族の待つ食堂へと向かう。

「皆様、おはようございます」

私以外のメンバー全員が、揃っているようだ。決められた配置に、お母様、お祖父様、お祖母様がいた。お父様だけが、いまだに海外から戻ってきていないのが気にかかるわ。

私が日本へ帰還したときにベッドから起き上がると、目の前に静姉とお母様がいた。互いに驚いてしまい、しばらく動けなかったわ。でも、静姉と話し、互いに抱きしめあったことで、私の止まっていた時が動き出した。そして、お母様はそんな私を見て、涙を浮かべつつ、私の左ほほを本気でぶった。お母様にぶたれたのは、生まれて初めてだったこともあり、私の思考は少しだけ停止する。

「おかえりなさい、柚阿羅。あなたが惑星ガーランドで何をしたのか、全て静から聞いているわ。……無事でいてくれてよかった」

お母様は厳しい目をしながらも、私の帰還を喜び、そのまま抱きしめてくれたわ。喜びが胸から溢《あふ》れてきて、私もお母様の胸で泣いた。

その二日後、海外から帰ってきたお祖父様やお祖母様とも再会し、厳しいお叱《しか》りを受けたあと、互いに再会を喜んだ。

「ごめんなさい……ごめんなさい……私は……惑星ガーランドで大勢の人たちを……」

私は、あの遠い地で何をしでかしたのかを包み隠さず話した。

そして、帰還以降執行されている神罰についても話した。

薫さんが静姉に話してくれていたおかげもあって、全員が私の犯した罪を静かに受け止めてくれた。そのときのお祖父様の右手には、一通の手紙が握られていた。

「柚阿羅……この手紙を読ませてもらった。この筆跡、この言い方、語られている内容、全てが私たちの知る持水薫さんのものだ。まさか二十三年経過した今となって、旧友と交信できるとは思わなんだ。亡くなった薫さんがいなければ、お前はここに戻ってこられなかっただろう。明日にでも、彼女のお墓参りへ行こう。既に転生しているとあるが、それでも無事地球に戻ってこられたことを報告しておきなさい。神罰に関しても理解した。夢である以上、私たちからは何もできない。これに関しては、自分一人で乗り越えなさい。ただ、私たちという存在が、いつでも君を見守っていることを忘れないように」

あのときのお祖父様の言葉が、今でも私の胸に痛く響く。


「「「柚阿羅、おはよう」」」

数日が経ち、私の生活環境はいつもの日常へと戻りつつある。でも、肝心の人が食堂にいなくて、私は少し緊張している。父と再会したら、やろうと思っていたことがある。これまでこの思いに対してずっと蓋をしていたけど、再会したときの態度次第では、少し過

激になるかもしれない。予定では今朝《けさ》戻ってくると連絡が入っていたものの、さすがにまだの──

──バーーーーン‼

私の少し後方にある食堂入口の扉が、激しい勢いで開け放たれた。こんな乱暴な行為をするのは、この屋敷ではただ一人しかいない。

私の父親『紡木桜花《おうか》』。

彼は私と視線を重ねると、ズカズカと敵意剥《む》き出しでこちらへ歩いてくる。彼の目には、一時期記憶を失った娘に対する『心配』や『気遣い』といったものが全くこもっておらず、あるのは激しい怒りのみ。私の目の前に来て早々、父は問答無用で右手で私の左ほほを叩《たた》いた。

『パアァァァーーーーン』と乾《かわ》いた音だけが、周囲に鳴り響く。

こうなることを予期していたので、私は予《あらかじ》め祖父たちに『手出し無用』ときつく言ってある。

これまで生きてきた中で、この男から愛情というものを貰《もら》った覚えが一度もない。この男は、会社の経営を悪化させるものを、決して許さない。それが世間に露見《ろけん》すると、信頼が急速に失われるからだ。今回はおおかた、私の記憶喪失は私の友人関係にあると睨《にら》んでいるのかもね。

マイナス面の出来事が表に出ると、この人はまず会社内の反応を窺《うかが》う。内容が自分の家族や親類関係であった場合、さも『自分のせいではないですよ』というアピールを振りまいていく。はっきり言って、経営者……いいえ人としての『器』が小さいのよ。父こそが、厄浄禍津金剛の言った典型的な人間の一人だろう。

さて、何を言ってくるのかしら？

「柚阿羅、一時的に記憶喪失になったそうだが、今は全ての記憶が戻ったんだな」

「はい、戻りましたが何か？」

言い返したら、今度は左手で私の右ほほを叩《たた》こうとしたので、私は右手で父の左手首を掴み受け止める。日本へ帰還して以来、どういうわけか私の身体の調子がすこぶるいい。

「なぜ、私を叩《たた》くのでしょう？」

「叩《たた》いて当たり前だ‼　お前のせいで、大事な商談の一つがダメになったのだ。こんな重要な時期に記憶喪失になりおって‼　これがマスコミに漏れていたら、私の会社がどうなっていたと思う‼　変な噂が流れて、大損害を被っていたのかもしれないんだぞ‼　まったく貴様は……ええい、手を離さんか‼」

呆《あき》れた、本当に呆《あき》れて何も言えないわ。記憶喪失になった理由を一切聞こうともせず、いきなり怒鳴《どな》り散らす父親。しかも、海外での失敗を私のせいにしているし、ひたすら会社の評判だけを気にかけており、そこには娘への労《いたわ》りなど皆無だわ。

私の中で、何かが切れた。

父親に……こいつに……私の十五年間の恨《うら》みと怒りを、その身体に魂に刻み込んでやる‼

「あなたが私の父だと思うと、本当に反吐《へど》が出るわ。馬鹿なんじゃないの？」

「なんだと、父親に向かってその口……があ‼」

私は、自分の右手に力を込めていく。父は激痛のせいか、途中で喋《しゃべ》るのをやめる。

「ピーチクパーチクうるさいのよ‼　このクズ野郎が‼　海外での失敗を私のせいにするな‼　どうせ、あなたの英語の能力が低すぎるから、相手に誤解を与えて激怒させたんでしょうが‼」

「……」

図星《ずぼし》を突かれたのか、急に押し黙る。

「そもそもさ、記憶喪失だった娘に対し、かけるべき言葉がそれなの⁉　確かに、家族を不安にさせたのは悪いと思っているわ。でも、父親としてかけるべき言葉が、娘の健康を労《いた》わることでもなく、ただただ世間体を気にする言葉だけって、本当に最低な男ね‼」

この男は、父親としても経営者としてもダメだ。

決定的なものが欠けている。

「仮に情報が漏れたとしても、そんなもの、私の力で情報操作すればいいだけよ‼　今の私には、マスコミを動かすだけの力がある‼　あなたを社長の座から引きずりおろすこともできる‼　そんな浅ましい考えで、会社を経営できると思っているの‼」

「腕が……離せ……折れる……」

どうやらあまりの激痛のせいで、何も言い返せないようね。

やっぱり、そうだわ。

理由は不明だけど、惑星ガーランドで培《つちか》ってきた力が、私の身体から消えていない。この七年で蓄《たくわ》えた私の力は、Sランクに相当する。もしかしたら、ガーランド様の言ったチャンスと関係あるのかもしれないわ。

「柚……阿……羅、お前……この私を……引きずりおろすだと？」

左手首の激痛に苦しみながらも、私を睨《にら》んでくる父。それだけ社長の座にこだわっている証拠ね。この男は、私を道具としてしか見ていない。

「そうよ‼　これまで黙って教育を受けてきたけど、何もかも古いのよ‼　そんな古臭い教育方法が、今の時代に合うわけないでしょ‼　それすらもわからず、子供である私の意思を無視し、教育だけを押しつけてくる。もう、たくさんなのよ、私はあなたの奴隷じゃない‼　これまでの怒りと恨《うら》み、その身体に刻み込んでやるわ‼　さっきのお返しよ‼」

私は父の左手首を握る右手を離し、怒りに任せて振りかぶる。

そして、父の左ほほを本気でビンタした。

たかだか十五歳の小娘のビンタ。強くなったとはいえ、大したダメージにならないだろうと思っていた。けれど、叩《たた》かれた父は……見事に吹っ飛び、食堂の扉をぶち壊し、廊下《ろうか》をゴロゴロと転がり、壁に激突《げきとつ》する。

「あれ？」

……あれから、色々と大変だったわ。

吹っ飛んだ父を見て、さすがにお祖父様たちも慌《あわ》てたわ。

病院での診断の結果、父の左顔面は打ち身で大きく腫《は》れ上がり、骨にもヒビが入っていたものの、それ以外は何もなかった。一応、軽傷の部類に入るんだけど、見た目は重傷だった。

医師には、はっきりと『親子喧嘩《げんか》して、私が父の顔をひっぱたいたんです。十五歳の小柄な娘のビンタで軽く吹っ飛ぶ情けない父親ですみません』とだけ言っておいたわ。

父も母も何も言わず、医師や看護師は苦笑《にがわら》いを浮かべるだけだった。

病院から戻ると、私を見る父の態度には、明らかに怯《おび》えが混じっていたわ。誰もいない廊下で私とすれ違ったとき、力ずくで社長の座を下ろされると本当に思っているのか、明らかに震えていたもの。あのときの言葉は冗談《じょうだん》なのに、本気だと捉えているようね。まあ、いつかは奪うことになるかもしれないけど。

お祖父様たちも私の力に驚きはしても、元々お父様に対する不満が蓄積していたのか、私の力の使い方に関する忠告と軽い注意をするだけだ。

そしてその日の就寝《しゅうしん》後、私は惑星ガーランドでの夢を見た後、どういうわけか別空間で目覚めた。そこにいたのは、日本へ帰還したときに初めて出会ったミステラテル様だった。

「ふふ、問題なく力を使えるようですね」

「力？　あ、やっぱり惑星ガーランドで身につけた力を使えるんですか⁉」

あれは、普通の人間ではありえないほどのものだった。ミステラテル様がこう言うのなら、ガーランド様の言っていた『チャンス』と関係あるのね。

「柚阿羅、あなたは約二万人の人々を間接的に殺した。地球にいる以上、その人たちへの償いは実質不可能です」

改めて神様にそう言われると、かなりきついわね。

「はい、それは理解しています」

夢を見続けるだけでは、罪への償いにならない。地球でできる何かをやりたい。

「これから話すことを受けるか受けないかは、あなた次第です。いいですね？」

「それが私の贖罪《しょくざい》に繋がるのなら、なんでもやります‼」

ガーランド様とミステラテル様は、私に何を持ちかけてくるのだろう？

二柱の神様が持ちかけてくるのだから、私にとって有意義なもののはず。

「地球には約八十億の人間がいます。私自身もきちんと管理していますから、転生システム自体には何の問題もないのですが……死に方に問題がある人がいるのです」

死に方？　どういうこと？

「今でも、小さな戦争が世界各地で勃発《ぼっぱつ》しており、多くの人々が理不尽な理由で死んでいます。それにより、多くの霊体や残留思念《ざんりゅう》が世界中に存在しているのです。その数は、一億以上」

「一億以上⁉」

残留思念や霊体……つまり幽霊、いくらなんでも多すぎよ‼

「その数が多すぎるためか、ここ最近そういった者たちが生者へ取り憑《つ》き、悪さを働いています。一刻も早く、その方々を成仏《じょうぶつ》させる必要があります。あなたは惑星ガーランドで、様々な体験をしました。そして、こちらの領域にも、足を踏み入れてしまった。そんなあなただからこそ、この案件を解決させてほしい。強制はしません。あなたには、拒否《きょひ》する権利があります。どうしますか？」

つまり、私が地球に蔓延《はびこ》る一億以上の悪霊を成仏させればいいのね。私がこの案件を断れば、取り憑《つ》かれた生者たちは一生そのままの状態となる。

「私が、映画や小説でいうところの陰陽師《おんみょうじ》となって、悪霊を成仏させればいいのですね？」

「ええ、そうです。それと、陰陽師やエクソシストは実在しますよ」

嘘‼　陰陽師とエクソシストって実在するんだ‼　え、それじゃあ、惑星ガーランドのような魔法も存在しているのかしら？

「百四十年ほど前から、成仏できない人間や動物の霊体の数が、急速に増加しています。その霊の数に対して、陰陽師たちの数が圧倒的に足りないのよ。惑星ガーランドで鍛《きた》えた柚阿羅の力は、ここではトップクラスに位置します」

トップクラス……私の力が役に立つのなら、私はこの件を引き受けたい‼　せっかく贖罪《しょくざい》できるチャンスをふいにしたくない‼

ミスラテル様からの願い。他者から見れば、私は神に利用されているとも取れるかもしれない。でも、私は少しでも善行を重ねたい。ただの偽善《ぎぜん》として受け取られたとしても、何か行動を起こしたい。夢を見続けるだけでなく、何か善行を重ねて、人々の笑顔を見たい。

「ミスラテル様、私は『陰陽師』として働きます‼」

「……いいのね」

彼女は、真剣な眼差《まなざ》しで私を見つめてくる。ここで、気圧《けお》されてはいけないわ‼

「はい‼」

「よい返事です。あなたには、全ての幽霊を認識し感知できる能力を授けましょう。起床後、あなたの世界は劇的に変わるはずです。くれぐれも無理しないように」

その日以降、私は『陰陽師』となったのだけど、まさか起床した途端、その幽霊を見ることになるとは思わなかったわ。

お父様の背後に、知らない六十歳くらいの男女が憑《つ》いていた。その人たちも私に気づき、なんと話しかけてきたわ。どうやら生霊《いきりょう》らしく、自分たちの軽い失敗で、お父様に見限られ、会社が倒産しかけているとのこと。見限られた内容が会社にとって他愛もないことだったので、どうして契約を破棄《はき》したのかは謎だけど、私は早速お父様にそのことをネチネチと事細《ことこま》かに教えてあげた。

そして、『このまま放っておいたら、あの会社は倒産し、多くの人々が路頭《ろとう》に迷うことになる。どうして、契約を破棄したんですか？　破棄する理由がわかりません。調査の結果、あの会社は低迷こそしているものの、十分な技術力を保持しています。長い目で見れば、我が社にとって大きな戦力となる可能性を秘めています。このまま放置すれば、あの二人は会社のため、従業員のために『死』を選びますよ？　……（いい加減、許してあげたら）』と伝え、最後の言葉だけを父の耳元でボソッと呟《つぶや》いた。すると、彼は真っ青になり、すぐさま会社へ電話を入れた。

そしてお昼頃、生霊の男女が私の前に現れてお礼を言い、そのまま消えてしまった。二人とも笑顔だったから、無事解決したと思いたい。あの優しげな笑顔を見られるのなら、私はずっと陰陽師としての仕事を続けたい。

私は、もう逃げない。

どんな困難があろうとも、必ず乗り越えてみせる。

惑星ガーランドにいるシャーロットに助けてもらったこの命、決して無駄にはしないわ‼

26話　シャーロット、究極の選択を迫られる

私――シャーロットたちと、ユアラ、厄浄禍津金剛との勝負が終わり、二日が経過した。平穏《へいおん》が帝都に戻り、いつもの日常が始まっている。召喚陣を通じて、ドールマクスウェルとデッドスクリームを隠れ里『ヒダタカ』へ戻した。デッドスクリームの本拠地《ほんきょち》はランダルキア大陸のどこからしいけど、移れるようもう全てを片づけたそうだ。だから、このまま『ヒダタカ』で暖《だん》を取った後、『ケルビウム大森林』を守護すべく、そちらへ移動するみたい。

ただ、レドルカやザンギフさんに何の連絡も入れていないから、そのまま行ったら大騒ぎになることは間違いないので、私が一筆手紙を書き、デッドスクリームに渡しておいた。

あれからガーランド様に話しかけても返信がなかった。周囲に漂う精霊様に事情を伺《うかが》う

と、どうやら彼は地球の統括神様のもとへ出かけており、ユアラの任務について話し合っているらしい。

あのとき言ったチャンスという言葉。亡くなった人々への罪滅ぼしは、地球にいる以上何もできないけど、どうやら地球側でも幽霊関係で困っていることがあるそうで、それをユアラに任せたいようだ。

ただ、時として人は悪霊に導かれるまま悪さを働くことがあるらしく、現在彼女自身の人柄を見極めている段階だとか。何をさせようとしているのか不明だけど、私からは何もできないので、『頑張《がんば》れ』と心で祈っている。

私の方は、ガーランド様からの連絡待ちだ。彼から『長距離転移魔法』と『座標』のありかを教えてもらい、私たちはそこへ向かわねばならない。私にとっては、ハーモニック大陸での最後の冒険となるだろう。通信が入るまでの間、私はクロイス女王やベアトリスさん、シンシアさん、カムイ、ドレイク（ドラゴン形態『小』）とともに露店巡りなどをして、休暇《きゅうか》を楽しんでおこうと思う。

ユアラの元従魔ドレイクに関しては、このまま解放してあげようとしていたのに、まさか自分から私の従魔になりたいと申し出るとは思わなかったよ。

彼の目指すもの、それは世界最強の竜王になること。

でも、私が従魔たちにお尻ぺんぺんしている様子を見て、絶対に世界最強にはなれないと悟ったらしく、『シャーロットの進む道をともに歩ませてほしい』と懇願された。

根が悪いドラゴンではないようで、その願いを快《こころよ》く承諾したけど、『毛なし』状態ではあまりにも不憫《ふびん》だから、怪我《けが》を完全治癒《ちゆ》させた。

ただ、彼のルックスがかなり高レベルであるため、女性四人に対して彼一人を置いてしまうと余計目立つ。だから、カムイと同じ形態になってもらい、可愛《かわい》く羽ばたいてもらった。……しかし、彼の肌は白銀で、小さい形態のせいか余計目立ってしまった。とはいえ、周囲の人々がクロイス女王たちよりも、カムイやドレイクの方を可愛《かわい》いものを見守るような瞳で見つめているので、私たちにとってはある意味好都合だ。

ちなみに、トキワさんとアトカさんは皇帝のもとへ赴《おもむ》き、今回の事後報告をしており、アッシュさんとリリヤさんは二人でデートを楽しんでいる。

「はあ～久しぶりの休暇は楽しいです～。急に転移させられたときは何事かと思いましたが、無事事件も解決しましたし、のんびり過ごせて幸せです。貧民街にいたときのことを思い出します」

本来であれば、クロイス女王の立場上、こんな往来《おうらい》のど真ん中で女性四人と従魔二体で出歩いてはいけない。だけど、私とベアトリスさん、従魔二体が、彼女とシンシアさんを護衛しているためか、完全に寛《くつろ》ぎモードの顔となっている。

「あの～そもそも『行き』の転移は問題なかったのに、『帰り』は使用不可の時点なのですから、もう少し慌《あわ》てた方がよろしいのでは？」

シンシアさんは、事件解決直後のことを気にしているようだ。

スキル『簡易神人化』とスキル『簡易神具製作』は悪神がいるときに限り、使用の許可が下りる。そのため、事件解決後はステータス上に記載されているスキル自体が薄くなってしまい、使用不可となってしまった。当然、ガーランド様の力を借りる長距離転移魔法も使用できない。

「シンシア様、シャーロットと貧民街にいたときは、こういった騒ぎは日常茶飯事でしたので、もう慣れちゃいました。ベアト姉様だって、そうでしょう？」

クロイス女王の言葉を受けてベアトリスさんを見ると、全く慌《あわ》てる素振りがない。

「言っている意味がわかるわ。シャーロットとは短期間だけ一緒にいたけど、退屈しない面白い日々だったもの。この程度のことで、慌《あわ》てる方がいけないのよ。それに帝城の大型通信機を通して、アトカさんがこの状況をジストニス王国にいるイミアさんに、トキワがサーベント王国のアーク国王陛下に伝えているから問題ないわ。シンシアもせっかくの強制休暇なんだから楽しまないと‼」

そこから一時間くらい露店巡りやショッピングなどで休暇を楽しんでいたものの、遠くから豪華《ごうか》な馬車が現れ、私たちの目の前で止まった。この休暇が終わりを告げようとしていることが、誰の目にもわかった。

○○○

馬車は私たちを帝城へと連れていった。

そして今、『ソーマ・グリュッセル』皇帝陛下と謁見《えっけん》の間《ま》でお会いしている。彼は人間族の三十歳、身長百九十センチと大柄な男性で、十年に一度催《もよお》される『皇帝天武祭』で二回連続で優勝している超強者だった。

周囲には臣下の方々が大勢いて、アトカさんとトキワさんだって陛下の隣にいる。彼はクロイス女王やシンシア王太子妃に対して、急に呼びつけてしまった無礼を謝罪した後、とんでもないことを言い放った。

「シャーロット・エルバラン、トキワ・ミカイツから全ての事情を聞いた。あの強大な力を持つ従魔たちに対して、お尻ぺんぺんという屈辱的《くつじょくてき》なお仕置きするのを見て、フランジュ帝国国民全員の意見が一致した。我々の新たな皇帝として君臨していただけないだろうか?」

ソーマ皇帝が玉座から立ち上がり、私のもとへ下りてくる。そして、軽く首を垂《た》れると、フランジュ帝国の臣下の方々が、一斉に同じ姿勢をとった。

あの〜勘弁《かんべん》してください。私はまだ八歳の子供なんですよ?

皇帝の座にふさわしいとは思えませんが？

この国の風習は聞いているけど、祭りの時期でもないのに、皇帝の交代はまずいと思うよ。

「あ～あ、やっぱりこうなったわね。ここへ呼ばれた時点で、こうなるんじゃないかと思ってはいたけど」

ベアトリスさん、わかっていて私に何も教えなかったの⁉

「ある程度予想はしていましたが、八歳の子供でも対象になるんですね～」

クロイス女王も動揺することなく、微笑《ほほえ》んでいる。

「ベアトリスもクロイス様も、どうして平気な顔で言えるんですか⁉　これって凄《すご》く名誉なことですよ‼」

そうそう、シンシアさんの言い方こそが普通なんです。……ん⁉

「シャーロットが皇帝‼　なんか凄《すご》くいい響き‼」

カムイも、相当舞い上がっている。なんか断りづらいんですけど‼

「みんな、落ち着け。シャーロットが困っている‼　彼女はまだ八歳の子供。この国の風習は私も知っているが、彼女を皇帝にすれば、ランダルキア大陸東部の国々が黙っておらぬぞ。何かを仕掛けてきては打ち破られ、シャーロットの支配地域がどんどん拡大していき、最終的には十年もしないうちに世界統一がなされてしまう。そして、これまでのパワーバランスが軒並《のきな》み崩れ、世界情勢が一気に変化してしまうではないか‼」

うん？　ドラゴン形態『小』のドレイクは最初まともなことを言っていたけど、途中からおかしくなってないかな？　それじゃあ、私が世界支配を目論《もくろ》む悪女に聞こえてしまうよ？

「ええとみなさん、そのご提案に関しては、謹《つつし》んでお断りさせていただきます」

皇帝陛下も臣下のみなさんも、とても残念そうな表情をしている。まさか、断るとは思っていなかったのだろうか？

「理由は簡単です。ドレイクの言うように、世界のパワーバランスが大きく乱れるからです。私はアストレカ大陸出身の聖女。今後大陸での私の力も大きくなるでしょう。その上で、ハーモニック大陸の一国の皇帝になってしまったら、ランダルキア大陸の国々が大きく動き出します。しかも、その理由が『お尻ぺんぺん』ですよ‼　なんの事情も知らず、あの仕置きを見ていない方々は、絶対に信用しません。当面の間、ハーモニック大陸の国々を馬鹿にしてくるはずです‼」

皇帝陛下も臣下の方々も、私の話す理由に納得したのか、頻《しき》りに頷《うなず》く。クロイス女王たちもそこまで深く考えていなかったのか、今は同じ動きをしている。あの衝撃度に驚いたのは理解できるけど、私が皇帝になった後のことを深く考えようよ。

「以上の理由により、この申し出をお断りさせていただきます‼」

ドレイクのおかげで、なんとか踏みとどまれたよ。彼がいなかったら、その場の流れに押されて皇帝になっていたかもしれない。

「そうか……残念だ。すまないな、あの過激な巨大お仕置きの衝撃に耐えられなかったせいで、つい勢いで言ってしまい、その後のことを考えていなかった。本当に申し訳ない」

ちょっと～～～皇帝陛下も臣下の方々も、簡単に頭を下げないでよ～～～。

「あの、謝罪はお受けいたしますので、頭を上げてください。私としては、フランジュ帝国とも友好な関係を築いていきたいので、今後ともよろしくお願いしますね」

私が握手《あくしゅ》を求めると、皇帝陛下は軽く微笑《ほほえ》み、握手を交わしてくれた。

ほんと勘弁《かんべん》してください。寿命が少し縮まりましたよ。

「ああ、こちらこそよろしく頼む‼」

ふう～緊張した身体が一気に緩んでいくのを感じるよ。

あれ？　後方にいる一組の若い男女がこちらへ近づいてくるね。

服装は皇帝陛下なみに豪華だけど、二人とも茶髪、少し地味な印象なのもあって、あまり強そうに見えない。でも、それはあくまで外見での話。実際のところ二人ともSランク以上の力量を持っていることは間違いない。内面から感じるオーラが、凄《すさ》まじいもの。

「ソーマ、話は落ち着いたか？」

皇帝陛下を呼び捨て⁉　それに対して、臣下の方々も全く怒っていない‼

「ああ、終わったよ。ロベルト、カグヤ、すまん。待たせてしまったな」

「構わんよ、八歳の少女なのに物腰柔《やわ》らかく支配欲にも負けない精神、私たちも気に入った。彼女が、私たちの息子を拾ってくれていたんだな。まあ……あのお仕置きには驚いたが、彼女が息子の主人で本当によかった」

え、その言い方から察するに……まさかカムイの両親⁉

エピローグ　長距離転移魔法を求めて

私の目の前にいる一組の夫婦が、カムイの求める両親で間違いないのだろうか？　当のカムイは二人を見ても、何の反応も見せず、首を傾《かし》げているだけだ。

「ロベルトさん、カグヤさん、初めまして。カムイの主人、シャーロット・エルバランです」

「丁寧なご挨拶《あいさつ》をありがとう。私はエンシェントドラゴンのロベルト。初代皇帝との縁でこのフランジュ帝国を守護している」

「私はロベルトの妻カグヤ、私たちの子供を守ってくれてありがとう。カムイ……とってもいい名前ね」

二人はそう言うと、自分たちの子供、カムイを見る。

二人の目からは、子供を慈《いつく》しむ父性と母性を感じ取れる。

念のためスキル『構造解析』を行使したけど、正真正銘《しょうしんしょうめい》カムイの両親だ。

「僕の両親？　お父さんとお母さん？」

「そうだよ。カムイは私たちの子供だ。我々の不注意で君を大変な目に遭《あ》わせてしまったね、本当にすまない」

ロベルトさんはカムイに優しげに話しかけている。その目からは、自分への不甲斐《ふがい》なさやカムイに対しての罪悪感、死んでいたかもしれない子供と再会できたことへの喜びといった様々な感情が伝わってくる。

自分の子供である卵を、山の高所から低所へコロコロ転がしてしまったのだから、無理もない。普通なら割れて、他の魔物たちに食べられていたよね。感動の再会なんだけど、今まで実際に二人を見ていないカムイに理解できるのだろうか？

「クンクン、この魔力の匂《にお》い……間違いない。僕のお父さんとお母さんの匂《にお》いだ!!」

おお、カムイが母親のカグヤさんに抱きつく。魔力の匂《にお》いで、両親を認識していたんだね。そういえば、初めて出会い私の魔力を食べようとしていたときに、そんな言い回しをしていた気がする。

「ああ、間違いないわ。魔力量だけ異様に高いけど、この匂《にお》いは本物よ!!　やっと我が子に会えた……やっと……」

「お母さん……」

カムイとカグヤさんが互いに抱きしめ喜び合っているとき、ロベルトさんが私に近づく。

「ところでシャーロット、カムイの潜在魔力量なんだが、まさか、あのときに感知した二体の従魔たちと同じくらいあるのだろうか？　私たちは、あのお仕置きが決行される二時間ほど前に帝都へ到着し、人間形態でソーマと話し合っていた。あのときに感知した魔力は、私たちの持つ力の八倍近くあったのだが……」

え、八倍⁉

あ、もしかして、私が帰還する前、力とスキルを貸し与えていたときに感知したんじゃあ？

「それは、私の力を貸し与えていたときに放っていたもので、一時的なものですよ。現在の従魔たちの魔力量は全員がSランク……カムイの場合は、卵から孵《かえ》るまでの極悪《ごくあく》環境下のせいもあって、魔力量と防御力だけがそうなっていますが、攻撃面はCランク程度です」

大勢の貴族がいる手前、正確な数値だけは言えない。ただ、それでもアンバランスさが伝わったのか、ロベルトさんの顔が曇《くも》る。

「我々のせいだ。カムイから目を離していた時間は、ほんの十秒ほどだった。天候不良だったこともあり、不規則に転がる卵を捕まえきれず、そのまま崖下《がいか》へ転落したんだ。どんな悪環境に晒《さら》されていたのか不明だが、生きていてくれて本当によかった」

これで私もお役ごめんなんだけど、カムイはどうするのかな？　カグヤさんもカムイとともにこちらへ来て、先程と同じく能力のアンバランスさを知ると顔を曇らせていた。でも、すぐに『ロベルト、これからは私たちの力で、カムイを立派なエンシェントドラゴンに育てていきましょう‼』と笑顔になり、ロベルトさんも優しげに微笑《ほほえ》み頷《うなず》いた。ただ、カムイだけが何かに気づき、二人を見る。

「ちょっと待って‼　僕もお父さんやお母さんと一緒に暮らしたいけど、その前にシャーロットを故郷のアストレカ大陸エルディア王国へ帰してあげたいんだ。長距離転移魔法のありかに関しては、ガーランド様が教えてくれる手筈《てはず》になっているの。だから、もう少しだけシャーロットと一緒に行動させて」

「「長距離転移魔法？」」

カムイ、私が帰還するまで一緒にいてくれるの⁉　いいドラゴンだよ。

「長距離転移魔法なら、私もカグヤも使用できるし、その場所も知っているが？」

なんですと⁉　凄《すご》くいい情報を聞けたんですけど⁉

「あの……よければで構わないのですが、その魔法の眠る場所を教えていただけませんか？　その魔法さえ入手できれば、ガーランド様が座標を教えてくれる手筈《てはず》になっているんです‼」

お二人の魔法を行使してくれたら、私も故郷へ帰れるかもしれない。でも、ここまで来たら私自身が魔法を入手して、自分の力で帰還したい。

「息子の命の恩人で、ガーランド様にも認められているあなたなら、教えても構わないさ。ただし、場所に関してはテレパスで君だけに教えよう」

それは当然の処置だろう。この場には大勢の貴族がいる。場所を知ったら、そこへ人を差し向けてくる。その周辺に住む人たちに、迷惑はかけられない。

『長距離転移魔法は、バードピア王国の「迷いの森」の最深部《さいしんぶ》にある』

『バードピア王国？　まだ行ったことのない国ですね』

『息子と再会できたのも、君のおかげだ。私たちが、その場所へ連れていってあげよう』

『本当ですか⁉』

『この程度では、息子を会わせてくれた大恩を返せない。君が故郷に帰還できるよう、我々も協力しよう』

やった‼　エンシェントドラゴンという世界最強種と知り合いになれたし、協力者にもなってくれた‼　ユアラと厄浄禍津金剛の件が解決した以上、私を邪魔する者はもう誰もいない‼　今度こそ長距離転移魔法を入手して、故郷へ帰れる‼

あとがき

この度は文庫版『元構造解析研究者の異世界冒険譚9』を手にとっていただき、誠にありがとうございます。作者の犬社護です。

九巻にて、シャーロット一行は、ジストニス王国とサーベント王国を狂わせた元凶《げんきょう》のユアラと厄浄禍津金剛と対峙《たいじ》することになり、遂《つい》に勝利を収めます。本巻では新規キャラを登場させ、Web版から多少改稿を施《ほどこ》すことで、物語に深みを与えました。書き上げる上で最も苦労したのは、前半に描かれた勝負内容と、後半における黒幕たちの末路です。前半の勝負に関しては、現在（二〇二三年時点）でも放送されているバラエティー番組を参考にしているので、読者の方々の多くが気づいておられるかもしれませんね。

後半の捕縛後の流れの中で、ユアラに関しては、大勢の人々を殺《あや》めているため、後々悔《かい》恨《こん》が残らないよう、クロイス、アトカ、シンシアを登場させ、罰の執行《しっこう》内容と日本への帰還の判断を仰がせました。日本に帰還して以降、ユアラには一生を賭した罰が与えられます。読者の方々にも納得してもらうにはどうしたらいいのか、色々と悩んだ末の罰です。

厄浄禍津金剛の方は神という設定のため、プライドをバキバキに折りまくり、恥辱《ちじょく》と屈辱《くつじょく》に塗《まみ》れた姿をイラストとして描いて欲しかったので、一九九〇年代のバラエティー番組を参考に罰を執行しています。

物語を構成する上で特に難しかったのは、神による犯行動機を考えることでした。人間を愛しているからこそ、今の人間たちの生き方に疑問を感じてしまい、神の力の一端を与えても、大半の人間が同じ愚かな末路を辿るが故に、彼は最終的には闇堕《やみお》ちしてしまうという展開に持っていきました。しかし、どうしても人間を見捨てられないという心が残っていたため、闇堕ちしても様々な場所で人間に力を与え、その一生を観察し続けていたわけです。

それを終盤《しゅうばん》で他の神々に察知されたので、最終的に記憶を保持させたままの人間への転生を罰としました。読者の方々は、シャーロットとユアラの対決とその行く末に納得していただけたでしょうか？

本巻にて、シャーロット一行は、惑星ガーランドを脅《おびや》かすユアラたちとの因縁《いんねん》に終止符《しゅうしふ》を打てました。次巻では、いよいよ長距離転移魔法の眠る【迷宮の森】へと舞台を移し、故郷へ帰るための冒険が始まります。

シャーロットは、長距離転移魔法と座標を入手し、故郷へ帰還できるのか？

それでは次の第十巻でお会いしましょう。

二〇二三年七月　犬社護

「銀座編」大好評発売中!
累計680万部(電子含む)突破!
ゲートSEASON1〜2
大好評発売中!
コミックス
最新23巻
大好評発売中!
SEASON1　陸自編
単行本
●本編1〜5/外伝1〜4/外伝+
●各定価:本体1,870円(10%税込)
文庫
●本編1〜5〈各上・下〉/
外伝1〜4〈各上・下〉/外伝+〈上・下〉
●各定価:本体660円(10%税込)
漫画
漫画:竿尾悟
●1〜23(以下、続刊)
●各定価:本体770円(10%税込)
SEASON2　海自編
単行本
●本編1〜5
●各定価:本体1,870円(10%税込)
文庫
最新5巻
〈上・下〉
大好評発売中!
●本編1〜5〈各上・下〉
●各定価:本体660円(10%税込)

大ヒット
異世界×自衛隊ファンタジー
ゲート0《ゼロ》
GATE:ZERO
自衛隊
銀座にて、
斯く戦えり
〈前編〉
〈後編〉
柳内たくみ
Yanai Takumi
ゲート始まりの物語
「銀座事件」が小説化!
20XX年、8月某日——東京銀座に突如『門（ゲート）』が現れた。中からなだれ込んできたのは、醜悪な怪異と謎の軍勢。彼らは奇声と雄叫びを上げながら、人々を殺戮しはじめる。この事態に、政府も警察もマスコミも、誰もがなすすべもなく混乱するばかりだった。ただ、一人を除いて——これは、たまたま現場に居合わせたオタク自衛官が、たまたま人々を救い出し、たまたま英雄になっちゃうまでを描いた、7日間の壮絶な物語——
●各定価：1,870円（10%税込）
●Illustration：Daisuke Izuka
首都東京に、突如
中から現れた怪異
銀座
その時、日本を救った
一人のオタク
650万部!
自衛隊、
ついに状況開始!!

アルファライト文庫

この作品に対する皆様のご意見・ご感想をお待ちしております。

おハガキ・お手紙は以下の宛先にお送りください。

【宛先】

〒150-6008 東京都渋谷区恵比寿4-20-3 恵比寿ｶﾞｰﾃﾞﾝﾌﾟﾚｲｽﾀﾜｰ 8F
（株）アルファポリス　書籍感想係

メールフォームでのご意見・ご感想は右のＱＲコードから、
あるいは以下のワードで検索をかけてください。

アルファポリス　書籍の感想　検索

ご感想はこちらから

本書は、2021年5月当社より単行本として
刊行されたものを文庫化したものです。

元《もと》構造《こうぞう》解析《かいせき》研究者《けんきゅうしゃ》の異《い》世《せ》界《かい》冒険譚《ぼうけんたん》 9

犬社護（いぬや　まもる）

2023年 7月 31日初版発行

文庫編集－中野大樹／宮田可南子
編集長－太田鉄平
発行者－梶本雄介
発行所－株式会社アルファポリス
〒150-6008東京都渋谷区恵比寿4-20-3恵比寿ガーデンプレイスタワー8F
TEL 03-6277-1601（営業） 03-6277-1602（編集）
URL https://www.alphapolis.co.jp/
発売元－株式会社星雲社（共同出版社・流通責任出版社）
〒112-0005東京都文京区水道1-3-30
TEL 03-3868-3275
装丁・本文イラスト－たてじまうり
文庫デザイン―AFTERGLOW
（レーベルフォーマットデザイン－ansyyqdesign）
印刷－中央精版印刷株式会社

価格はカバーに表示されてあります。

落丁乱丁の場合はアルファポリスまでご連絡ください。

送料は小社負担でお取り替えします。


ISBN978-4-434-32288-4 C0193